SCARLETT SCOTT

O DUQUE DETETIVE

Traduzido por Clarissa Growoski

1ª Edição

The GiftBox
EDITORA

2024

Direção Editorial:	**Revisão Final:**
Anastacia Cabo	Equipe The Gift Box
Tradução:	**Arte de capa:**
Clarissa Growoski	Bianca Santana
Preparação de texto:	**Diagramação:**
Marta Fagundes	Carol Dias

Este livro segue as regras da Nova Ortografia da Língua Portuguesa.

CIP-BRASIL. CATALOGAÇÃO NA PUBLICAÇÃO
SINDICATO NACIONAL DOS EDITORES DE LIVROS, RJ
Gabriela Faray Ferreira Lopes - Bibliotecária - CRB-7/6643

S439d

Scott, Scarlett
   O duque detetive / Scarlett Scott ; tradução Clarissa Growoski. - 1. ed. - Rio de Janeiro : The Gift Box, 2023.
   252 p. (Lordes inesperados ; 1)

   Tradução de: The detective duke
   ISBN 978-65-5636-304-2

   1. Romance americano. I. Growoski, Clarissa. II. Título. III. Série.

23-86453   CDD: 813
                 CDU: 82-31(73)

Em memória da maravilhosamente engraçada, maravilhosamente maravilhosa Maggie L.

CAPÍTULO 1

Final do verão, 1886, Buckinghamshire, Inglaterra

Sem dúvida, a maioria dos homens teria ficado exultante com a herança inesperada e totalmente improvável de um ducado.

Hudson Stone, ex-inspetor-chefe da Scotland Yard, que se tornou o nono duque de Wycombe, não era um deles.

Descontente, ele olhou para os livros fiscais e a correspondência espalhados pela mesa, os números, as cartas e as sérias implicações que há muito haviam começado a se embaralhar e perder seu encanto. *Inferno*. Nunca tiveram encanto algum, se ele fosse honesto. Ele não queria ter se tornado duque. A vida inteira o que quis era resolver crimes. Ele se dedicou a ser o melhor detetive possível.

E então o oitavo duque de Wycombe, um primo distante, forte e com boa saúde, que ele nem sequer não sabia da existência, caiu do cavalo.

— Por favor, me diga, por favor, com franqueza, estou muito fodido, Saunders? — Hudson perguntou ao jovem mordomo que o encarava.

A seu pedido, reconhecidamente indelicado, o mordomo se encolheu.

— Peço seu perdão, Vossa Graça.

— E eu peço o seu — ele rosnou. Aparentemente, duques não soltavam impropérios, pelo menos não na presença de seus infelizes mordomos. — Por favor, pare de se referir a mim como *Vossa Graça*. Prefiro Stone. Wycombe, se for preciso.

Saunders tirou um lenço do bolso e o usou para enxugar a testa suada.

— Wycombe, então.

— Eu te deixo nervoso, Saunders? — ele perguntou, curioso.

O homem desviou o olhar.

— Claro que não.

Ele estava mentindo, pensou Hudson. Ele fizera entrevistas suficientes com criminosos para detectar quando um homem não estava sendo honesto. Evitar o olhar de um homem era uma indicação clara de culpa.

SCARLETT SCOTT

— Hmm — ele murmurou de modo evasivo. — Todo o telhado precisa ser substituído nessa monstruosidade?

— Há um vazamento significativo na ala leste, e o…

— Um simples sim ou não basta — ele interrompeu, consultando o relógio de bolso.

— Sim — disse Saunders, enxugando a testa mais uma vez.

O último duque de Wycombe falecera na primavera, mas a linha de sucessão era, aparentemente, bastante obscura, graças às antigas divergências familiares entre o sexto duque de Wycombe e seu filho, o avô de Hudson. Hudson seguiu a vida, resolvendo um caso muito importante no início daquele verão. Por fim, suas orações para que não fosse considerado o próximo na fila não o salvaram, e ele foi forçado a deixar seu posto e resolver sua vida em Londres antes de chegar a Buckinghamshire para uma propriedade em ruínas, com inúmeras dívidas e cofres seriamente esvaziados.

Mas havia outro assunto diante dele, que deveria chegar em um quarto de hora, que o desagradava mais do que se tornar o nono duque de Wycombe. E essa não era uma façanha fácil.

Hudson fechou o relógio de bolso e o colocou novamente no colete.

— Você tem alguma estimativa com relação à substituição?

As maçãs do rosto do jovem homem se mancharam de vermelho.

— Sua Graça não fez tentativas. Acredito que estava aguardando suas núpcias.

Ah, sim. Lá estava. O oitavo duque de Wycombe estava noivo de Lady Elysande Collingwood, cujo gordo dote teria sido o salvador de todo o assunto. Mas o pobre tolo tinha quebrado o pescoço antes de casar-se. Claro, Hudson ainda não havia conhecido a dama em questão. Era perfeitamente possível que quebrar o pescoço fosse uma alternativa preferível a se casar com ela.

— Sem dúvida, o duque anterior estava esperando o montante que seu casamento traria — disse ele.

Saunders pigarreou.

— Não questionei o duque anterior sobre sua decisão. No entanto, o Solar Brinton não é lucrativo, e não o é há anos.

E nenhum dos duques mais recentes tinha feito porcaria nenhuma a respeito. Nem o oitavo duque nem seu pai antes dele.

Agora, parece que Hudson era encarregado de ser o cordeiro a ser sacrificado. Era melhor se preparar.

— Se você me der licença, Saunders, tenho um compromisso.

— É claro, Vossa Gr...hã, Wycombe. Senhor.

Hudson suspirou ao se despedir. Ele estava acostumado a intimidar os outros. Fazê-lo era seu trabalho. Retire essa parte. *Era* o trabalho dele. Cristo, ele amou cada momento de fazer parte da Scotland Yard.

No corredor do escritório, foi recebido por uma governanta de aparência atormentada que o informou que sua visita estava adiantada. Lady Elysande estava acompanhada da mãe, a condessa de Leydon, e da irmã, Lady Isolde. Elas estavam esperando por ele no salão dourado, que se interligava aos jardins.

Apesar do nome pomposo, o salão dourado não era exatamente suntuoso. E os jardins do Solar Brinton estavam tomados pela vegetação e precisavam desesperadamente de um jardineiro-chefe, que aparentemente fora demitido há algum tempo em razão do custo. Mas nada disso era o que mais incomodava Hudson.

Ele não tinha a menor ideia do que deveria fazer com visitas. A linhagem de seu avô pode ter sido aristocrática e nascido em berço de ouro, mas Hudson crescera no submundo de Londres e passara o período como investigador nas partes mais sórdidas do East End, subindo na carreira.

— O que devo fazer com elas, Sra. Grey? — perguntou à governanta.

— O que deve fazer com o quê, Vossa Graça? — ela perguntou, com o semblante tão perplexo quanto o tom de sua voz.

Outra vez *Vossa Graça* não.

Ele se deu ao luxo de ranger os molares por um momento antes de responder.

— As *visitas*, Sra. Grey. Confesso que não estou acostumado a receber uma condessa e suas filhas.

Inferno, ele não estava acostumado a receber *ninguém*. Preferia a solidão. Sua residência de solteiro em Londres não era grande o suficiente para abrigar um maldito rato, nem que ele desejasse. O que certamente não desejara, isso porque odiava roedores com veemência. Em vez disso, o silêncio, a paz e a ordem o acalmavam. As pessoas, não.

— O senhor naturalmente vai tomar chá com elas, Vossa Graça — disse sua governanta agora.

— Claro — ele concordou solenemente.

E depois?

Talvez sua dúvida tenha transparecido em seu semblante, pois a Sra. Grey acrescentou:

SCARLETT SCOTT

— E depois talvez dar uma volta pelos jardins.

— Os jardins estão mais para um matagal — ressaltou.

— Ainda há um caminho de cascalho, Vossa Graça — a governanta replicou.

Ele supôs que havia um. Então inclinou a cabeça.

— Obrigado, Sra. Grey.

Ele deveria agradecê-la, não é mesmo? Maldição, ele não tinha noção de como deveria se comportar. Estava no inferno. Certamente.

Virou-se e começou a caminhar em direção ao salão dourado.

— O salão fica para o outro lado, Vossa Graça — a mulher o orientou, prestativa.

Ele parou, por um momento olhando ao redor.

— Tem razão. — Ele se virou. — Obrigado, senhora.

Mesmo tendo sido negligenciado e estando em péssimo estado, o Solar Brinton era enorme. Ele ainda precisava se acostumar com a localização de seus quase cem cômodos. Aborrecido, Hudson seguiu para o salão dourado. Estava tão perdido em seus pensamentos que simplesmente passou pela porta sem ser anunciado e ficou lá, observando a condessa e as duas filhas envolvidas em uma conversa sussurrada e acalorada. A condessa era uma morena bonita, vestida com seda de cor lavanda, e uma das filhas tinha cabelo tão escuro quanto a noite, enquanto o da outra era um tom mais claro de castanho.

Ele jurou ter detectado algo que surpreendentemente soou como *"ele não pode ser tão ruim quanto os rumores sugerem"*, então pigarreou, chamando a atenção para sua presença à sua maneira.

Todos os três rostos se voltaram para o dele, e ele se viu mergulhando em um par de olhos castanhos afetuosos. Olhos marcantes. Olhos que encontraram os seus e o encararam.

— Vossa Graça! — exclamou a mulher mais velha, atraindo o olhar dele para ela novamente enquanto ela fazia uma reverência, corando.

As damas que a ladeavam fizeram o mesmo.

Ele ficou parado por um momento, depois se curvou. Um cumprimento ducal? Achava que não. Em vez disso, seu cumprimento breve era de um homem ocupado cujo tempo livre era precioso demais para assuntos fúteis, como visitas sociais. No entanto, ele precisava se lembrar que não era mais o inspetor-chefe Stone.

O lembrete parecia uma morte em si.

Sua morte. Ou, pelo menos, a morte do homem que fora.

— Minha senhora — disse ele. — Lady Elysande, Lady Isolde.

Lady Elysande, ele supôs, era a única vestida de cinza, a cor do último estágio de luto para prestar homenagem ao noivo. Seis meses. Tempo suficiente, supõe-se. Se ele estava certo, o olhar intrigante era o dela. A outra irmã estava vestida de rosa, seu vestido enfeitado com pelo menos uma dúzia de rosas de seda. Ao lado do vestido discreto da irmã, Lady Isolde parecia frívola.

— Estamos muito felizes em finalmente conhecê-lo — disse a condessa, sorrindo.

Ele se perguntou se ela se referia à sua ausência no funeral, necessária, já que ele não conhecia o duque anterior e, certamente, não soube de sua morte. Mas nada disso importava. Havia uma tensão no ar. A condessa e as filhas faziam esta visita não porque desejavam trocar gentilezas educadas entre moradores de propriedades vizinhas. Em vez disso, a faziam por uma razão.

Uma muito boa.

O último duque de Wycombe morreu antes de Lady Elysande se tornar sua esposa. Agora, ela vinha para se comprometer com o próximo duque.

— As senhoras vão tomar chá? — ele perguntou de modo abrupto.

— Ficaríamos agradecidas — disse a condessa, com delicadeza.

Senhora Grey, apesar de não ter seu salário garantido, era diligente. Uma bandeja de chá apareceu e o chá foi servido. Hudson se viu cercado por três mulheres aristocráticas, com a bunda na beirada de sua poltrona, fingindo beber uma bebida que era repugnante para ele. Dê-lhe café, ou uísque, qualquer dia.

Uma conversa forçada se seguiu, durante a qual ele tinha certeza de que disse a coisa errada pelo menos meia dúzia de vezes. A condessa direcionou a conversa para as filhas. Lady Isolde estava quieta. Lady Elysande o analisava com o olhar baixo, os lábios franzidos. Eram bonitos, aqueles lábios, mas ele não gostou de reparar nesse detalhe. Esta situação toda deixou um gosto amargo em sua boca que não tinha nada a ver com o chá e tudo a ver com encontrar-se forçado a se casar.

Finalmente, a condessa sugeriu que ele levasse Lady Elysande para um breve passeio pelos jardins. Lady Leydon e Lady Isolde, naturalmente, não se juntariam a eles, ficariam observando das janelas, pelo bem do decoro.

Decoro.

Que bela falácia isso era.

Como se ele fosse um autômato, Hudson se levantou, oferecendo a Lady Elysande o braço. Juntos, deixaram a atmosfera artificial do maltrapilho salão dourado em troca do sol do final do verão e dos jardins cobertos de mato do Solar Brinton. Caminharam em silêncio até chegar a uma fonte, que não estava funcionando no momento, e pararam. Saunders mencionara algo sobre encanamentos quebrados, mas quase tudo no Solar Brinton parecia necessitar de substituição ou conserto.

Na ausência de seus sapatos esmagando o cascalho, o silêncio era quase ensurdecedor. Nada além do canto dos pássaros. Uma brisa trouxe a fragrância dela para ele, e era agradável. *Lírio do vale,* pensou.

— A fonte não funciona — anunciou.

O que diabos ele deveria fazer? O inspetor-chefe Hudson Stone não acompanhava damas pelos jardins. Não passava o terno ou esforçava-se para cortejar.

Mas ele supunha que o duque de Wycombe o faria.

Uma lástima que ele agora era o atual e não o anterior.

— É uma bela fonte — disse Lady Elysande, o maior número de palavras que tinha concatenado de uma só vez desde que o chá fora servido.

Sua voz era agradável. Ela parecia cordial. Como abordar o tema de um casamento indesejado necessário para salvar esta pilha em ruínas e todas as pessoas que aqui viviam da penúria?

— Seria sem dúvida melhor se tivesse água — observou ele.

— Mas não tem, e é linda como é. Por que se afligir com a ausência da água?

Ele lançou um olhar em sua direção, analisando seu perfil. Tudo em Lady Elysande era impecável. Quase perfeito *demais*. Sua voz era bem modulada e doce. Seu vestido era recatado, sua figura deliciosamente curva nos lugares certos. Seu rosto era inegavelmente adorável.

Não gostava dela.

Hudson se voltou para a fonte.

— Não é realista da sua parte, Lady Elysande. É preciso se preocupar com a água onde deveria ter água e coisas quebradas que exigem reparo ou substituição.

— Perdoe-me, Vossa Graça. Não tive a intenção de aborrecê-lo. — Ela se virou para ele com um sorriso ensolarado preso aos lábios, que ele, com relutância, admirou durante o chá.

Ela era impecavelmente agradável. Comparado com ela, ele se sentia um ogro. Sua polidez e alegria contínuas eram irritantes. *É melhor acabar logo com isso.* Ele mal tinha tempo para se demorar nos jardins em ruínas.

— Preciso me casar — ele disse, abruptamente.

Ela não pareceu surpresa.

— Claro, Vossa Graça.

O que era esse absurdo com os pronomes de tratamento? Abominava isso.

— Você estava noiva do ex-duque de Wycombe.

— Sim.

— Você tem algum acordo com mais alguém?

Ela ainda estava sorrindo, sua beleza assumindo uma qualidade etérea. Isso também o irritou.

— Não tenho, Vossa Graça — disse Lady Elysande.

Muito bem, ele supôs, abrandando o seu desgosto.

— Você se oporia se eu falasse com seu pai?

O sorriso se ampliou e ela se tornou ainda mais bonita. Ele teve a vaga impressão de que seus sorrisos anteriores foram falsos e que este, sim, era verdadeiro.

— Seria maravilhoso, Vossa Graça.

Maravilhoso não era como ele descreveria a perspectiva de tal conversa. Um mal-estar se instalou em seu estômago. Ele tinha que fazer isso, lembrou a si mesmo. Não tinha escolha.

— Voltemos para a companhia de sua mãe e irmã? — ele perguntou, dando mais uma olhada para a fonte vazia, um símbolo do motivo pelo qual havia proposto casamento a uma dama que acabara de conhecer.

— Claro — ela concordou gentilmente.

Mas tudo em Lady Elysande era gentil demais. Felizmente, ele não tinha intenção de ter um casamento genuíno com ela. Quando se casassem, poderiam continuar levando suas vidas separadamente.

Ele a acompanhou de volta ao salão dourado em um silêncio sombrio.

A viagem de carruagem de volta a Talleyrand Park começou em silêncio, interrompido pelo barulho das rodas na estrada completamente esburacada do Solar Brinton. A estrada, assim como o resto da propriedade, estava em um trágico estado de declínio. Mas foi por isso que Elysande veio.

A vida, assim como uma máquina, era composta de peças. As peças

SCARLETT SCOTT

precisavam estar alinhadas, o resultado não era garantido até que todos os componentes funcionassem juntos. Mas, mesmo assim, nada era certo. Por meio de uma série de tentativas, erros, protótipos, testes e novas tentativas, o objetivo final era alcançado.

Esse foi um dos muitos princípios da vida que Elysande aprendeu com o pai.

Os componentes nesta situação eram evidentes. Um solar arruinado. Uma fortuna desperdiçada. Um duque recém-empossado que era tão intimidante, assustador e incivilizado quanto os rumores sugeriam. Não era apenas um homem de Londres, mas um homem que viveu uma vida comum – *escândalo* máximo! Não que Elysande se importasse particularmente com isso. *Notoriedade* não era do seu interesse.

Mas seu futuro *era*, assim como o futuro da irmã. Isolde queria se casar com seu amado, o Honorável Sr. Arthur Penhurst. Mas para isso, precisava esperar que Elysande se casasse. *Há uma ordem adequada para tudo*, o pai disse a Elysande quando ela se opôs ao mandamento antiquado dos pais de que deveria se casar, sendo a filha mais velha dos Collingwood, para que então Isolde pudesse fazer o mesmo. Mas ela também era excelente em resolver problemas e tinha encontrado a solução para *O Dilema do Casamento*, ao parar para pensar sobre o assunto, quando o ex-duque de Wycombe a visitara em Talleyrand Park.

Só que o último Duque de Wycombe teve a audácia de morrer antes que seu problema pudesse ser resolvido, interrompendo todo o processo.

— O que você achou do novo duque, Ellie? — sua mãe perguntou, enquanto a carruagem sacudia e balançava e pulava na estrada horrorosa.

Uma excelente pergunta, e que era de se esperar de uma mãe amorosa que, todavia, espera ver a filha mais velha com uma grinalda.

Ela colocou um sorriso nos lábios, principalmente por causa de Isolde.

— Acho que ele será um marido ideal.

— Isso foi o que você disse sobre o último duque de Wycombe — Isolde ressaltou, sarcástica, uma carranca se juntando à sua impecável amabilidade habitual.

Dissera isso mesmo. E o Wycombe anterior tinha sido uma perspectiva tão ideal quanto o atual, embora de maneiras diferentes. O último duque era um cabeça-oca. O duque atual era frio, sombrio e distante. Nem tinha sido romântico. Isolde teria ficado horrorizada.

Mas Elysande não precisava ser cortejada e galanteada. Sua mente talvez fosse muito parecida com a do pai: metódica, dedicada ao pensamento racional e ao raciocínio calmo. É claro que seu pai se apaixonara perdidamente por sua mãe, mas Elysande tinha muita convicção de que era incapaz de vulnerabilidade semelhante. Era isso que tornava uma união entre ela e o duque de Wycombe – *qualquer* duque de Wycombe – tão perfeita.

Ela estaria convenientemente perto da família, porém fora do alcance da sombra bem-intencionada do pai; Isolde poderia finalmente se casar com o Sr. Penhurst, e o duque continuaria com a vida como bem entendesse, deixando Elysande muito feliz sozinha para trabalhar em seus projetos e passar tempo no lugar onde era mais feliz – no interior. Ela não era uma dama de Londres, e jamais seria.

Elysande deu de ombros.

— Um duque de Wycombe é tão bom quanto outro.

— Você percebe que os dois não são intercambiáveis, não é, querida? — Sua mãe se inquietou.

— Claro, mas você também sabe que eu não estava apaixonada pelo último duque — Elysande relembrou gentilmente.

De fato, o último duque, embora gentil, era angustiantemente pouco inteligente e tinha uma propensão para o jogo, o que a levou a pedir disposições específicas no contrato de casamento que lhe oferecessem proteção. Eles tinham sido claros em suas expectativas: ela exigia que ele a deixasse em paz, e ele exigia seu dote, mas uma remuneração mais do que generosa continuaria a ser dela, de forma irrestrita. Ela não foi nada mais do que prática.

Sua mãe soltou um murmúrio de desaprovação.

— E você sabe como me sinto sobre se unir a um homem a quem você não ama.

Elysande se inclinou para a frente e deu um tapinha na mão enluvada da mãe para tranquilizá-la.

— Examinei todas as possibilidades. O resultado de se casar com o duque é o mesmo. Não sou o tipo de mulher que anseia por amor romântico. Minha independência é de importância muito maior.

Assim como a possibilidade de Isolde se casar como deseja, acrescentou em silêncio.

— Como você pode ter certeza de que o novo duque permitirá sua independência? — a irmã perguntou em seguida. — Você fez um acordo com o antigo, mas não pode presumir que o Wycombe atual ficará satisfeito em cumprir as mesmas regras.

SCARLETT SCOTT

Ela pensou no diálogo forçado que teve com ele.

— Ele parece ser do tipo que seria favorável, mas suponho que saberemos com certeza quando ele visitar o papai.

Sua mãe ficou ereta e rígida.

— Quando ele visitará seu pai? Você está sugerindo que o duque pediu você em casamento na caminhada pelos jardins?

— Não com essas palavras. No entanto, sim. Acredito que pediu.

A intenção dele era inegável. Frio, rude, calculista e totalmente desprovido de sentimentos.

Exatamente o que Elysande queria em um marido. Homens que recitavam poesia e que expressavam seus sentimentos abertamente não lhe interessavam. Na verdade, nenhum homem lhe interessava.

O novo Wycombe era muito mais atraente que o antigo Wycombe, apesar da aparência intimidante de sua expressão e da rigidez de seus ombros. Havia algo intrigante nele, algum tipo de magnetismo que ele exalava e que não se podia negar. Felizmente, se seus requisitos fossem atendidos, ela o veria relativamente pouco depois que se casassem. Ele não a distrairia de seu curso.

— Ellie, por favor — disse Isolde, com a voz comovida. — Eu lhe imploro, não se sacrifique por mim.

— Você sempre foi propensa ao melodrama, Izzy. — Elysande deu um tapinha na mão da irmã. — Não sou um cordeiro indo para o abate. Sou uma mulher se preparando para se casar com o homem de sua escolha.

— Mas esse é o problema — Isolde retrucou. — Você não se empenhou para sair da oficina do papai para conhecer um cavalheiro elegível. Por que escolheria o primeiro que pedisse sua mão?

Porque cavalheiros elegíveis não lhe interessavam, e nunca interessaram. A proposta do novo Wycombe era muito conveniente. Mas não admitiria isso em voz alta para a mãe e Izzy. Suas naturezas fantasiosas se rebelariam diante da ideia e causariam mais discussões.

Ela ergueu uma sobrancelha para a irmã.

— Para ser mais precisa, o novo Wycombe é o segundo cavalheiro que pediu a minha mão.

O antigo Wycombe fora o primeiro. Mas essa distinção duvidosa não importava. Elysande não estava destinada ao amor romântico como a mãe e o pai tinham sido. Nem como Isolde e Mr. Penhurst eram.

— Quando dissemos que você deveria se casar, seu pai e eu estávamos apenas nos referindo ao que era melhor para você — sua mãe interrompeu, franzindo a testa como fazia apenas em raras ocasiões.

Como quando Tristan jogou água em seu tinteiro.

Ou quando uma das gêmeas escondera um sapo em seu guarda-roupa.

— E estou cuidando do que é melhor para mim também — salientou para a mãe. — Se devo casar, então vou escolher o cavalheiro.

— O novo duque de Wycombe é frio. — Sua mãe se preocupou.

— Ele era inspetor-chefe na Scotland Yard — acrescentou Isolde. — Dizem que é um homem grosseiro. Ele resolveu casos de *assassinato*, Ellie. Só pense nisso.

Sim, ele era inspetor-chefe, e sim, tinha resolvido casos de assassinato. A mãe e Izzy achavam que ela não tinha feito sua pesquisa? O novo duque de Wycombe não parecia, de forma alguma, ter a cabeça fraca, o que era uma pena. O antigo Wycombe era do tipo que era facilmente enganado.

— Ele atende aos meus critérios. — Elysande cruzou as mãos no colo, o assunto resolvido, no que lhe dizia respeito.

Sua mãe balançou a cabeça.

— Eu sabia que era um erro trazê-la aqui. Eu disse a seu pai, e ele insistiu que você deveria fazer a própria escolha a respeito de qualquer assunto.

Sim, exceto a respeito de se ela se casaria ou não. O fato era um espinho em seu relacionamento com o pai, espinho que continuava doloroso sempre que cutucado ou mexido. Ela não conseguia removê-lo, independentemente de quantas tentativas fizesse ou quão fundo enfiasse a agulha metafórica.

— Vocês dois decretaram que eu me casasse — ela relembrou à mãe. — Eu escolhi meu marido.

Só se esperava que o Novo Wycombe não perecesse antes do casamento, como o Velho Wycombe fizera.

— Mas esse é o problema, Ellie. — Izzy cruzou os braços sobre o corpete em um gesto teimoso. — Você não se esforçou o suficiente para escolher. Simplesmente aceitou todos os duques de Wycombe que pediram sua mão.

Verdade, mas Elysande não conseguia ver problema nisso.

— O novo Wycombe ainda precisa pedir a minha mão — ela não aguentou não esclarecer.

— Porém, você disse que ele deseja falar com seu pai — sua mãe ressaltou. — O resultado de tal conversa é óbvio.

— Desde que ele concorde com as minhas condições. — Elysande assentiu. — O resultado é o que eu desejo.

SCARLETT SCOTT

Ou melhor, o resultado seria o que ela foi forçada a aceitar.

Porque, embora sua mãe e seu pai fossem bastante diferentes da maioria da sociedade londrina e tivessem permitido que Elysande e as irmãs atingissem a maioridade ignorando completamente o decoro, eles ainda esperavam que todos os filhos se casassem. Era uma alusão curiosa à rígida construção de mundo deles que Elysande nunca entenderia completamente. E como não queriam que o casamento de uma das filhas afetasse injustamente as outras, a regra deles era que a mais velha deveria se casar primeiro. O que significava que Elysande deveria encontrar um marido. Isolde poderia se casar com o Sr. Penhurst em seguida. E depois, as irmãs gêmeas Criseyde e Corliss poderiam se casar com quem quisessem.

O irmão, visconde Royston, sendo o único filho, não teve que se submeter à hierarquia em suas escolhas conjugais. E até agora não mostrara nenhum sinal de querer se casar com ninguém. Sim, Tristan era uma espécie de libertino e canalha e, se não fosse um irmão tão devotado, Elysande talvez tivesse sido tentada a dar-lhe um tapa na cara por causa de seus escândalos.

Ainda assim, sua fuga do laço conjugal era motivo de discussão entre Elysande e o irmão.

— Izzy tem toda razão. Suas condições foram aceitas pelo antigo Wycombe — a mãe salientava agora —, mas não há certeza de que o duque atual concordará também.

— Se ele não concordar, então não me casarei com ele — disse ela, com mais convicção do que sentia.

Na verdade, o pensamento de que o duque poderia rejeitar suas condições era fonte indesejável de irritação. Se ela tivesse que começar o processo sem sentido de encontrar um pretendente por conta própria, perderia um tempo precioso longe de seu trabalho. Tempo que não podia se dar ao luxo de despender, não quando estava tão perto de fazer sua frigideira elétrica funcionar corretamente.

— Acho que você não deve se casar com ele — resmungou Izzy. — Ele não consegue nem ter uma conversa adequada durante o chá.

— Ele realmente pareceu... reservado — a mãe disse, baixinho.

— Ele pareceu um homem não acostumado a ser um duque — retrucou Elysande. — Pareceu ser o tipo de homem que não vai ter a expectativa que eu organize eventos luxuosos para ele, peça novos revestimentos de parede e me certifique de que todos estejam sentados de acordo com a precedência adequada à mesa de jantar.

Em uma palavra: *perfeito*.

Era isso que o novo Wycombe era. Um homem que estava claramente fora de seu ambiente no interior, vestindo o manto de duque. Um homem que provavelmente estava ansioso para voltar para Londres e deixar a propriedade nas mãos capazes do mordomo. Um homem que não exigiria um herdeiro e mais um filho, ou a forçaria a ir a Londres para rodopiar em bailes e receber pessoas para o chá.

Talvez ele seja mais inteligente do que o antigo Wycombe – ela achava que não estava errada sobre o brilho de inteligência em seu olhar severo –, mas talvez ele fosse um candidato ainda melhor. Um homem que era favorável a deixá-la fazer o que desejasse no interior era, de fato, o marido ideal.

Ah, sim. O novo duque de Wycombe era, sem dúvida, o marido que ela precisava.

SCARLETT SCOTT

CAPÍTULO 2

O inspetor-chefe Hudson Stone perseguiu assassinos e ladrões. Urdiu planos cuidadosamente elaborados para pegar criminosos. Interrogou monstros disfarçados de homens. Quase perdeu a vida quando um criminoso afundou uma lâmina afiada entre suas costelas. A cicatriz perdurava, a pele enrugada e brilhante, um sinal de quão perto tinha chegado de seu próprio fim. Em mais de uma ocasião, encarou as profundezas do olhar do próprio diabo.

Mas nunca, nem uma vez, sentou-se diante do pai da mulher com quem pretendia se casar; um contrato de casamento diante de si. A última ocasião em que entrara em contato com Leydon foi uma mera cortesia: uma carta. Um tiro disparado antes do início desta guerra, por assim dizer.

Você não é mais o inspetor-chefe Stone, sussurrou uma voz insidiosa.

Uma voz que o provocava com fervor crescente a cada dia que passava apodrecendo em Buckinghamshire.

— Tem certeza de que deseja discutir o contrato de casamento agora, Wycombe? — perguntou o conde de Leydon, interrompendo o silêncio forçado que se instalara.

Wycombe. Ele ainda esperava se virar e encontrar um estranho atrás dele, um que fosse mais merecedor do título. Um homem que ficaria satisfeito por ter sido obrigado a suportar todas essas malditas responsabilidades. No entanto, não havia ninguém além dele no escritório cavernoso. Ele sabia reprimir o impulso.

— Haveria melhor momento? — perguntou ele ao conde.

Possivelmente, Hudson estava quebrando outra regra tácita ao se aproximar do pai de Lady Elysande com o contrato. Não seria o primeiro passo em falso que dava desde que relutantemente se tornou duque. Nem seria o último, ele sabia. Embora tenha feito amizade com membros da aristocracia no passado, alguns por acaso e outros por meio de seu trabalho, não podia alegar entender a variedade de normas.

Nem nunca entenderia.

— Conhaque? — o pai de Lady Elysande perguntou, em vez de responder à pergunta que Hudson fizera.

Preocupado, Hudson se perguntou qual dos dois lorde Leydon supunha que mais precisava de um reforço.

Ele inclinou a cabeça.

— Nada para mim, obrigado.

Hudson preferia manter o juízo intacto quando em território inimigo. Neste caso, o território inimigo não era muito diferente de um beco no East End. O resultado era um esfaqueamento no sentido figurado em vez de físico. Ele não tinha dúvida de que doeria do mesmo jeito.

— Claro. — Leydon tamborilava os dedos na superfície lustrosa de sua mesa. — Você vai ficar para o jantar?

Quem tinha apetite em circunstâncias como essas?

— Não tinha pensado nisso, senhor — ele respondeu, com honestidade.

De fato, depois de se debruçar sobre o contrato de casamento com Saunders, que alegara ignorância sobre tais assuntos e encorajou-o a contratar um advogado, Hudson foi imediatamente a Talleyrand Park. Não havia recursos financeiros para bancar um maldito advogado, e ele supunha que seus poderes de observação seriam suficientes.

A viagem foi desconfortável, não apenas porque Hudson não estava acostumado a andar a cavalo, mas porque os cavalos remanescentes nos estábulos do Solar Brinton não estavam à altura da tarefa. A égua velha e robusta que escolhera havia passado grande parte da viagem parando para procurar tufos de grama e ignorando suas tentativas desesperadas de fazê-la se arrastar. Como resultado, ele chegou empoeirado, suado e irritado, duas horas depois do que pretendia inicialmente.

— Lady Leydon ficaria muito descontente se lhe fosse negada a oportunidade de recebê-lo — disse o conde com cortesia.

Era uma alegação duvidosa.

Uma mentira educada, provavelmente. A categoria fazia muito disso, ele descobriu desde que, de forma inesperada e relutante, se juntou a eles. Dissimular era a moeda dessas pessoas.

Estava ciente de que sua visita fora feita sem aviso prévio. Foi o próprio Hudson que acomodou a égua nos estábulos. O mordomo ficou contrariado e deu uma cheirada discreta que sugeria que talvez Hudson fedesse a esterco. Uma análise clandestina de seus sapatos enquanto esperava Lorde Leydon no imenso vestíbulo de Talleyrand Park indicou solas limpas.

SCARLETT SCOTT

E graças a Deus por isso.

Ele já tinha o suficiente para se preocupar sem merda de cavalo nas malditas botas.

— Vim para discutir o contrato de casamento — ele lembrou educadamente ao pai de Lady Elysande.

O jantar poderia ir para o inferno, no que lhe dizia respeito. Quanto mais cedo esse negócio desprezível acabasse, melhor.

Leydon pegou um relógio de bolso do colete e o consultou.

— Há tempo de sobra para discutir o contrato, Wycombe. Talvez até mesmo depois do jantar, no momento do vinho do porto e do charuto.

O conde se mexeu em seu assento, visivelmente desconfortável.

O investigador que Hudson fora — o detetive que ainda vivia e respirava, fervendo sob a superfície de todas as suas interações — veio à tona. Hudson analisou o lorde à sua frente. Ele não estava vestido de maneira elegante, usava um paletó de lã. Seu cabelo estava desgrenhado, como se tivesse passado a mão por entre os fios. E aquilo era… uma mancha de sujeira em sua bochecha? Esta conversa se tornava mais intrigante a cada momento. Talvez em seu nervosismo para ver o assunto em questão resolvido, Hudson negligenciara alguns fatos preocupantes.

— Eu preferiria discutir o contrato agora, senhor — ele retrucou.

De fato, achava que não conseguiria relaxar até que esse maldito noivado fosse concluído.

Antes que o conde pudesse responder, a porta do escritório se abriu de modo abrupto com um estrondo, o que fez Hudson se sobressaltar em sua poltrona desconfortável para encontrar a fonte de tal comoção.

Uma enxurrada de saias cinzentas simples e uma figura diminuta e feminina atravessou a porta.

— Papai! Acredito que finalmente achei a solução para os parafusos de ligação para o… *Ah!* Me perdoe. Não tinha percebido que você tinha visita.

O intruso parou no carpete Axminster, as mãos pálidas cerradas agarrando um punhado da saia.

Lady Elysande, ele se deu conta.

Mas não a dama que se juntou a ele nos jardins. A diferença entre a beleza calma e etérea que conhecera e a mulher corada em vestes simples com o cabelo amarrado em um coque era tão discrepante quanto as montanhas e o mar.

Ambos eram gloriosos. E, no entanto, muito diferentes um do outro.

Logo depois, percebeu um farfalhar atrás de si – Lorde Leydon se levantou, e Hudson fez o mesmo.

— Ellie querida — disse o conde, a voz adornada de inegável carinho.

Bom, maldição. Se ao menos o próprio genitor de Hudson tivesse falado com ele com um ínfimo do mesmo carinho. Ele era mais propenso a dar um tabefe dolorido na cabeça dele.

— Perdoe-me a intromissão. — Ela fez uma reverência.

— Imagina. — O tom de Leydon era caloroso. — Você sabe que é sempre bem-vinda, filha querida. No entanto, bater não faria nenhum mal.

Um rubor manchou o semblante pálido de Elysande com a gentil repreensão do conde. E Deus que o ajude, Hudson achou a cor rosada em suas bochechas muito atraente. Uma faísca abominável de desejo começou a despertar dentro dele.

Ele a apagou com grande força e determinação.

O casamento não o mudaria.

Ele não queria esta mulher.

Não queria este ducado.

Mal poderia esperar pelo seu retorno a Londres.

— Talvez você queira se juntar a nós na discussão, milady — ele se viu dizendo, apesar desses lembretes.

O desejo de mantê-la aqui era estranho. Ele deveria querer que ela fosse embora. Passar o menor tempo possível em sua companhia. Para ver esta conversa incômoda acabar e organizar o casamento.

— O que vocês estão discutindo, Vossa Graça? — ela perguntou.

— O contrato de casamento — respondeu Lorde Leydon.

As sobrancelhas finas e escuras dela se uniram quando ela franziu a testa.

— Você viu a emenda, pai?

Emenda?

Inferno.

Será que ele recebeu o mesmo contrato de casamento que seu antecessor? Hudson deu uma olhada na direção do anfitrião e viu o conde evitando seu olhar enquanto passava os dedos nos cantos do documento empilhado diante dele na mesa.

Parece que recebeu.

— A emenda foi feita, filha querida — disse Leydon.

— Excelente. — A voz melosa de Lady Elysande atraiu o olhar de Hudson de volta para ela. Ela puxou o vestido sem graça e, pela primeira vez, Hudson notou algumas manchas dispersas em sua saia. — Perdoe minha aparência, Vossa Graça. Se eu soubesse que o senhor estava visitando Talleyrand Park, teria me apresentado mais formalmente.

Quem ela achava que ele era? Será que não tinha a noção de que estava falando com um homem que muitas vezes retornou à sua residência de solteiro sem perceber que tinha sangue manchando seu casaco e as mangas de sua camisa? Provavelmente não, ou a adorável dama fugiria na direção oposta em vez de dar atenção a algo tão civilizado quanto uma emenda no contrato de casamento.

Ele se perguntou qual poderia ser a mudança que ela solicitou.

— Sua apresentação é tão formal quanto o necessário — disse ele, esperava que em um tom cordial.

Na verdade, ele gostava da simplicidade do vestido, gostava das manchas que o danificavam, prova de que ela nem sempre era tão imaculada quanto se mostrara naquele dia nos jardins. Ele não tinha percebido sua beleza com profundidade no último encontro. Vê-la assim, desprovida de artifícios, o afetou muito mais do que na última ocasião em que seus caminhos se cruzaram.

Ela o observava, aquele olhar castanho-escuro transbordando inteligência. Ele não conseguia evitar pensar que ela o estava julgando. Ou, pelo menos, fazendo a tentativa de julgar. Ele se perguntou o que ela estava pensando.

— Fico feliz que você não se ofenda com a minha falta de polidez, Vossa Graça — disse ela, voz agradável, tom bem modulado.

Ela falou como se estivessem em uma sala de visitas formal. Ele supôs que ela deveria ter sido criada para desempenhar o papel de duquesa.

— Por favor — disse ele, apontando para a cadeira vazia ao seu lado —, já que esse diálogo lhe diz respeito, é justo que você esteja presente.

Leydon emitiu um ruído dissimulado.

— É bastante… *incomum*, Wycombe. Não tenho certeza se Lady Elysande desejará ficar.

Hudson não tinha certeza se o conde estava se referindo à emenda em questão ou ao seu pedido de que sua futura noiva os acompanhasse enquanto os detalhes do contrato de casamento eram revelados. Não que isso importasse. Ele podia ser um duque, mas ainda era o mesmo homem que não dava a mínima para a sociedade e todas as suas malditas regras.

Ele se virou para Lady Elysande.

— O que você prefere fazer, milady?

Por um momento, a expressão implacável de Lady Elysande desapareceu, e ele pensou ter visto uma pitada de preocupação em seu semblante enquanto seus olhos se voltavam para o pai e depois para Hudson.

— Suponho que devo ficar.

— Excelente — disse ele, embora secretamente se perguntasse por que diabos escolheu prolongar essa tortura.

Nada mais justo, é claro.

Uma dama deveria estar presente se os detalhes de seu futuro estivessem sendo discutidos. Hudson não era um homem injusto. Os protocolos da sociedade podiam ir às favas. Apesar de todo o sofrimento e horror que testemunhou, ainda acreditava na honra. Afinal de contas, honra era o motivo pelo qual estava aqui participando dessa conversa interminável com a intenção de se casar com uma dama que não conhecia. Enquanto Hudson Stone não devia nada às pessoas por cujas vidas agora era responsável, o duque de Wycombe devia, e Hudson agora, infelizmente, ostentava o título.

— Pai? — Lady Elysande perguntou, claramente buscando a aprovação dele.

Leydon estava franzindo a testa, mas assentiu.

— Se Sua Graça deseja que você esteja presente, suponho que não há nada de indesejável nisso.

Sua graça.

Wycombe.

Com qualquer nome, a reação de Hudson permanecia a mesma. O título não lhe pertencia. Deveria ter sido o fardo de seu primo. E, no entanto, aqui estava ele, prestes a negociar a noiva do falecido como se os procedimentos fossem tão naturais quanto respirar.

Lady Elysande assentiu e, quando passou por ele para se acomodar na cadeira vazia, o cheiro de óleo de lamparina o alcançou, em vez do perfume doce. De fato, era estranho. O que diabos ela estava fazendo antes de vir correndo para o escritório do pai? O detetive nele, que ainda não tinha percebido que agora deveria se preocupar com um novo papel, ficou instantaneamente apreensivo.

Curioso, isso.

Lady Elysande não era o que parecia ser. Ele não tinha certeza se deveria ficar intrigado ou preocupado com essa nova descoberta.

SCARLETT SCOTT

Elysande se sentou, com as costas tão eretas quanto uma vara, na cadeira ao lado do novo Wycombe. Estava ciente da saia manchada e do forte odor de óleo de lamparina que estava exalando graças ao infeliz derramamento na oficina do pai. Sua bainha havia absorvido boa parte da bagunça antes que pudesse limpar o óleo do chão adequadamente. Era o que acontecia quando uma oficina era relegada aos estábulos e a luz era insuficiente, graças ao dínamo que fora reservado para alimentar protótipos. Ela esbarrou na lamparina com o cotovelo — felizmente, uma das várias que não estavam acesas no momento — enquanto trabalhava no projeto do gerador eletrostático do pai.

Elysande só esperava encontrar um espaço mais adequado para uma oficina própria quando se casasse com o duque. Depois que o pai acidentalmente incendiou a biblioteca quando tentava aperfeiçoar seu alarme contra roubo, a mãe insistiu que ele conduzisse todos os assuntos relativos às suas invenções fora da casa. Dezenas de livros foram perdidos. Sem falar das cortinas, do carpete Axminster e da estimada escrivaninha da mãe. Embora restaurado à sua antiga glória, até hoje podia ser sentido um cheiro de fumaça naquele cômodo, e sua mãe nunca se cansava de tecer comentários sobre isso. Pelo menos não tinha sido tão perigoso quanto na ocasião em que a caldeira de seu carrinho de bebê a vapor explodira...

Um tempo depois, Elysande se forçou a ouvir o pai falando sobre os detalhes do contrato de casamento. Tudo estava como ela esperava. Estranho pensar que não se preocupou em se envolver no processo com o antigo Wycombe. Naturalmente, ele não a convidara, e ela ficou satisfeita em se ocupar com coisas que realmente a interessavam.

Ao lado dela, o novo Wycombe tamborilava os dedos na coxa com um ritmo firme, quase como se achasse as minúcias de suas núpcias tediosas. Ela não sabia por que ficou irritada ao tomar conhecimento disso, pois sentia o mesmo. No entanto, não podia negar que a falta de emoção do duque a preocupava. Eles iam se casar. Ele não deveria sentir alguma coisa? Algo mais do que *tédio*?

Disse a si mesma que não importava. Não era como se ela quisesse se casar com ele. Tampouco nutria mais sentimentos ternos por esse duque do que pelo último. Seu objetivo permanecia o mesmo: felicidade para a irmã e para si mesma. Izzy poderia se casar com o Sr. Penhurst. Elysande poderia dedicar seu tempo ao próprio trabalho em vez de brincar com o do pai. O novo Wycombe poderia voltar a Londres e ficar ruminando lá como quisesse. Todos os desfechos eram ideais.

— Estou de acordo — disse Wycombe, virando-se para ela. — Lady Elysande?

Ou ele realmente desejava que ela fizesse parte desse processo, ou não sabia como era excepcional uma dama ser incluída em tal reunião, ou estava tentando testá-la de alguma forma. Ela não tinha certeza de qual das opções. Havia algo muito perturbador em seu olhar azul-acinzentado que agora incendiava o dela.

Mas ela não desviaria o olhar. Nem admitiria que não ouviu uma palavra que o pai dissera.

Em vez disso, sorriu como esperava que fosse a insípida serenidade que vira na maioria das meninas durante sua festa de debutante.

— Eu também concordo.

Seu pai assentiu e continuou:

— Lady Elysande receberá sua remuneração anual que será utilizada como desejar. Ela também solicita não ter prole.

Elysande se retesou com a menção da emenda. Era um pedido que não havia feito ao antigo Wycombe, mas que deveria tê-lo feito. O novo Wycombe – esperava-se – seria mais receptivo do que seu antecessor aos termos. Ele parecia não ter muita consideração pelo título. Só lhe restava ter esperança.

— Sem prole — repetiu o duque.

O rosto do pai estava corado, um sinal de que estava envergonhado com o pedido da filha. A ideia dela não lhe agradara, e ele deixou isso claro. No entanto, ele estava relutantemente disposto a alterar o contrato para satisfazê-la.

— Isso mesmo — disse seu pai.

— Existe alguma razão para este pedido? Lady Elysande está com problemas de saúde? — Wycombe se dirigiu ao pai dela, mas, ainda assim, lançou um olhar questionador em sua direção.

— Estou bem de saúde — ela se forçou a dizer. — Porém, não desejo filhos.

Não era totalmente verdade. Não que não quisesse ter seus próprios filhos, ou não tivesse o desejo firme que a maioria das mulheres que querem se casar parecia nutrir. Izzy sonhava com filhos com seu Arthur e ansiava pelo dia em que poderia se tornar mãe. Elysande, no entanto, era diferente. Ela tinha aspirações. Planos. Crianças não faziam parte disso. Talvez um dia. Mas não agora. Não no futuro próximo, e ela precisava ter certeza de que o marido não faria exigências a ela.

SCARLETT SCOTT

— Nunca? — Wycombe perguntou a ela.

As palmas das mãos de Elysande ficaram úmidas e o cheiro de óleo de lamparina parecia mais forte do que nunca. Uma faísca e ela estaria em chamas como a biblioteca.

— *Nunca* é uma palavra finita, Vossa Graça. No entanto, gostaria de ter a garantia de que não serei pressionada a ter um herdeiro e mais um filho imediatamente.

— Não — ele disse.

Uma palavra. Simples e sucinta. E, todavia, ela não tinha certeza do que significava. O que *ele* quis dizer?

Ela piscou.

— Perdão, Vossa Graça?

— Não, não concordo com essa estipulação — ele explicou.

O peso do pavor preencheu a barriga dela. Se ele negasse esse desejo, ela daria andamento ao casamento de qualquer maneira. Mas não podia permitir que ele soubesse disso.

— Por que não? — ela perguntou com calma.

— Esta conversa está muito fora dos padrões — interrompeu o pai, a voz fraca como sempre quando se encontrava em uma posição intolerável.

O pai nunca fora uma pessoa que apreciava a companhia de outros fora de seu círculo íntimo de familiares e amigos próximos. O conflito o aborrecia absurdamente, assim como qualquer assunto que ele achasse desconcertante.

— Não acho que o assunto seja fora do padrão — Wycombe retrucou com delicadeza. — Esse diálogo certamente deve ser o material de contratos de casamento.

— Normalmente, a dama em questão não está presente na discussão — o pai explicou, com o semblante fechado. — Além disso, não suponho... Quero dizer, o pedido de Lady Elysande é bastante incomum.

Incomum. Sim, ela supunha que era. Mas ouvir seu pai admitir isso em voz alta foi desanimador. Definitivamente, a admissão não ajudaria sua causa.

— Talvez fosse melhor que este assunto seja deliberado entre mim e Lady Elysande — sugeriu Wycombe.

Seu tom era calmo, como se estivessem discutindo algo de importância equivalente à fonte defeituosa do Solar Brinton. Ele era realmente tão sem sentimentos quanto parecia?

— Excelente — disse o pai, alívio colorindo sua voz. — Lady Elysande, por que vocês não vão tomar um pouco de ar no pórtico? Vocês dois podem ponderar sobre a emenda um pouco mais e chegar a um acordo.

Elysande queria gritar com o pai. Por que ele não a estava ajudando com essa negociação interminável? Tudo o que ela queria era resolver a questão de suas núpcias para poder voltar ao trabalho e Izzy poder, finalmente, se casar com o Sr. Penhurst. Agora teria que se submeter a outra conversa indesejada com o novo Wycombe.

— Mas… por que não podemos simplesmente decidir agora? — ela arriscou, desejando que o pai fosse mais um aliado do que um inimigo neste caso.

Já não era terrível o suficiente ela ter que se casar? Ele não poderia amenizar o tormento administrando o contrato de casamento sem o envolvimento dela? Mas então, supôs que tudo isso era culpa do duque ao seu lado. Pois foi ele quem a convidou para ficar. E ela tinha sido tola o suficiente para aceitar a oferta.

No entanto, o pai permaneceu impassível a seu apelo. Ele tinha sido ríspido com ela sobre a emenda e bem claro sobre sua posição. *No casamento, fornecer um herdeiro será seu dever. Não espere que Wycombe concorde com esta disposição. Nenhum homem concordaria.*

Ele balançou a cabeça para ela, uma reprimenda silenciosa.

— Vá agora, filha. Lady Leydon estará em sua sala neste momento, com uma excelente vista da fachada do lado sul.

Provavelmente, sua mãe estaria muito ocupada desenhando ou lendo um livro para reparar no que Elysande e o novo Wycombe estariam tratando. Mas Elysande manteve isso para si mesma e se levantou da cadeira, não vendo alternativa a não ser anuir à instrução de seu pai. O duque fez o mesmo e, sem estardalhaço, os dois deixaram o escritório do pai. Em silêncio, ela guiou o futuro noivo pelo corredor que levava ao hall de entrada.

— Sem dúvida, muito mármore — disse Wycombe, conforme atravessavam o cômodo enorme.

Elysande não tinha certeza se ele estava falando com ela ou consigo mesmo. Talleyrand Park era uma estrutura imensa construída no estilo *palladiano* no início do século XVIII. Tendo passado tanto tempo entre suas paredes, ela muitas vezes se via acostumada à sua grandeza. Mas agora via a construção através dos olhos do homem ao seu lado. A casa de campo dele dificilmente poderia se comparar em tamanho e magnificência. Mas então, ela supôs que, para um homem que não havia nascido para ser herdeiro de um duque, até mesmo a casa em ruínas, escangalhada que ele atualmente habitava deveria ser uma maravilha.

— É alabastro — ela corrigiu, pois os dois eram comumente confundidos. — De Derbyshire.

— Sem dúvida, muito alabastro — ele falou arrastado.

Ela lançou um olhar indagador para ele enquanto passavam do hall de entrada para o grande salão. A expressão dele permanecia séria, com um toque daquele mesmo ar intimidante que ele tinha. Ela não conseguia discernir se era um estado natural ou o resultado dos fardos que haviam caído sobre seus ombros.

— Sim — disse ela, guiando-o pelo grande salão com tapeçaria de um veludo vermelho surpreendentemente vibrante. — O arquiteto decorou da mesma maneira que em uma basílica romana.

— Imagino que o arquiteto do Solar Brinton o decorou da mesma maneira que um monte de rocha em ruínas. — Sua voz grossa tinha uma pitada de ironia zombeteira.

Era agradavelmente grave. Difícil negar o efeito que exercia sobre ela, embora contra sua vontade. Enviou uma tremulação inesperada de… — bem, ela se recusava considerar exatamente *o que* era – correndo direto através dela. O que era isso? Primeiro, ela o achara bonito e agora admirava a maneira como ele falava?

— O senhor está tentando me distrair com humor? — ela perguntou, sentindo-se irritada e esquecendo tudo a respeito de sua decisão de permanecer doce e dócil, em um esforço para persuadi-lo a concordar com todas suas exigências.

— Sou culpado de tentar aliviar o momento. Tenho a impressão de que a conversa que nos espera pode ser bastante desagradável.

Ela os conduziu pelas portas duplas na extremidade oposta do salão onde o pórtico os aguardava. O dia lá fora estava claro e quente, em oposição direta à maneira como ela se sentia por dentro. Esse negócio de casamento era terrivelmente desgastante. Quanto mais cedo fosse resolvido, melhor.

— Aqui estamos — ela anunciou sem necessidade, pois era bastante óbvio que eles haviam chegado ao seu destino. A enorme varanda tinha vista para o gramado do lado sul, os estimados jardins com as roseiras de sua mãe e uma grande lagoa com uma fonte emergindo do centro.

— Não há fontes com defeito aqui, pelo que vejo — observou ele, mãos cruzadas às costas enquanto caminhava adiante.

Ela desejou não ter notado a largura de seus ombros e a maneira como sua calça se agarrava às longas pernas. Mas era culpada de ambos.

Elysande desviou o olhar dele e se concentrou na fonte.

— A fonte do Solar Brinton será restaurada em breve. Você só precisa concordar com os termos do contrato de casamento.

A alfinetada nada sutil era tudo de que ele precisava.

Ele se virou para ela, os olhos azuis-acinzentados a avaliando.

— Porém, há um termo com o qual não posso concordar.

Sua esperança de que a oposição dele diminuísse ao longo da caminhada se dissipou.

— Por que não?

— Posso querer filhos.

A resposta dele a surpreendeu por sua brevidade e franqueza.

Ela colocou as mãos na cintura, precisando de algo para fazer com as mãos.

— A questão pode ser revisitada em uma data posterior.

— Uma data posterior de sua escolha?

— Sim. — Ela franziu a testa. Por que ele estava tornando isso tão difícil?

— Quando isso poderia acontecer, Lady Elysande? Daqui a seis semanas? Daqui a seis meses? Daqui a seis anos? Nunca? — Ele se moveu em direção a ela lentamente, bloqueando por completo a visão da fonte para que ele fosse tudo o que ela pudesse ver. — Eu não me comprometo com possibilidades e caprichos. Prefiro fatos.

Ele tinha uma presença dominante. Mesmo que não estivesse atrapalhando a visão da água caindo, ela instintivamente sabia que não seria capaz de desviar os olhos dele. A fonte não era tão intrigante quanto esse enigmático duque substituto.

— Eu não sei, Vossa Graça — disse ela, com honestidade. — Esperava que por algum tempo. Afinal, mal nos conhecemos.

— Esta é a nova emenda, não é? — ele perguntou diretamente.

Tão diretamente, seu olhar ardente a perfurando, a ponto de ela nem mesmo conseguir afastar o olhar ou elaborar frases completas.

— Sim, é.

Ele se aproximou ainda mais, devagar, como se tivesse um tempo infinito para persegui-la. Até que ela não conseguisse evitar a necessidade de dar um passo para longe. Apenas um passo para a esquerda. Ele era um homem opressor, e ela, de repente, se lembrou de que ele fora inspetor-chefe da Scotland Yard. Era acostumado a conduzir interrogatórios, a interrogar suspeitos de crimes. E agora estava empregando todas as suas táticas com ela.

Ela não gostava de ser o foco de sua atenção.

O duque parou, o olhar inabalável.

— Você estava disposta a fornecer filhos ao duque de Wycombe anterior, não estava?

— Estava — ela começou apressada, precisando explicar —, no entanto, me arrependi da omissão desde o momento em que aceitei o contrato. Agora tenho a chance de retificar o passado.

— É pelo fato de eu não ser da nobreza? — ele perguntou, abruptamente, a mandíbula tensa, seu tom agora áspero.

Como ele deve achá-la mesquinha. Ou pior, arrogante. Ela deve convencê-lo do contrário, principalmente se eles realmente se casarem.

— O senhor *é* da nobreza, Vossa Graça. O senhor é um duque, descendente do sangue de duques.

— Mas não vivi a vida de um duque, Lady Elysande — ele retrucou.

— Nós dois sabemos que não sou nada parecido com o Wycombe anterior. Diabos, ainda estou em choque por ser o Wycombe *atual.* Se é o meu passado que a preocupa, então você talvez deseje fazer um acordo com outro pretendente. Não posso mudar quem sou.

— O senhor me entendeu mal. — Uma leve brisa bagunçou seu cabelo, soltando um cachinho de seu penteado simples. Apressadamente, ela o afastou da bochecha. — Seu histórico não é a razão do meu desejo de adicionar a emenda.

Ele inclinou a cabeça, analisando-a.

— Então o que é, Lady Elysande? Mesmo eu, que não sou tão versado nas relações entre homens e mulheres, acredito que seu pedido é incomum, principalmente levando em consideração que é um casamento entre pessoas de seu círculo social.

Ele tinha razão. Seu pedido era definitivamente *incomum.* De fato, ela nunca tinha ouvido falar de qualquer outra dama fazendo a tentativa. O pai ficou muito insatisfeito com o pedido dela, mas, por fim, cedeu. Talvez porque estivesse ansioso para retornar às tentativas de aperfeiçoar seu gerador eletrostático, era verdade.

— Meu círculo social agora é o seu — ela não resistiu em salientar, porque não havia mais nada que pudesse argumentar, e a futilidade de sua campanha ficava mais aparente a cada momento.

Um pequeno sorriso curvou os lábios dele – lábios sensuais, aqueles. Carnudos demais para um homem. Ela nunca tinha visto lábios semelhantes em um cavalheiro antes. Mas talvez nunca tivesse tido tempo de observar a boca de outro cavalheiro também. Antes do novo Wycombe, nenhum homem havia oferecido distração suficiente para intrigá-la.

Enquanto Izzy se apaixonava pelo Sr. Penhurst, Elysande sempre esteve muito mais interessada no tempo que lhe era permitido passar na oficina do pai. Sofrera em um incontável número de bailes e outros eventos sociais com um sorriso educado enquanto secretamente pensava em qual cimento poderia usar em seguida ou qual tipo de fio conduziria eletricidade com mais eficiência.

Mas agora o sorriso de Wycombe – um sorriso voraz, um sorriso predatório, um sorriso que dizia que ele era o capitão no comando desse navio em particular – a atraiu com uma veemência como o de nenhum outro homem antes a atraíra. O cacho inconveniente saiu de seu lugar atrás da orelha e fez cócegas em sua bochecha.

Ele estava em cima dela antes que sua mente desorientada pudesse entender que ele tinha se movido, longos dedos alcançando o cacho de cabelo e colocando-o em sua posição mais uma vez. As pontas dos dedos dele roçaram sua pele enquanto ele fazia isso, e o resultado foi uma inesperada sensação de choque florescendo do ponto de contato e irradiando para fora.

— Seu círculo, Lady Elysande — disse ele, baixinho —, nunca, *nunca* será o meu. Eu venho de um mundo diferente, e embora tenha sido forçado a assumir este maldito título e papel e todos os ônus que o acompanham, não sou um aristocrata. Não sou o tipo de cavalheiro de mão macia que a conduziu em quadrilhas e valsas em salões de baile. Olhei nos olhos de assassinos e testemunhei as consequências de crimes que deixariam seus lordes mimados amontoados em um canto, chorando em seus lenços com monogramas.

Sua franqueza a pegou de surpresa, assim como seu fervor. Mas foi a imagem que ele pintou com suas palavras, mais do que qualquer coisa, que a cativou. Este não era o homem educado – não obstante inepto na arte de cortejar – que falara com ela nos jardins do Solar Brinton. Ou talvez fosse, e ela se equivocara com relação a ele. Acreditou que seria fácil enganá-lo, que era um homem que precisava desesperadamente de seu dote para restaurar a propriedade arruinada que herdara.

Mas ele não era de maneira nenhuma fraco, e ela podia ver, agora que ele estava muito perto dela, que o sorriso sumira de seu semblante. Tampouco ele seria iludido ou coagido. Ele era muito mais do que ela tinha inicialmente suposto. Um adversário aterrorizante. O que deveria tê-la intimidado, ou pelo menos a impedido de se unir a ele com um acordo de casamento. No entanto, a compreensão teve o efeito oposto.

— Entendo que o senhor não é como meus outros pretendentes, Vossa Graça — ela conseguiu dizer.

Ela passou a língua pelos lábios, umedecendo-os, e então a brisa bateu novamente, desarrumando aquele solitário e desastroso cacho. Desta vez, ele pousou entre seus lábios, ficando grudando nos lábios úmidos.

Ele o alcançou primeiro, segurando o rosto dela e passando o polegar sobre seus lábios.

— Diabos. Seu maldito cabelo está esvoaçando por toda parte.

Suas palavras eram quase uma acusação, como se suspeitasse que ela havia intencionalmente solicitado o vento e exigido que sua criada pessoal arrumasse seu cabelo em um coque solto apenas para exasperá-lo. Não deveria haver nada em suas palavras ou suas ações que causassem o calor que percorria seu corpo.

E, no entanto, *havia algo*.

Ela se viu se inclinando em direção a ele. O polegar dele demorou mais do que o necessário, traçando o lábio inferior dela uma vez, depois duas. Uma terceira vez.

— Perdoe meu cabelo — disse ela, o que foi tolo e sem sentido.

Sua mão esquerda, por vontade própria, se soltou da direita e pousou no braço dele. Sob as camadas de seu casaco e camisa, a força e o calor dele pareciam queimá-la.

— Não irei mudar de ideia — ele disse a ela.

Para seu constrangimento, levou um momento para sua mente rodopiante compreender ao que ele se referia.

Ah, sim. Minha emenda.

— Nem eu — disse ela, insolente, embora na realidade não se sentisse tão confiante quanto fingia estar.

— Você quer se casar e, no entanto, não deseja ter filhos. — O polegar dele estava no canto dos lábios dela agora, acariciando-o.

Ela deveria se afastar. Distanciar-se. Livrar-se do seu toque inebriante.

Elysande permaneceu, dizendo a si mesma que fingir-se impassível era tão corajoso quanto recuar.

— Como eu disse, não é que eu não queira filhos por toda a minha vida. Simplesmente não quero ser forçada a tê-los agora.

— Forçada.

Ela suspirou.

— Não é uma representação precisa?

O polegar dele passou por seu lábio inferior de novo, mais devagar desta vez. Quase como uma provocação.

— Eu nunca a forçaria a fazer nada que não desejasse, milady. Não forçaria nenhuma mulher.

Ele não precisaria forçar, ela pensou, voluntariosa. Este homem poderia persuadir qualquer pessoa a fazer o que ele quisesse. Ela só precisava olhar para si mesma como prova disso. Já estava pensando que talvez devesse oferecer a ele um acordo.

Não devo ceder.

Não devo ceder.

Não devo...

— Seis meses — ela falou, sem pensar.

Ele ficou imóvel.

— Perdoe-me, Lady Elysande, mas não entendi.

— Você deseja uma indicação de tempo — ela elaborou. — Seis meses é o que requisito. A emenda pode ser alterada para que eu tenha seis meses para mim, sem consumar nosso casamento. Depois disso, se você desejar que eu tenha filhos, eu... terei.

Com aquele polegar enlouquecedor, ele traçou o lábio superior dela, o arco.

— Você não parece entusiasmada, milady. Mas não. Não vou esperar seis meses. Um deve ser suficiente.

Ela requisitava a capacidade de ter foco para buscar a conclusão de seu protótipo. Sem distrações, sem um marido para fazer exigências a ela. Ela precisaria de acesso à oficina do pai, liberdade de movimento. Céus, a coitada da sua prima Lydia ficou doente e presa à cama durante toda a gravidez. Elysande não podia se dar ao luxo de ficar incapacitada dessa maneira. Quanto ao tempo que ele sugeriu? Um mês não seria tempo suficiente para ela aperfeiçoar seu trabalho. Na verdade, seis já era terrivelmente implausível. Um? Absolutamente impossível.

— Cinco — ela retrucou, pensando em todo o trabalho pela frente.

— Dois — ele ofereceu, passando o dedo pelo lábio inferior dela.

Os lábios dela se entreabriram, e ele mergulhou o dedo lá dentro por um momento, para que ela pudesse sentir o gosto salgado de sua pele.

Tão estranho e masculino e... Wycombe. O novo Wycombe. O antigo Wycombe nunca se atreveu a colocar o polegar em qualquer lugar perto de sua boca e, de fato, se tivesse, ela teria sido muito mais propensa a mordê-lo do que encontrar-se impotente em seu controle.

Isso não explicava nada do que ela sentia pelo duque que estava diante de si no pórtico agora.

Engoliu em seco uma indesejada sensação crescente de perigo.

— Quatro meses, Vossa Graça.

— Três, e pare de me chamar assim. — Ele passou a umidade de sua saliva sobre os lábios dela. — Meu nome é Hudson.

Três meses. Seria possível? Ela se atreveria a concordar com um período tão curto, com uma concessão tão tremenda quando jurou que não permitiria nenhuma? Pensamentos da felicidade de Izzy passaram por sua mente. Como suportaria enfrentar a irmã tendo recusado a única perspectiva de casamento que tinha? Como começaria, de novo, a jogar-se em uma rodada interminável de danças e bailes e jantares? Não seria capaz.

Hudson.

Um nome curioso para um homem curioso.

Ela gostava. E, para sua infelicidade, ficou intrigada com ele.

Seria a esposa dele.

Três meses dedicados em completar seu projeto e aperfeiçoar a frigideira elétrica em que vinha trabalhando diligentemente em um esforço para ter um protótipo pronto para a próxima exposição da Sociedade de Eletricidade de Londres. Três meses desobrigada do casamento com o qual estava se comprometendo, dos deveres inevitáveis que o acompanhariam. Ela sabia o que se esperava de uma mulher quando se casava, como sua vida mudava drasticamente, não sendo mais dela. Será que esse tempo seria suficiente?

Desde que a campainha do pai fora mostrada na exposição anterior – para a infelicidade de alguns, pois seu ressonado estridente havia sido realmente desagradável –, estava determinada a ver um projeto próprio em exibição. Todos os inventores da última exibição da sociedade eram homens, e ela ansiava representar seu sexo lá.

Para ser levada a sério.

Para sair da sombra do pai e provar ao mundo que o fato de ser uma dama não a impedia de ter uma mente desenvolvida ou ter a habilidade de criar algo mais complexo do que bordados ou um desenho.

Mas estava tendo dificuldade em determinar o meio para conduzir a eletricidade e a maneira pela qual o prenderia à frigideira existente. Suas tentativas até agora se mostraram malsucedidas. A corrente não passou pela panela uniformemente, tornando sua tentativa de fritar um ovo insatisfatória, na melhor das hipóteses. O ovo em questão ficou parcialmente queimado e parcialmente mole. Terrível. E ela já estava mexendo em seu protótipo há um ano.

Ainda assim, três meses teriam que ser suficientes. Se não fossem, ela provavelmente teria que seguir em frente e deixar de ter esperanças. Seu pai sempre dizia que um dos principais elementos do sucesso era saber quando abandonar uma ideia e quando insistir nela. Talvez uma panela elétrica simplesmente não estivesse destinada a dar certo.

— Três meses, Hudson — ela se pegou concordando.

Ele tirou o polegar dos lábios dela e enfiou o cacho atrás da sua orelha mais uma vez.

— Excelente.

Ela encarou aquele rosto bonito, convencida de que acabara de perder esta guerra deles. Incapaz de salvar a si mesma.

CAPÍTULO 3

O dia do casamento começou como qualquer outro. Hudson acordara ao amanhecer. Uma diferença: ele tinha tomado um cuidado considerável com sua aparência. Um homem deveria fazê-lo no dia de suas núpcias, ele supôs. Para esse fim, ele se barbeou, vestiu seu melhor casaco e calça e penteou o cabelo. Pensou em cortar o cabelo e decidiu não o fazer. Não havia necessidade de Lady Elysande supor que teria um cavalheiro como marido.

E agora estava dentro da capela de Talleyrand Park, a luz do sol se infiltrando por uma enorme janela sobre o altar e atingindo a si mesmo e sua quase-esposa com um brilho dourado. Ele estava suando como um condenado prestes a ser enforcado. O dia estava excepcionalmente quente. Ele não desejava se casar. Mas se não estava enganado, sua noiva também não.

A expressão dela era a de uma mulher resignada ao seu destino.

Ou quiçá, uma mulher no funeral de alguém que amava desesperadamente.

Eles não eram os únicos presentes que não estavam entusiasmados com a cerimônia da manhã. De fato, havia uma tristeza com a situação toda. A irmã dela, Lady Isolde, cravou um olhar glacial nele que ele ainda sentia em suas costas. A mãe, Lady Leydon, podia ser ouvida chorando baixinho. Lorde Leydon estava sisudo, porém impassível. As irmãs gêmeas, Lady Criseyde e Lady Corliss, estavam sussurrando uma para a outra com semblantes comedidos. O irmão, o visconde Royston, parecia apenas sofrer os efeitos posteriores de ter enchido a cara a noite inteira.

Enquanto o clérigo continuava com as palavras que Hudson sabia que selavam seu destino para sempre, o inegável zumbido de um ronco ressoou através do silêncio da nave de mármore. Ou talvez aquela maravilha arquitetônica em particular fosse feita de alabastro, como Lady Elysande o corrigiu no dia em que concordou em se tornar sua esposa. Não importava como diabos a maldita pedra fria era chamada. Hudson se viu querendo encostar o crânio superaquecido nela.

Aparentemente, sua avaliação a respeito de Royston não estava errada.

Mas ele se tornou um especialista em avaliar todos os homens no ambiente. Como detetive, era uma necessidade, e seus instintos nunca o enganaram. Assim como ele suspeitava que não o estavam enganando agora.

Ninguém na família de Lady Elysande queria este casamento, sem falar na própria dama. Havia uma ausência de alegria na capela. É aceitável esperar um pouco de leveza em uma cerimônia de casamento, com exceção da solenidade dos votos.

Uma pergunta, dirigida a ele, de repente arrancou Hudson de seus pensamentos.

— O senhor irá amá-la, consolá-la, honrá-la e permanecerá ao seu lado na saúde e na doença, renunciando todas as outras, guardar-se-á apenas para ela, para o resto de vossas vidas?

Este era o momento em que vendia a alma por causa de um ducado.

Eu deveria dizer não. Fugir. Ainda dava tempo. Londres me aguardava. Eu poderia vender o Solar Brinton e mandar todos para o inferno.

Mas, infelizmente, ele tinha uma consciência, e a consciência lhe disse que deveria cumprir com seu dever.

O suor escorria pela nuca.

— Sim.

O clérigo se virou para Lady Elysande.

— A senhora aceita este homem como seu esposo, para viverem juntos segundo a lei de Deus no santo estado do matrimônio? A senhora irá obedecê-lo, servi-lo, amá-lo, honrá-lo e permanecer ao seu lado na saúde e na doença; renunciando todos os outros, guardar-se-á apenas para ele, para o resto de vossas vidas?

O olhar dela se direcionou brevemente para o de Hudson. À luz brilhante do sol, ele achou que eles tinham a cor de xerez em algum lugar de suas profundezas.

— Sim — ela respondeu tão baixinho que pode não ter dito as palavras.

Em seguida, Leydon se apresentou para seu papel de entregar oficialmente a filha. Hudson sentiu o peso de uma rocha em seu peito quando o clérigo colocou a mão de Lady Elysande sobre a dele.

Ele repetiu o restante de seus votos num borrão apressado. O calor do sol e o calor do dia e a duração da cerimônia se misturaram em um sofrimento interminável. Lady Elysande também proferiu seus votos, sua voz agradável era quase um sussurro. Não havia alívio em suas palavras.

Ele colocou um anel no dedo dela. Nada fino ou extravagante. Apenas um círculo simples de ouro sem adornos que pertencera à mãe dele. Felizmente, deslizou sobre o dedo delicado de sua recém-esposa com facilidade, poupando-o do constrangimento de um anel que não se encaixava adequadamente.

— Vamos orar — anunciou o clérigo, adequadamente austero como se esperava dos clérigos.

Hudson e Lady Elysande baixaram a cabeça. Mais palavras foram derramadas. Atrás deles, na área destinada à família dela, outro longo ronco ressoou pela capela. Dava para ouvir o farfalhar de tecidos, então o que ele supôs ser o som do cotovelo de alguém encostando na lateral de Royston. O som "*oomf*" de surpresa do lorde foi marcado por sussurros agitados. Embora ele não pudesse discernir a conversa, havia definitivamente um sibilo de raiva marcando o tom.

Se a ocasião não fosse tão fúnebre, Hudson teria dado risada. Porém, não conseguia se lembrar da última vez que vivenciou o sentimento de alegria. Há muito tempo, com certeza. Talvez quando era um rapaz. As atrocidades que testemunhou em seu posto na Scotland Yard sugaram a maior parte de suas emoções. Sua vida havia se tornado uma série interminável de deveres, e este – seu casamento – era apenas mais um.

Mais palavras fluíram sobre ele, ao redor dele. *Aqueles a quem Deus uniu, que nenhum homem separe*. E, finalmente, uma bênção. Seguida de um *amém*.

Estava feito.

Quase zonzo, Hudson finalmente escapou do sol e escoltou a recém-esposa da capela para o refeitório onde o café da manhã do casamento estava sendo oferecido. O formidável salão estava decorado com uma surpreendente variedade de flores frescas, que ele imaginou que haviam sido colhidas na estufa de Talleyrand Park. A enorme mesa estava coberta com tecido e cheia de porcelanas finas e talheres para a celebração.

De alguma forma, através da confusão em sua mente, percebeu que ainda estava segurando a mão de Lady Elysande, seus dedos entrelaçados. A mão dela era pequena na dele, e úmida. Ele se perguntou se ela se sentia tão sufocada quanto ele. A falta de ar na capela tinha sido asfixiante, assim como a ocasião – uma sentença para o resto de suas vidas. A perspectiva parecia muito mais suportável antes dos votos terem sido proferidos. Antes das assinaturas terem sido colocadas no registro. Ele soltou os dedos dos dela quando chegaram à cadeira onde Elysande se sentaria.

— Você está bem, milady? — ele perguntou, tentando ser solícito enquanto a ajudava a se sentar.

Logo após, lembrou que ela era uma duquesa agora. *Sua* duquesa. Como ele deveria se referir a ela?

Vossa Graça? Duquesa? *Esposa?*

E, maldição, por que não herdou um livro de regras junto com esse título amaldiçoado e todas as montanhas de dívidas?

— Estou, sim — respondeu ela, não fazendo menção à falha dele, se tivesse notado. — Obrigada.

— Estava quente na capela — disse ele.

Uma tolice. Claro que estava. Era verão. Ele ainda estava suando. Pegou um lenço e esfregou a testa. Sentia como se estivesse prendendo a respiração debaixo d 'água e tivesse acabado de alcançar a superfície para respirar.

— O dia está muito quente para esta época do ano — ela replicou, educadamente, arrumando o drapeado da saia de seda.

— Está mesmo — ele concordou com igual civilidade.

Pela primeira vez desde que ela entrara na capela mais cedo, ele se permitiu o luxo de admirá-la, de olhar e ver verdadeiramente. Não havia manchas em seu vestido como na última ocasião em que seus caminhos se cruzaram. Seu cabelo escuro estava arrumado em uma trança embutida e preso em sua tiara. O vestido de seda creme abraçava suas amplas curvas e estava estrategicamente costurado ao corpete e à saia para revelar cachoeiras de renda enfeitadas com pérolas. Um conjunto de diamantes e esmeraldas brilhava em seu pescoço, orelhas e pulso.

Ela era a imagem de uma noiva aristocrática. Irretocavelmente adorável. E, no entanto, ele não conseguia evitar olhar para ela sem sentir finas linhas de ressentimento e desejo se emaranhando e retorcendo dentro de si.

— Você não vai se sentar? — perguntou ela com delicadeza.

Ele então começou a tirar a cadeira ao lado dela debaixo da mesa, mas lhe ocorreu que não fazia ideia de onde pertencia. Ele nunca tinha ido a um casamento antes e, definitivamente, nunca tinha estado em um café da manhã de casamento. Ou se tivesse, era um rapaz muito jovem para se lembrar dos detalhes.

— Onde devo me sentar? — ele respondeu, a voz baixa.

A família dela estava entrando aos montes no salão da capela agora, acompanhada pelo clérigo e o único convidado de Hudson, seu mordomo, Saunders. Ele não se preocupou em convidar nenhum de seus amigos para a cerimônia de casamento. Para que exigir que viessem para o campo na longínqua Buckinghamshire em uma casa que mal dava para morar? E tudo isso por um casamento em que ele estava entrando para que pudesse esquecê-lo e retornar à vida que desejava viver. Não faz sentido nenhum.

SCARLETT SCOTT

Saunders tinha sido diligente e prestativo. Ele já estava posicionado nas proximidades. Sua presença bastava.

— Ao meu lado, Hudson — disse Lady Elysande.

O uso de seu nome o assustou e agradou ao mesmo tempo. Ele se sentou na cadeira ao lado dela, achando curioso o calor repentino em seu peito. Nas semanas que se seguiram à assinatura do contrato de casamento, muitos preparativos para a cerimônia foram providenciados. Ele e a noiva haviam se correspondido através de bilhetes enviados entre suas propriedades. Que ela se lembrasse de que ele lhe pedira para chamá-lo de Hudson era uma pequena vitória.

Todas as outras interações entre eles foram frias e corteses, feitas apenas com tinta e papel. Sem mais conversas no pórtico ou no jardim. Sem mais conversas sobre crianças. Sem mais tocá-la, pois ela estava convenientemente fora de alcance em Talleyrand Park. Era melhor, ele disse a si mesmo. Ele não queria as complicações que ela inevitavelmente traria consigo. Dedicou-se a trabalhar com Saunders, a visitar os inquilinos, a aprender mais sobre a terra, sobre as pessoas.

Mas agora, essa conveniência não existia mais. Ela era sua *esposa*, embora fosse impossível acreditar que ele era casado. Ele, um homem que nunca quis ser nada além de um detetive da Scotland Yard. Definitivamente, não queria ser marido nem pai. Nunca quis ser duque.

O grupo se acomodou e Lady Isolde, agindo como dama de honra, cortou o bolo de casamento. Saunders se levantou e propôs um brinde à saúde da duquesa de Wycombe. Outro brinde foi feito pela saúde de Lorde e Lady Leydon. Hudson enfiou o vinho goela abaixo como se fosse maná do céu. Uma hora deveria ter passado, ou talvez uma vida inteira.

Ele não aguentou dar uma mordida no bolo.

Elysande – pois era assim que ele deveria pensar dela agora, sua *esposa* – olhou para ele, sua expressão indecifrável. Seus ombros estavam retesados em uma linha esticada que enfatizava o delicado prolongamento de sua clavícula.

— Você não quer bolo? — ela perguntou, num sussurro.

O bolo em si era uma imensa obra-prima escultural que ele suspeitava ter sido criada mais para o espetáculo do que para ser gostoso. No entanto, ele nunca gostou de doce e não pretendia começar a gostar agora.

— Não gosto de *nenhum* bolo — explicou ele.

— Ah — foi tudo o que ela disse.

Uma palavra solitária que pareceu ser uma repreensão. E uma súbita necessidade – por mais ridícula que fosse — de agradá-la o atingiu. Ele espetou o garfo num pedaço da sobremesa e descobriu que era bolo de ameixa. Agradável o bastante, se a pessoa gostasse de bolo, o que Hudson decididamente não gostava. A textura – esponjosa e estranha – nunca falhou em fazê-lo ter vontade de quase vomitar. Severamente, ele suprimiu todos esses impulsos rudes.

Sua tentativa lhe rendeu um sorriso de aprovação de Elysande, e maldição, mas ela ficava linda quando sorria. Uma coisa inconveniente de notar: os atrativos da esposa quando tinha jurado não tocá-la pelos próximos três meses. Voltar a Londres nunca pareceu mais atraente. Triste, ele pegou seu vinho.

Em seu novo quarto no Solar Brinton, Elysande andava pelo tapete puído, sentindo-se tonta e ansiosa e... *ah, meu Deus!* Ela perdeu o equilíbrio e se segurou em uma escrivaninha, que precisava tanto de atenção quanto o carpete Axminster. O pesado tecido de seu vestido de noiva não ajudava em nada. Nem o fato inegável de que ela estava de porre.

Sim, de fato. Ela consumira muito mais vinho no café da manhã do casamento do que deveria. Mas sua taça fora reabastecida magicamente e, como o duque, ela não estava com muita vontade de consumir grande parte do banquete que a mãe fora vista preparando na duvidosa celebração de suas núpcias. Seu fingimento foi notado pelo novo Wycombe, é claro. Ele franziu a testa para ela, com a expressão intimidante de costume, e perguntou por que ela não tinha comido nem um pedaço de seu próprio bolo sendo que insistiu que ele comesse o dele.

A verdade é que ela nunca gostou de bolo de ameixa, embora gostasse muito de doce. Ainda assim, por razões que não conseguia explicar, ela queria a aprovação dele. Ele era um homem tão diferente. Diferente de qualquer outro que ela conhecera. Ele era muito mais cauteloso, mais rude, menos inclinado a sorrir ou se envolver em frivolidades.

O bolo de ameixa fora ideia de sua mãe, e ela não quis se intrometer, pois a ausência do duque e a dedicação da mãe ao casamento haviam deixado Elysande com tempo suficiente para se dedicar ao seu projeto. A mãe estava tão satisfeita criando e planejando os detalhes do casamento, mesmo que tivesse ficado um pouco desapontada com a insistência de Elysande em se casar com o novo Wycombe. Provou-se ser muito benéfico.

SCARLETT SCOTT

De fato, ela desfrutara de uma liberdade incomparável nas últimas três semanas. O pai e a mãe sempre foram relaxados com suas regras, é claro. Mas com o pai cada vez mais ocupado com seu protótipo mais recente e a mãe com mudas de flores e alterações no vestido de casamento anterior de Elysande, o que ela havia comprado em Paris com o propósito de se casar com o antigo Wycombe, ora, Elysande esteve livre como um pássaro.

E agora?

Agora, estava tão livre quanto um pássaro cujas asas haviam sido cortadas abruptamente.

Chega de voar para ela.

Será que casar-se com o duque foi um erro?

Com um suspiro, ela voltou a andar, observando os móveis esparsos e as imagens que decoravam as paredes. Os revestimentos de damasco estavam desbotados e começando a descascar. A mancha sob uma janela sugeria vazamento e a necessidade de reparo. O colchão de sua cama parecia irregular.

Ela tirou uma pantufa.

E depois a outra.

Após o café da manhã do casamento, ela e Wycombe-Hudson fizeram o trajeto de carruagem até o Solar Brinton sozinhos. A jornada fora marcada por um grande silêncio. Elysande estava com muito calor, por uma combinação do dia quente e todo o vinho que havia consumido. Seu leque não conseguiu amenizar seu desconforto. Finalmente, seu marido abriu as janelas da carruagem. Ela chegou empoeirada e coberta de suor, seu lindo vestido de noiva bastante amassado de suas viagens.

O surpreendentemente pequeno número de criados na nova casa se reunira para cumprimentá-la, atitude que aparentemente surpreendeu o marido. Embora ela tivesse passado pouco tempo em sua companhia, um padrão estava surgindo. Ele não era um homem acostumado a ser um duque. A aristocracia era estranha a ele. E isso era aceitável para ela. Ela também não desejava ser membro da sociedade ilustre e aderir às suas regras.

Sua apresentação na corte tinha sido deplorável, assim como quase todos os compromissos sociais que fora forçada a suportar. Os cavalheiros, aprendera, não queriam conversar sobre como as coisas funcionavam, como vários componentes se encaixavam para criar algo novo e melhor. Não queriam uma dama intrigada com eletricidade, engenharia ou qualquer coisa interessante. Queriam uma dama que dançasse valsa sem pisar em seus dedos dos pés. Que faria reverência e ouviria suas mães e falaria em tom delicado e comedido, e jamais sonharia em fazer algo que valesse a pena.

Talvez, na falta de capacidade deles de aderir às expectativas da sociedade ilustre, eles pudessem encontrar um interesse comum.

Com mais um suspiro, foi na direção da garrafa de Sauternes que sua criada pessoal havia gentilmente pegado das adegas de Talleyrand Park a seu pedido. Na época, um reforço pareceu uma excelente ideia. Denning relutou, mas fez o que Elysande pediu. Não havia uma taça para tomar o vinho, embora a rolha tivesse sido retirada. Puxando a rolha, Elysande levou a garrafa aos lábios e deu um longo gole.

O vinho estava excelente. A sabedoria de continuar a embriagar-se enquanto se recolhia em seu quarto para um período de descanso antes de se vestir para seu primeiro jantar com o marido? Era inexistente.

Mas isso não iria impedi-la. A apreensão e a ansiedade que estavam se enrolando dentro dela como uma víbora prestes a atacar estavam mais fortes do que nunca. Jantar com o duque. O que ela diria? E se ele a pressionasse para consumar o casamento? Se ele se recusasse a respeitar os desejos dela?

Suas exigências, como o pai se certificara de informá-la, eram apenas isso. Exigências que podiam ser ignoradas ou cumpridas. A única parte obrigatória do contrato de casamento era a parte que fracassou em atender seu desejo de permanecer sem filhos até que pudesse completar seu trabalho. A troca de mãos do dinheiro era importante. Seus desejos para seu futuro não eram.

Fora uma aceitação amarga para ela. Mais amarga ainda, a traição de seu pai. Durante toda a sua vida, Elysande foi tratada como se fosse importante. Nasceu dama, mas seus pais lhe deram oportunidades iguais de educação e liberdade. O que Royston tinha, ela e suas irmãs também tinham. Às vezes, um acordo tinha que ser feito a respeito da educação, mas Elysande, Isolde, Criseyde e Corliss sempre tiveram a melhor educação possível.

Ela tomou outro longo trago da garrafa e então uma batida na porta que ligava seu quarto ao de seu novo marido a arrancou de seus pensamentos desenfreados. No susto, ela pegou a rolha, enfiou-a de volta na garrafa e procurou apressadamente um lugar onde pudesse esconder os Sauternes contrabandeados.

— Elysande?

— Só um momento! — ela gritou, correndo em direção ao guarda-roupa e tropeçando em suas pesadas bainhas.

Ela caiu no chão esparramada, a testa bateu no tapete de lã, a garrafa rolou para longe da mão. Vagamente, percebeu a abertura da porta e uma exclamação abafada.

— Meu Deus, mulher!

Mãos masculinas estavam em sua cintura, rolando-a para que ficasse de costas, e ela piscou ao vê-lo se elevando sobre ela, alto e majestoso e tão bonito. Mais bonito do que estava disposta a admitir. Sua boca era uma linha firme que ela supunha ser desaprovação.

Mas então ela pensou em como estava, esparramada de costas em seu vestido de noiva. Casada com um homem que mal conhecia – o substituto de seu noivo anterior, uma garrafa de vinho rolando para longe dela, completamente bêbada. E uma bolha de riso subiu em sua garganta antes que ela pudesse detê-la. A bolha cresceu e cresceu, até que explodiu. E então ela estava rindo. Rindo tanto que lágrimas escorriam por suas bochechas e ela mal conseguia recuperar o fôlego.

Rindo enquanto seu novo marido pairava sobre ela, franzindo a testa com aquela expressão intimidante e confiante em sua própria vestimenta de casamento. Ele parecia mais um guerreiro feroz forçado a se vestir como um duque.

— Elysande? — ele perguntou. — Você se machucou? Diga alguma coisa, maldição.

Mas ela não conseguia dizer nada. A risada a dominara. Ela estava delirando. E bêbada. E tinha se casado hoje.

Com ele.

Ele se ajoelhou no tapete ao lado dela.

— Esposa? — Ele deu um tapinha na bochecha dela. — Qual é o problema?

Esposa.

Esse era o problema.

E o vinho.

O casamento.

E todo o resto.

— Você está machucada? — Havia preocupação no rosto dele, a primeira indicação de que sua fachada estava rachando.

Ela ofegou para respirar, acabando com as lágrimas que inundavam seus olhos.

— Não estou machucada.

Um soluço escapou dela.

A expressão dele mudou.

— Cristo. Você está de porre.

— Um pouco alterada — disse ela, e aí se desmanchou em outro ataque de riso.

Esse comportamento não era típico dela. Nunca havia consumido tanto vinho de uma vez só antes, nem havia rido de tal forma ou por tanto tempo. Sua situação atual não era nem um pouco engraçada e, ainda assim, não conseguia parar de rir agora que tinha começado.

— De onde veio esta garrafa de vinho? — ele perguntou, pegando o Sauternes abandonado e segurando-o no ar.

— Eu trouxe — ela fez uma pausa quando um *soluço* interrompeu sua resposta — ... comigo.

Em vez de fazer o que ela supunha que ele faria – franzir a testa para ela ou repreendê-la – ele puxou a rolha e cheirou a garrafa.

— Foi suficiente para fazer você esquecer que se casou com um inspetor da Scotland Yard?

A pergunta dele foi suficiente para matar sua risada.

Ela se ergueu para ficar sentada e fez uma careta quando o espartilho firmemente amarrado cravou dolorosamente em seus quadris.

— Eu não estava tentando esquecer.

Mas isso era mentira, não era?

— Você não queria esse casamento — disse ele, levando a garrafa aos lábios e tomando um gole do vinho.

A culpa a perfurou.

— Eu não queria nenhum casamento, não especificamente este.

Uma gota de vinho ficou em seu lábio inferior carnudo e ele a lambeu. Ela se viu estranhamente cativada por aqueles lábios mais uma vez. Não era a boca de um detetive, nem de um duque. Era sensual. A boca de um amante. Qual seria a sensação daquela boca na sua? Seriam seus beijos indelicados e rápidos, ou seriam suaves e doces? Talvez algo entre essas opções.

Por que ela se importaria? Nunca tinha pensado em beijar um homem antes. Provavelmente eram o Sauternes e seu estado conjugal recentemente alterado que forçavam a ideia em sua mente agora.

— Nisso, nós concordamos — disse seu novo marido, levantando a garrafa em direção a ela em saudação antes de tomar outro gole.

Como era estranho estar sentada em um monte de seda e renda no chão de sua nova alcova, seu marido sentado à sua frente. Não era nada assim que esperava que sucedesse o dia de seu casamento.

SCARLETT SCOTT

— Você também não desejava o casamento? — ela se atreveu a perguntar.

Se era o vinho que estava de alguma forma inspirando um interesse em seu marido ou a franqueza do momento, ela não sabia dizer. Mas ela, de repente, ficou curiosa para saber mais sobre ele. Estava comprometida com ele agora, afinal.

— Nunca planejei me casar. — Ele segurou o gargalo da garrafa, analisando-a com seu extraordinário olhar azul-acinzentado. — Estava contente com a minha vida como era. No entanto, a mudança exigiu que eu alterasse minha posição sobre o assunto. Por que você concordou com este casamento se não é o que deseja, Elysande?

Algo na maneira como ele disse o nome dela com sua voz grave e forte ocasionou um calor agitado em sua barriga. De repente, ela estava ciente dele de uma nova maneira. O aroma de sua espuma de barbear, masculino e almiscarado, provocou seus sentidos.

— Minha irmã — ela admitiu, pensando em ocupar sua mente que girava loucamente com a fala. Se ficasse sentada aqui olhando para ele, tendo pensamentos tolos, não sabia o que faria. Como era estranha a reação dela a ele. — Izzy quer se casar com seu amor e eu sou a mais velha. Meus pais podem não ser convencionais em alguns aspectos, mas em outros, eles permanecem firmemente enraizados nas regras da sociedade. Eu precisava me casar antes que minha irmã pudesse encontrar sua felicidade, e não queria ficar no caminho dela por mais tempo.

— Altruísta de sua parte, cansando-se por causa de Lady Isolde.

Ela deu de ombros.

— Não vejo isso assim. Eu a amo e quero que ela seja feliz.

— E ainda assim, se sacrificar? Certamente essa é a definição de altruísmo. — Ele tomou outro gole lento da garrafa, observando-a, esperando sua resposta.

— Se eu sou altruísta, então você também é — ressaltou. — Você se casou por dever, não foi?

— Eu me casei com você porque não tinha outra escolha.

Mais uma vez ela exibiu uma expressão de dor diante de sua franqueza contundente, e não por causa do espartilho que a apertava.

— Ora, duque, você certamente sabe como fazer uma dama se sentir encantadora.

Os lábios dele se curvaram para cima em um sorriso arrependido.

— Me perdoe. Não foi isso o que quis dizer. O que quis dizer foi que me casei com você para pagar dívidas com seu dote. Seus encantos são um ganho inesperado que arrecadarei com prazer.

Céus, ele era ainda mais bonito quando sorria. O que fazer com essa nova informação? Bani-la seria mais seguro, ela tinha certeza.

— Farei o mesmo com seus encantos — ela se pegou dizendo.

Ridícula.

Definitivamente por culpa do vinho.

Seu sorriso se alargou, formando pequenos sulcos nos cantos de seus olhos.

— Você acha que tenho encantos?

Mais calor se espalhou e suas bochechas ficaram quentes quando seu olhar se fixou nos lábios dele.

— Sua boca é bem bonita.

Santo Deus. Por que ela disse isso em voz alta?

— Agora tenho certeza de que você está de porre — disse ele, com delicadeza e um ar provocador.

Ela se sentia à vontade com ele. A descoberta a surpreendeu, pois ainda sabia surpreendentemente pouco sobre ele, exceto que havia inesperadamente herdado o título, que nunca teve a intenção de se casar e que já havia sido membro da Scotland Yard.

— Espero que você me perdoe pelos Sauternes — disse ela, sem muita convicção.

— Não tenho intenção de consumar o casamento — ele replicou, o sorriso sumindo de seus lábios. — Honrarei seu pedido. Três meses. Se você estava se afogando em vinho por essa razão…

— Não — ela se apressou em tranquilizá-lo. — Eu estava apenas… nervosa, acredito. Nunca fui esposa de ninguém antes.

— Assim como nunca fui marido de ninguém, suponho que estamos no mesmo território.

— Suponho que estamos.

E atualmente, esse território era o quarto dela. No chão. Ele deveria achá-la estúpida. Outro soluço saiu antes que ela pudesse segurá-lo.

— Acredito que um pouco de comida seja necessário — disse ele, ironicamente.

Mais uma vez, Elysande concordou com seu novo marido.

Talvez o casamento se tornasse agradável, apesar de suas incertezas.

CAPÍTULO 4

Este casamento ia ser uma tortura.

Três meses sem tocar em sua esposa...

No que diabos ele estava pensando?

Hudson tirou o casaco e o colocou na margem do grande lago artificial que ficava no pé do morro do Solar Brinton, abençoado por ser isolado graças a um bosque de árvores coberto por vegetação. Ele tivera uma noite agitada de sono, atormentado por pensamentos sobre a adorável mulher com quem se casara, separada dele por uma mera porta.

Tirou o colete em seguida e o colocou em cima do casaco. Talvez fosse porque ela era proibida. Ou talvez por causa do tempo que passara na presença dela no dia anterior. Ela continuava a surpreendê-lo. Havia algo nela que era revigorante. E atraente. E... sedutor, maldição. Eles haviam compartilhado uma refeição leve na sala de jantar e, à medida que os efeitos do vinho diminuíram, ela lhe contou mais sobre a família.

A jovem os adorava, era evidente. Hudson se viu com inveja da maneira como ela fora criada, cercada por irmãos e pais amorosos. O pai dele tinha sido um homem frio e sem sentimentos, e a mãe havia morrido no parto junto com o único irmão quando ele era apenas um jovem rapaz. Ele admirava o amor dela pela irmã, tão forte a ponto de ela se casar apenas para permitir que Lady Isolde encontrasse a própria felicidade.

Tirou a camisa de dentro da calça, abriu os botões e a largou sobre a pilha de roupas que crescia rapidamente. Ambos haviam se retirado cedo, cansados após a tremenda agitação do dia. Ela solicitou um banho e ele foi atormentado pelo som dela na banheira. Os quartos no Solar Brinton não eram tão grandes quanto da extensa Talleyrand Park, o que tornava interessante a novidade de ter uma esposa residindo ali. Ele podia ouvir os movimentos dela. O movimento suave da água.

E infame que era, ficou deitado na cama tentando pensar em qualquer outra coisa, todavia, imaginando-a nua, a água escorrendo sobre suas curvas sedosas. Imaginou a maneira como o sabão teria se agarrado aos seios dela. O cabelo escuro molhado caído nas costas. Tinha pensado em pegar um pano e lavá-la ele mesmo. E então sua ereção se tornou impiedosa e insistente.

Tocar-se enquanto ela estava no banho parecia uma intrusão da privacidade dela. A atitude de um canalha. Portanto, ele ficou de barriga para baixo, enterrou o rosto no travesseiro e tentou se deixar levar pelas profundezas acolhedoras do sono. Seu plano, por fim, funcionou. No entanto, acordou ao amanhecer, como era sua prática habitual, com outra ereção violenta.

Maldito inconveniente, especialmente dada a sua incapacidade de tocá-la pelos próximos três meses. No instante em que pudesse terminar de resolver os assuntos da propriedade com Saunders e retornar a Londres, iria embora. Quando ela não estivesse mais por perto, estava certo de que seu desejo inconveniente e inesperado pela esposa diminuiria.

Por enquanto, não tinha solução a não ser nadar no lago muito frio e muito útil. Tirou os sapatos e desabotoou a calça, despindo-a junto com as meias. Com um olhar apressado ao redor para se certificar de que não havia uma alma errante por ali, tirou a roupa íntima. O ar da manhã estava frio, mas não fez nada para apagar o fogo rugindo em seu sangue.

Desde sua chegada ao Solar Brinton, ele vinha tendo um pouco de consolo neste lago, onde podia satisfazer-se com um mergulho matinal. Nadar foi a única habilidade que seu pai se dignou a ensinar-lhe, apenas para que não se afogasse caso caísse na água. Necessidade, em vez do desejo de passar algum tempo com o filho.

Entrou na água pensando que hoje não seria diferente de qualquer outro mergulho matinal anterior. E, no entanto, hoje era muito diferente de tudo o que acontecera antes. Ele tinha uma esposa dormindo no Solar em ruínas atrás de si. Uma esposa que não esperava desejar tanto quanto desejava.

A água fria do lago lambeu suas panturrilhas e coxas e ele estremeceu, então depressa mergulhou, imergindo por inteiro. A ação teve o efeito desejado, e ele logo se empenhou no ato metódico de nadar até a metade do lago, depois de volta à beirada. O sol estava nascendo, pássaros cantavam ao seu redor. A beleza do campo era inegável. Uma paz bem-vinda ao contrário da agitação e cacofonia das ruas de Londres. Como seria estranho voltar para lá. Era onde ele pertencia, ele sabia. Mas o Solar Brinton começara, à sua maneira estranha, a parecer um pouco como um lar também.

Revigorado do mergulho e satisfeito com a distração que lhe proporcionara, saiu da água. E foi quando um suspiro feminino invadiu o silêncio, dizendo-lhe que não estava sozinho. Ele se virou na direção do som e viu Elysande de pé perto das árvores.

Ela estava vestindo um robe azul-claro simples, o cabelo escuro preso em um coque, um pequeno chapéu elegante na cabeça. A visão fez seu coração trovejar no peito.

— Elysande — disse ele, esquecendo por um momento que estava nu. — Achei que ainda estivesse dormindo.

Os olhos arregalados e lábios entreabertos, com a direção de seu olhar percorrendo-o por completo, o fizeram se lembrar de sua nudez. Hudson colocou as mãos em concha para se cobrir e foi depressa para a pilha de roupas que o aguardava.

— Tenho o hábito de acordar cedo — disse ela, num tom firme —, e pensei em explorar um pouco antes do café da manhã. Perdoe-me por incomodar. Devo ir embora.

A doçura de sua voz se estabeleceu em algum lugar na sua barriga como carvão quente. *Maldição*. Por que ela apareceu para arruinar o efeito calmante da água? E por que ele não conseguia se vestir com rapidez suficiente? Normalmente, trazia uma toalha para depois de nadar, mas esta manhã estava muito distraído para se munir dos suprimentos adequados. Isso significava enfiar os membros molhados na roupa íntima, o que não era tarefa fácil quando a roupa tentava se agarrar aos seus malditos joelhos.

— Você não está incomodando — ele falou, enquanto se debatia. — Nem há necessidade de ir embora.

Que tolice, correr para se esconder da mulher com quem se casara. Ela era a esposa dele. Ao longo do casamento, ela o veria nu. Assim que esses intermináveis três meses chegassem ao fim.

Três meses, menos um dia.

A preocupação dele com o pudor dela era algo novo. Contudo, ele nunca teve tempo a perder com inocentes, e nem teria feito isso. Toda a sua vida foi dedicada à Scotland Yard e seus casos. Sua preferência de companhia feminina até agora tinha sido viúvas bem-educadas sem medo de abraçar seus desejos. Os encontros eram muito mais fáceis.

— Você tem certeza? — Ela parecia hesitante. Quase culpada.

Ele se perguntou há quanto tempo ela o observava e quanto tinha visto.

— Sim — ele a tranquilizou.

Quando ele estava finalmente coberto, pegou a calça e a puxou antes de se voltar para onde ela estava. Porém, ela não estava mais lá. Ela havia se aproximado. Estava se aproximando dele agora, os olhos devorando seu peito e baixando para o lugar onde sua cicatriz hedionda se encontrava, uma lembrança do dia em que ele descobriu uma apreciação por sua própria mortalidade.

Sua inspiração rápida lhe indicou o momento em que ela viu a pele irregular e franzida.

— Você se machucou.

Era mais uma afirmação do que uma pergunta.

Ele assentiu.

— Alguns anos atrás.

Elysande parou a uma proximidade perigosa; a aba do chapéu sombreava seu rosto, mas nem assim diminuía sua beleza. O chapéu era enfeitado com flores e fitas, mas o efeito era de elegância silenciosa em vez de ostentação imposta. Seus dedos ansiavam por arrancá-lo dos cabelos dela, por remover os grampos e deixar aqueles cachos castanhos choverem em seus ombros.

Ela estendeu a mão na direção dele e pontas de dedos macias percorreram com hesitação sua cicatriz. Ele ficou parado para a investigação dela. Parte da sensibilidade sumira da pele curada. Em alguns lugares, podia sentir o sussurro sedoso do toque dela e, em outros, apenas uma leve e hesitante pressão.

— O que aconteceu? — ela perguntou, com a voz baixa.

O coração dele estava batendo mais rápido agora, e a reação de seu corpo à proximidade dela era tão rápida quanto alarmante.

— Fui esfaqueado ao ser muito persistente com um homem que assassinou a esposa.

Ela arfou.

— Um assassino?

Se ela soubesse o que ele testemunhou em seus anos na Scotland Yard. Por outro lado, era muito melhor que não soubesse. Havia visões e cheiros que assombravam, que nunca deixavam um homem, não enquanto ele vivesse.

— Eu o segui até um beco escuro — explicou ele. — Eu era mais jovem naquela época e ainda não tinha percebido que não era imortal. Também acreditava que não havia nenhum homem que não pudesse colocar de joelhos, nenhum criminoso que não pudesse pegar e enfiar na prisão.

Fora excessivamente confiante ao correr atrás de sua presa, e pagou o preço. Mas, no fim das contas, o homem que o esfaqueou havia perdido a própria vida.

— Foi durante seu trabalho como inspetor da Scotland Yard? — Ela removeu o toque com um gesto abrupto quase culpado, o olhar se voltando para o dele.

— Foi. Há muito tempo, como eu disse.

— Era perigoso. — Franziu a testa para ele.

— Alguns dias mais do que outros. — Ele deu de ombros, ciente do calor do sol atravessando as nuvens e pousando em suas costas nuas. — Eu conseguia administrar.

— Você capturou o homem responsável e o mandou para a prisão? — ela perguntou.

Se ao menos ele tivesse capturado...

Aquele dia não era um dos quais ele gostava de lembrar. Os horrores que testemunhou... não eram tópicos adequados para conversas com o sexo oposto, e não havia razão para discutir o passado com a esposa. Provavelmente, ela ficaria chocada. Horrorizada. Ele sabia que não era como a maioria dos homens, e se esforçaria para lembrá-la disso, não apenas a si mesmo.

— Não — respondeu, honestamente, a incursão em seu passado o forçando a ajustar o homem que ele fora com o homem que ela achava que ele era. — Eu o matei.

Ela enrijeceu, os lábios se abriram.

Hudson imaginou ver desgosto nas profundezas de seus olhos. Horror. E disse a si mesmo que não importava. Não podia mudar seu passado por essa mulher, e nem desejava isso. Sempre teve orgulho do tempo que passou na Scotland Yard e do trabalho que fez.

Que reação ele esperava dela? Aplausos? Cristo, como ele era estúpido. E fraco por revelar tanto.

— Eu disse a você — ele disse. — Você não se casou com um lorde, Elysande. Não pareço em nada com o ex-duque de Wycombe.

— E fico feliz com isso — respondeu ela, com firmeza, segurando o braço dele quando fez menção de se afastar para a pilha de roupas abandonadas. — Diga-me, Hudson. Se você teve que matar um homem, deve ter tido uma boa razão. E se ele o feriu primeiro, não consigo imaginar razão melhor. Sua vida estava em perigo.

Sim, fora isso. Henry White estava desesperado. Ele sabia que iria apodrecer na prisão por seu crime ou ter um fim sombrio. E estava determinado a fazer tudo ao seu alcance para evitar esse desfecho. Mesmo que isso significasse matar o jovem detetive arrogante da Scotland Yard que o perseguiu.

Lembrar daquele dia azedava o calor do sol e a proximidade dela com um calafrio violento. Ele sentiu bile subindo pela garganta. Não queria pensar nisso agora. A cicatriz havia permanecido, o único lembrete que ele não conseguia arrancar de si mesmo, já que o sangue desaparecera há muito tempo.

— Ele ia me matar — reconheceu, amargamente, dominando o nó que subia em sua garganta. — Não tive escolha.

Palavras em vão. Era tudo o que ele podia fazer.

— Estou feliz que você lutou — disse ela, com delicadeza, a mão em seu braço acariciando para cima até se enrolar em torno de seu bíceps. — Se você não tivesse lutado, não estaria aqui.

Sua fácil aceitação, sua compreensão, seu toque... a compaixão em sua expressão em vez de piedade... o comoveram. Uma súbita onda de gratidão o atingiu no peito, afastando o frio. *Respire fundo*. Lenta e continuamente. Os demônios do passado não podiam persegui-lo. Ele estava no interior de Buckinghamshire, sob o sol, diante da mulher com quem se casara. Não estava mais em Londres, não era mais um detetive.

— Obrigado. — Sua voz estava grossa enquanto ele se esforçava para expressar seus pensamentos e emoções. — Por entender.

Ela ainda o segurava, mantendo-o ali. E uma nova percepção surgiu entre eles. Ele podia vê-la refletida no olhar dela. Ele queria muito beijá-la. Mas havia a questão dos malditos três meses que foram prometidos. Sem falar que um beijo não seria suficiente.

— Eu gostaria de saber quem você é — disse ela, simplesmente —, sobre o que fez de você o homem que se tornou.

Foi necessário todo o controle que ele tinha para não puxá-la para seus braços, segurá-la contra o peito, cobrir sua boca com a dele.

— Cuidado com o que deseja. O homem que me tornei não é digno de você.

A diferença entre eles já lhe ocorrera antes, é claro. Embora ele fosse descendente de um duque, foi criado para acreditar ser um homem comum. Ela, no entanto, sempre foi uma dama. Mas havia uma incongruência diferente, além do óbvio. Ela era uma jovem inocente que levava uma vida relativamente protegida incentivada pela tolerância dos pais aristocráticos. Ele não era inocente desde os 15 anos e uma mulher mais velha e muito sofisticada o levara para o quarto e lhe dissera o que queria que ele fizesse com ela. Ele testemunhou depravação, morte e crime. Conhecia os cantos mais sórdidos de Londres. Não tinha o direito de ser duque nem ser o marido dessa mulher.

No entanto, aqui estava ele.

— Não é digno de mim? — Ela inclinou a cabeça para trás, a sombra em seus traços delicados desapareceu. O sol beijou suas bochechas e lábios, se refletindo em seu olhar. — Em que pedestal você me coloca para supor isso?

A outra mão dela se enrolou em volta de seu braço direito. Esse toque era uma marca. Impedir-se de agarrar sua cintura e puxá-la para si para beijá-la até ficar sem ar se tornava mais impossível a cada momento.

— Não é um pedestal. Mas não somos da mesma laia, nós dois.

— Talvez — rebateu ela, calmamente. — Talvez não.

E ainda ela permanecia tocando-o. Tentando-o. Uma leve brisa fez o cheiro dela o envolver, doce, leve e floral. A necessidade de tocá-la era tão forte, uma dor na ponta dos dedos.

— Eu deveria me vestir — ele se forçou a falar.

O momento foi efetivamente quebrado. Ela o soltou com tanta pressa que ele poderia suspeitar que sua carne tivesse queimado a dela se não soubesse a diferença. As bochechas ficaram vermelhas na mesma hora.

— Devo me desculpar por distraí-lo e por me intrometer em seu passado. — Sua voz era fria agora. Perfeitamente educada.

Mas havia uma instabilidade persistente por trás que ele não deixou escapar.

Ele feriu seus sentimentos. Deixou-a envergonhada. Afugentou-a.

E só porque não se atreveu a confiar em si mesmo o suficiente para resistir a ela.

— Você não precisa se desculpar — ele se apressou em tranquilizá-la. — Somos marido e mulher agora.

Embora não vivessem como marido e mulher. Nem viveriam por algum tempo. Isso irritava mais do que deveria.

Ela balançou a cabeça.

— Eu não deveria ter vindo sem permissão.

— É seu direito.

— Não esperava encontrar você... — Suas palavras foram sumindo enquanto seu olhar percorria seu físico ainda exposto. — Eu não imaginava que você estaria nu.

Apesar da umidade da roupa íntima e da calça, o efeito do olhar castanho e dourado sobre ele era inegável. Ele só podia esperar que ela não notasse.

O DUQUE DETETIVE

— Vou me empenhar para nadar com algo mais adequado da próxima vez.

— Não precisa, não por minha causa.

Havia aquele desejo persistente, fervendo ainda mais quente. Ele deveria virar as costas para ela, continuar se vestindo, dar andamento em seu dia. No entanto, a conexão entre eles permanecia. Ele não queria vê-la ir embora.

— Você está dizendo que gostou do que viu? — ele provocou.

Sim, ele, que era tão duro de coração quanto seu sobrenome *Stone* – pedra em inglês – implicava, estava provocando. Flertando. Parado lá com a mulher com quem não queria se casar, sem camisa e sem sapatos, desafiando-a a admitir que tinha gostado de vê-lo nu quando ele emergiu do lago.

Que comportamento mais tolo. Imprudente. Ele mal se reconhecia.

— Sim, estou — ela admitiu, com delicadeza, um pequeno sorriso curvando seus lábios perfeitos para um beijo. — Você é um homem muito bonito, como tenho certeza de que já sabe.

Ela o achava bonito. Não era como se Hudson não soubesse que as mulheres achavam sua aparência agradável — ele nunca sentira falta de companhia feminina. Mas, de alguma forma, ouvir isso de Elysande importava de uma maneira nova e diferente.

Ela era sua esposa.

Ainda era surpreendente olhar para ela e pensar nessa palavra. Compreender a mudança completa nas circunstâncias.

— Só importa que você pense isso de mim — disse a ela. — Você também é extraordinariamente bonita, Elysande.

— Obrigada. — O olhar dela fugiu do dele. — Eu deveria deixá-lo com seus rituais matinais.

Ela se virou para ir embora, interrompendo o momento.

— Elysande — ele chamou, as pernas o levando em direção a ela como se tivessem vontade própria.

Ela se virou e correu de volta para ele. Eles colidiram com mais força do que ele havia previsto, e ele passou um braço em volta da cintura dela para estabilizar os dois. Ela o abraçou, erguendo-se nos dedos dos pés, e cravou os lábios nos dele.

SCARLETT SCOTT

Ela estava beijando o marido. Sua boca estava na dele. E ele...

Ele também a beijava. Deslizando aquele lábio inferior carnudo entre os dela, inclinando a cabeça, intensificando o beijo.

Elysande não podia sequer colocar a culpa de suas ações no vinho. Não tinha tocado em uma gota da coisa desde os Sauternes da noite passada. Não, estava beijando Hudson porque *queria*. Porque quando contornou as árvores no caminho perto do lago e o viu, alto e masculino e completamente nu, saindo da água, ficou deslumbrada. Seu coração deu um pulo. Uma dor floresceu entre as coxas e se espalhou para todas as partes do corpo.

Atração.

Desejo.

Ela não estava preparada para ter um arroubo de consciência tão potente de seu marido.

Mas teve.

Foi poderoso. Intenso. Uma conflagração acendeu por dentro, e ela não foi capaz de impedir.

Suas mãos estavam nos ombros dele, sobre a pele úmida. Os músculos se moviam, sugerindo sua força. Tocar nele só serviu para aumentar as sensações, que eram tão novas, explodindo para a vida. Os lábios dele reagiam aos dela, intensificando o beijo, estimulando-a a abrir a boca para que sua língua pudesse deslizar para dentro e seduzir a dela.

A intimidade do ato a pegou de surpresa, mas a invasão foi muito agradável. O gosto dele era do chá da manhã e da doçura da bergamota, e ela queria mais. Hesitante, ela o copiou, passando a língua pela dele. Ele soltou um gemido de aprovação, e então as mãos dele deslizaram por todo seu corpo, passando pela cintura, e então subiram, segurando seu seio através do tecido do robe e por sobre a barreira do espartilho.

Ela ansiava por sentir a mão nua dele em sua pele. Como seria estar igualmente despida? Deitar-se com este homem e sentir o toque dele em seu corpo? Com um gemido de frustração, afundou os dedos no cabelo dele, que ainda estava molhado do mergulho no lago. A suavidade fria foi uma distração bem-vinda dos fogos de desejo que ameaçavam dominá-la.

Mas ainda assim, não conseguia parar de beijá-lo.

Parecia que o lugar onde seus lábios colidiam era o centro de seu ser. Se soubesse que o beijo de um homem poderia ser tão maravilhoso, talvez tivesse passado menos tempo trabalhando com as invenções com o pai na oficina e prestado mais atenção à atividade de ser cortejada. Ou era apenas *este* homem cujos beijos a comoviam? Era apenas Hudson que a trazia à vida com tanta intensidade?

Não tinha como saber. Só sabia que estava tomada por um descontrole. Uma dor. Uma necessidade de ter mais sem compreender o que era mais. Vagamente, percebeu que eles estavam se movendo juntos. Ele a estava guiando para longe do lago, em direção a um pedaço de grama não muito longe da margem, à sombra das árvores.

— Elysande — ele murmurou nos lábios dela antes de levantar a cabeça e olhar para ela. Seus olhos estavam com as pálpebras pesadas, a promessa de paixão brilhando em suas profundezas. — Devo parar?

— Ainda não.

De alguma forma, a súplica ofegante pertencia a ela, embora mal reconhecesse a própria voz.

Ele soltou um ruído grave e tomou seus lábios novamente em um beijo ainda mais voraz do que os anteriores. Eles se beijaram até ela ficar tonta com a combinação da boca e das mãos dele sobre ela e o calor da manhã. E então, estavam na grama juntos.

Num minuto, estavam de pé se beijando. No minuto seguinte, estavam lado a lado, bocas fundidas, corpos um contra o outro. Mais tarde, ela provavelmente pensaria que havia cometido um erro de julgamento ao caminhar perto do lago, ao não recuar quando viu o marido nadando. Mas agora não se importava com tais pensamentos.

Estava inundada de sensações. A grama fofa embaixo de si, a brisa suave agitando as árvores acima, a frieza da sombra justaposta com o fogo que a tomava. Eles estavam pressionados um contra o outro do peito ao quadril, os seios esmagados no peito nu dele. As mãos dela deslizaram do cabelo dele para se aventurarem mais abaixo, abrindo caminho pelos ombros, descendo pelo abdômen liso e firme, procurando os músculos que havia admirado antes. Ele era tão viril e masculino. Um punhado de pelos escuros em seu peito causou uma deliciosa cócega nas pontas de seus dedos. O corpo dele era dela para que o explorasse.

E ela explorou.

Traçou a pele franzida da cicatriz, os mamilos planos, desceu por seus ombros e costas. Durante todo o tempo, as bocas permaneceram fundidas, lábios e línguas provocando, aprendendo. Elysande fora beijada por um punhado de pretendentes. Momentos roubados em alcovas ou terraços escuros ou cantos de Talleyrand Park onde ninguém veria. Mas cada beijo anterior foi insosso e monótono comparado ao de Hudson.

SCARLETT SCOTT

Ele a beijava como se a reverenciasse.

Como se não pudesse ter o suficiente.

Como se ela fosse o ar que ele precisava respirar.

E ela era incapaz de resistir. Apanhada impotente e submissa ao belo estranho com quem se casara.

Por fim, os lábios dele foram para sua orelha, o hálito quente tão irregular quanto o dela, caindo em cascata sobre sua carne ansiosa e desdobrando um desejo mais desesperado dentro dela.

— Ouvi você no seu banho ontem à noite e fiquei louco ao pensar em você na água.

A confissão a encorajou. Beijou o pescoço dele, regozijando-se com o cheiro, um pouco terra fresca, da água do lago, um pouco exclusivamente *dele*: sabonete de barbear e homem. Inspirou profundamente, beijando mais para baixo, onde o pulso dele se escondia, batendo tão freneticamente quanto o dela. Cada pedacinho dele estava sendo afetado por esse encontro. Essa afirmação a fez se sentir muito poderosa.

Ele a desejava – a mulher que só havia atraído o interesse de um pretendente por causa de seu dote. Ora, ele se casou com ela por causa do dote também, e não havia dúvida disso. Mas não havia necessidade de ele fingir um interesse tão intenso por ela no dia seguinte ao casamento. Ele não precisava mais persuadi-la. Os votos haviam sido proferidos.

Ele soltou um ruído de aprovação, depois explorou a espiral de sua orelha com a língua antes de pegar o lóbulo carnudo entre os dentes e dar uma mordida suave. Ela quase desmaiou. Ele tinha razão quando a avisou que não era nada parecido com o antigo Wycombe.

O novo Wycombe era uma força. Podia fazê-la desejar se afogar em malícia em vez de seus experimentos. Era o segundo dia de casamento e ela estava rolando com ele na grama como uma meretriz. Mas ela não se importava. Não quando a boca hábil dele devorava sua garganta, lambendo e sugando e arrastando os dentes sobre o cordão delicado ali.

O chapéu havia caído, assim como o resto do mundo. E com eles, todas as razões pelas quais ela não deveria satisfazer-se com tal comportamento imprudente com o marido. Aqueles dedos hábeis dele estavam nos ganchos escondidos de seu robe, encontrando-os com facilidade e abrindo-os até seu corpete cair, e sua mão deslizou por dentro do espartilho e da camisola, segurando seu seio nu.

Ela inspirou, chocada com o poder do toque dele, a maneira como enviou um raio de prazer direto em seu âmago. Elysande apertou as coxas para amenizar a dor, mas a ação só pareceu piorá-la. Ele provocou o mamilo dela deixando-o rígido; ela arqueou as costas deixando escapar um gemido. Nunca soube que era sensível ali, que o toque de um homem poderia fazer tantas coisas com ela ao mesmo tempo.

— Você é tão sedosa e macia — ele murmurou, encontrando o caminho para o ombro dela e afastando a camisola para o lado com o nariz para mordê-la levemente. — Vai me deixar ver você, Elysande?

Ele estava pedindo permissão. Ela poderia negar. Todas as suas interações com ele até agora haviam lhe provado que ele era um homem honrado. Mas o problema era que ela não queria colocar um fim a este encontro agora que havia começado.

— Vou — ela sussurrou.

— Graças a Deus — ele gemeu, e então ele estava abaixando o corpete dela, tirando os braços dela do tecido, abrindo os ganchos na frente do espartilho.

Um, dois, três, quatro.

A roupa de baixo se abriu, seus seios saltaram para frente e o alívio era palpável. Até que ele abriu mais dois e puxou a camisola, deixando os seios nus. Ela estava deitada de costas, a frieza da grama lembrando os dias passados em Talleyrand Park quando corria com Izzy. Havia uma colina que elas adoravam descer rolando todos os verões, inúmeras vezes, até verem as nuvens girando acima, rindo, grama nos cabelos e manchas nos vestidos.

Como isso era diferente daqueles tempos inocentes.

— Perfeição — Hudson a elogiou.

A cabeça dele se curvou e ele sugou um de seus mamilos para a cavidade quente e aveludada de sua boca. Uma sensação extraordinária floresceu. Ele a soltou com um som lascivo e passou a língua sobre o mamilo endurecido, torturando-a de uma nova maneira. Ela era incapaz de fazer qualquer coisa, só conseguia agarrar os braços dele e arquear as costas, oferecendo-se a ele.

Ele pegou o que ela deu, movendo-se para o outro seio para lambê-lo e chupá-lo também. Quando ela pensou que não aguentaria mais, ele agarrou o mamilo com os dentes e puxou. Ela gritou, dolorosamente consciente de seu corpo, de uma maneira que nunca estivera antes. Era como se ele a tivesse trazido à vida, a despertado do sono, e agora ela só podia buscar por mais.

Ele beijou a curva de seu seio e olhou para ela com os olhos entreabertos.

SCARLETT SCOTT

— Há maneiras pelas quais posso lhe dar prazer sem a possibilidade de ter um filho.

As palavras dele restauraram parte de sua capacidade de pensamento racional. Como ela pôde ter esquecido? Tinha tantas tarefas importantes para cumprir. Seu projeto estava apenas no início. E aqui estava ela, fraca e desejosa um dia depois do casamento.

Mas outra parte dela, um lado anteriormente desconhecido, estava curioso. Confiante. Ela queria saber mais e não estava pronta para pôr fim ao encontro tão depressa.

— Não sei o que aconteceu comigo — disse ela, reprimindo os impulsos maliciosos. — Não sou assim, eu lhe garanto.

— Francamente, espero que não. — Ele segurou o seio dela, o polegar sem erro encontrando o bico e brincando até ela se remexer, deleitando-se com o toque dele.

— Você não pode aprovar...

Ele a beijou depressa, interrompendo o fluxo de suas palavras. Interrompendo seus pensamentos também, conforme seus lábios demonstravam um maravilhoso talento. Ele beliscou seu lábio inferior, assim como tinha beliscado o mamilo e a orelha, e ela gemeu, lutando para conter outra onda de desejo que a lambia. Como ela poderia resistir a ele?

Ele parou de beijá-la, o olhar ardente e insistente no dela.

— Espero que isso responda às suas dúvidas.

Dúvidas? Ela as tinha? Sua mente era formada por mil minúsculos fragmentos irregulares. O corpo dela era dele. E eles eram casados, não eram? Qual era o mal em ter mais? Mais prazer, mais beijos, mais toques, mais Hudson?

— Responde — ela concordou, rendendo-se às suas necessidades.

Rendendo-se a ele.

— Prometo a você que vou honrar seus desejos — disse ele, dando um beijo no topo de cada seio.

Porém, ele não permaneceu ali, para a decepção dela. Em vez disso, ele a rolou com muito cuidado para que ficasse de costas. E então desceu por seu corpo, ajoelhando-se aos seus pés. Ela tirou um momento para permitir que seu olhar faminto bebesse avidamente a visão dele, ainda sem camisa, o peito largo em exibição vívida, a calça apertada nas coxas grossas e musculosas graças à umidade que persistia. O abdômen era definido e firme. Aqueles lábios sensuais a chamavam, um pouco escurecidos por todos os beijos e mais sedutores do que nunca.

As mãos dele pousaram nas saias dela, o olhar dele comandando.

— Sim ou não, Elysande?

Ela não tinha certeza do que ele estava perguntando. Mas, para ele, não pôde deixar de pensar que a resposta era sim. Que seja. Talvez essa fosse a névoa do desejo embaçando sua mente. Talvez fosse a novidade do casamento, as esperanças naturais de uma noiva recente. Não sabia dizer.

— Sim — murmurou.

— Você pode confiar em mim.

Ela sabia que podia, instintivamente. O novo Wycombe não poderia ser mais diferente do que o antigo, e ela não poderia estar mais aliviada. Ele era um homem honrado; quem mais teria arriscado a própria vida em nome da justiça?

Lentamente, ele ergueu as saias dela. Centímetro por centímetro, o robe, a anágua e a camisola subiram. Acima das panturrilhas. Acima dos joelhos. Até acima de suas coxas.

— Segure as bainhas — ele instruiu.

Ela obedeceu, imaginando o que ele estava fazendo, mas ainda assim agarrando as camadas de tecido que se acumularam em torno de sua cintura. Seus seios ainda estavam nus, empurrados para cima do espartilho, e ela pensou que sua aparência devia ser como a da maior prostituta do mundo. Mas então parou de pensar completamente quando as mãos grandes dele pousaram em seus quadris, puxando sua roupa íntima para baixo até ele encontrar o fecho e abri-lo.

E a roupa íntima desceu por sua perna. Até ela ficar com nada além de botas e meias. As mãos dele estavam em sua pele nua, acariciando-a com delicadeza. Ela parou de se preocupar com a aparência. Parou de pensar em tudo, menos no lugar onde as mãos dele tocavam sua pele.

Ele acariciou o ponto de contato das coxas, que ainda estavam pressionadas com força uma contra a outra, em um esforço para dominar a dor em seu centro.

— Relaxe para mim, Elysande.

Havia algo muito erótico no comando quando emitido por sua voz grave. Ela permitiu que ele afastasse suas pernas, e as mãos dele percorreram a carne sensível da parte interna das coxas, e depois ele acariciou um caminho de fogo sobre seus quadris.

Ele a via. Cada parte dela. E ela não se importava. Não tinha vergonha. Tudo o que sentia era a batida louca do próprio coração e o pulso de desejo ameaçando ser sua ruína.

SCARLETT SCOTT

— Tão linda — ele falou com a voz áspera, abaixando a cabeça.

A boca dele seguiu o mesmo caminho das mãos. Beijos choveram em todos os lugares. Nos tornozelos. Acima, acima, acima, nas panturrilhas. Nos ossos da canela. No interior dos joelhos. Nas cavidades atrás, uma por uma. Lugares que ela nunca imaginou que seriam tão suscetíveis aos lábios e ao toque dele. Na parte superior das coxas.

Durante todo o tempo, as mãos dele estavam nela, pressionando e acariciando, alisando sua carne. Deixando-a ainda mais inflamada. Seus seios doíam, os bicos ainda dolorosamente rígidos. Sem pensar, ela os segurou com as próprias mãos, apertando-os. Mas nada poderia aplacar a fome. Ela só queria mais.

De alguma forma, ele sabia o que ela estava fazendo. Talvez tivesse lançado um olhar enquanto ela estava preocupada demais para notar.

— Isso — disse ele —, se toque. Sinta como você é bonita.

Não houve vergonha quando ele lhe deu sua aprovação. Ele a deixou surpreendentemente consciente de uma parte de si mesma que ela havia mantido rigidamente trancada por tantos anos. O desejo era algo que ela podia controlar. Desejar cavalheiros bonitos nunca tinha sido para ela. Mas este homem...

Este homem era diferente.

Este homem era dela.

Impossível acreditar até que os lábios dele incendiaram a pele da parte interna de suas coxas. Então, mais para cima. A boca dele pousou sobre seu lugar mais sensível. Um beijo gentil primeiro. Apenas o roçar dos lábios dele no botão ansioso dela. E então a língua hábil, batendo nela lentamente, depois mais rápido. Até que ele chupou.

Com força.

Ah, Deus, ah, Senhor do céu. Ela ia morrer. Ela fincou as botas na terra firme e avançou na direção do rosto dele, buscando mais enquanto estrelas explodiam atrás de suas pálpebras.

Foi... muito mais do que maravilhoso. Na verdade, não *havia* palavras para descrever.

O que é uma palavra?

Quem sou eu?

O que ele fez comigo?

Ele murmurou em aprovação e lambeu sua fenda, a língua molhada e quente e tão maliciosa e tão maravilhosa e tão *tudo*. Tão tudo o que ela poderia ter imaginado e cem vezes mais. Ele lambeu dentro dela e o precipício em que ela estava desapareceu. Elysande caiu do penhasco errante.

Perdeu o controle, êxtase se apoderando dela e roubando seu fôlego. Era incapaz de fazer qualquer coisa, exceto mover-se na direção dele, entregar-se ao clímax, passar por ele até ficar mole e saciada e fraca.

SCARLETT SCOTT

CAPÍTULO 5

O momento único e delirantemente delicioso de sua vida foi seguido de uma corrida furtiva por roupas e um retorno apressado para o quarto.

E depois, a fricção da mão.

Por ele mesmo, não a esposa.

Eis aí a decepção.

Hudson estava na privacidade de seu quarto, afundado no banho que aguardava seu retorno do lago, junto com a correspondência. Greene, o criado dedicado que atendia às suas necessidades, receberia um aumento de salário proporcional à mudança nos fundos que o gordo dote de Elysande trouxera.

Elysande.

Sua *esposa*.

Ele ainda podia sentir o gosto dela nos lábios. Almiscarado, delicado e misterioso, assim como ela. Com um gemido, agarrou a ereção dolorida. A interrupção prematura de Saunders e do futuro novo jardineiro-chefe do Solar Brinton deixou Hudson em um estado de frustração cruel. Mas poderia ter sido pior, ele se lembrou.

Felizmente, as vozes deles se propagaram no silêncio pacífico da manhã, penetrando a névoa sensual que envolvia Hudson e Elysande enquanto eles estavam entretidos na grama perto do lago. Ele ainda não tinha se convencido por completo de que o extraordinariamente eficiente Saunders não suspeitava do que estava acontecendo e, portanto, se certificou de que sua voz se propagasse, dando-lhes tempo suficiente para se separarem depressa, se vestirem e tentarem desempenhar o papel adequado de duque e duquesa em uma inofensiva caminhada matinal pelo lago.

O diálogo com Saunders e o jardineiro fora muito formal e educado. Durante todo o tempo, Hudson manteve o casaco pendurado sobre o braço em um esforço para esconder a ereção que se recusava a diminuir. O sangue ainda rugia em seus ouvidos, a necessidade de conclusão mais feroz do que qualquer sensação que já conhecera.

Mas ele ficou lá conversando como se não tivesse acabado de enterrar a língua na boceta molhada e perfeita da esposa. Como se não fosse uma besta no cio que tinha rolado na grama com a nova duquesa na primeira oportunidade que teve. Como se não estivesse completamente enojado consigo mesmo por seu comportamento e, ao mesmo tempo, totalmente ciente do fato de que faria tudo de novo quando tivesse a chance.

O desejo por ela era bastante descarado, e se era a novidade de ter uma esposa ou apenas a própria mulher, ele não sabia dizer. Ele passou a língua pelos lábios, procurando por mais dela, embora ela não estivesse ali. Era provável que a tivesse assustado, e não poderia culpá-la se fosse o caso. Ela ficou obedientemente ao lado dele, o chapéu ligeiramente torto, o cabelo se soltando e enrolando ao redor do rosto, parecendo uma deusa amarrotada e pervertida.

Depois de alguns minutos, ela se desculpou e voltou para o solar sozinha, seguindo pelo caminho enquanto seu olhar ávido a acompanhava. Ele estava dolorosamente ligado a cada movimento de seus quadris. Prestando atenção a Saunders e ao jardineiro enquanto faziam planos provisórios sobre quais roseiras exigiam poda e quais galhos mortos deveriam ser removidos desta ou daquela árvore. Ele nunca pretendeu ser responsável por uma propriedade tão vasta quanto o Solar Brinton. Ou, inferno, por nenhuma propriedade. Sua vida em Londres, seus alojamento simples de solteiro, o satisfaziam muito bem.

E ele ainda estava muito atordoado com a luxúria e a autopunição – uma mistura cruel e curiosa – para se importar com a parede do terraço em ruínas ou com as malditas plantas. Quando a forma sensual da esposa desapareceu de vista, ele permaneceu, alternando o apoio nos pés, fingindo interesse na conversa. Sim, a fileira de faia poderia ser moldada de modo mais adequado e, de fato, algumas margaridas e arbustos na fonte com defeito dariam boa aparência depois que a coisa estivesse funcionando de novo.

Então, ele também se desculpou e voltou para seu quarto.

Não havia nenhum barulho no quarto ao lado e ele imaginou que ela estava se escondendo em algum canto distante da casa. Talvez na biblioteca ou no salão com janelões. Parte dele sentiu a necessidade de encontrá-la e pedir desculpas por ter perdido o controle. Parte dele queria encontrá-la e terminar o que haviam começado.

Mas uma coisa ele era, um homem que se agarrava à honra. Portanto, em vez disso, despiu-se das roupas úmidas e mergulhou o corpo na água quente e perfumada. O óleo perfumado era um luxo que nunca havia se permitido antes. Mas tinha que admitir que o acréscimo de perfume era um ponto positivo de adquirir inesperadamente um ducado que ele aceitava.

Os aromas rescendiam agora que a água morna batia em seu corpo, e ele se rendeu aos pensamentos do que poderia ter acontecido se tivesse retornado para casa a tempo de localizar Elysande. Apertou o pau e começou a fricção debaixo da água, sabendo que estava quase lá. Deitou a cabeça na borda da banheira e fechou os olhos, imaginando um final diferente para a manhã no lago.

Elysande estava embaixo dele, o orgasmo dela ainda a fazia vibrar, a língua enfiada bem fundo na boceta. Para prolongar o próprio prazer, ele a fez gozar de novo, lambendo o botão inchado do clitóris até ela se debater embaixo dele, implorando. O nome dele estava em seus lábios.

Por favor, Hudson.

Sim, era isso o que ele queria. Ele a queria desesperada e necessitada e fora de si de desejo. Ele a queria se contorcendo na grama com as saias em volta da cintura e os montes gloriosos dos seios com bicos rosados esperando por ele, implorando para ser chupada. Queria que ela gemesse e gritasse e aceitasse o que ele lhe desse e depois implorasse por mais.

Ele voltou a atenção para a pérola dela e mergulhou os dedos fundo em seu canal. Ela era tão apertada e quente, toda dele. Tão doce e reagindo tanto na sua língua. Enterrou o rosto mais fundo nas dobras escorregadias e inspirou. Os quadris dela se moviam furiosamente enquanto ele enfiava os dedos, alternando entre lambidas e chupadas. Ela gozou mais uma vez com um gemido e o nome dele.

Sim.

Isso mesmo.

Na banheira, Hudson mexeu a mão com movimentos mais rápidos e furiosos enquanto prendia a respiração. Estava pairando à beira do êxtase, as bolas tensas, prontas para explodir. Não conseguia se lembrar de ter se tocado e experimentado tanto desejo. Isso era o quanto ele a queria, quanto ela o deixara maluco.

Como um animal.

Ele forçou a língua na boceta dela e enfiou três dedos enquanto ela apertava, espasmava e o cobria com sua umidade. Quando o limite que ele mantinha em seu controle ameaçou se romper, ele levantou a cabeça e deu um beijo em sua saliência.

— Diga-me o que você quer — ele disse a ela.

— Você — ela disse. — Seu pau na minha boca.

A Elysande em sua mente era ousada e obscena, e ele adorava isso. Ele se ergueu sobre ela, alimentando-a com seu pau, e aqueles lindos lábios rosados se fecharam ao redor de seu talo, levando-o até o fundo de sua garganta...

Com um grito rouco, Hudson gozou, a violência do orgasmo atacou-o com brutalidade. O gozo jorrou na água quente do banho, drenando-o, e ele arquejou enquanto o coração batia e ameaçava rasgar o peito. Nunca tinha gozado com tanta intensidade, ou tanto, com nada além de sua mão. Tudo por causa *dela*.

Maldição. Ele precisava de distração. Pensar em qualquer coisa além de Elysande, do seu desejo por ela e do que acabara de fazer. Vagamente, ele se lembrou da correspondência que Greene deixara para ele, esquecida em uma bandeja ao seu alcance.

A primeira carta na pilha causou choque suficiente para tirá-lo da névoa quase delirante da luxúria. O garrancho era familiar, do duque de Northwich. O último caso de Hudson envolveu a duquesa, cujo marido anterior fazia parte de uma rede criminosa traiçoeira, sem o conhecimento dela.

Hudson rapidamente examinou o conteúdo, choque e negação atingindo-o com a força de um punho no rosto. As palavras flutuavam juntas...

Ele se sentou na banheira, jogando água para fora e quase derrubando a carta. Era dolorosamente claro que um retorno a Londres seria necessário.

Hoje, na verdade. Não se podia perder nem um minuto.

Terminou o banho depressa e vestiu-se antes de pedir a Greene para supervisionar a arrumação de seus parcos pertences. Apesar do que vivera com Elysande naquela manhã, Hudson achava que sua partida seria melhor.

Embora o Solar Brinton tivesse pouquíssimos criados para ajudar no funcionamento da casa, o número irrisório de criadas e lacaios causava um alvoroço quando encarregados de um dever em conjunto. E era exatamente isso o que estava acontecendo agora. Baús estavam sendo carregados. Passos e vozes interromperam Elysande em seu esconderijo.

Alguém estava viajando.

SCARLETT SCOTT

E já que esse alguém não era ela, só poderia ser uma pessoa, para causar tal comoção.

Seu marido estava se preparando para fazer uma viagem e não a informara de seus planos. Depois do que viveram esta manhã perto do lago, ele estava… ele estava… *indo embora*.

Não, ela disse a si mesma. *Não pode ser*.

Mas uma volta apressada no salão principal provou o contrário.

Ela deteve um lacaio que passava e perguntou a quem pertenciam os baús e para onde estavam indo.

— Sua Graça, Vossa Graça — respondeu o jovem. — Ele está partindo para Londres esta noite, pelo que sei.

Não havia como enganar-se com as palavras ou com o olhar maldisfarçado de pena que o criado dirigiu a ela. O marido de Elysande planejava abandoná-la. Provavelmente, a informação deveria ter lhe dado uma sensação de paz. Pelo menos teria certeza de que poderia trabalhar em seu projeto, sem impedimentos. E, no entanto, seu corpo ainda zumbia com os efeitos do prazer que ele lhe proporcionara. Ainda podia ouvir as palavras que ele dissera, sentir a língua dele nela.

Suas bochechas ficaram quentes com uma combinação de vergonha e fúria.

— Onde está Sua Graça? — ela perguntou ao lacaio.

Pois, assim como os planos do marido, seu paradeiro também era desconhecido para ela.

— Falando com o Sr. Saunders no escritório, acredito, Vossa Graça — respondeu o homem, arrastando-se de um pé para o outro, claramente ansioso para voltar aos seus deveres.

Ela agradeceu e o dispensou, os pés a levando para o escritório antes que a mente pudesse dissuadi-la. A porta estava entreaberta, mas ela bateu de qualquer maneira, desabafando um pouco da irritação no portal inocente.

— Entre — chamou aquele tom barítono grave e prazeroso que começava a se familiarizar tão bem.

A mesma voz que a elogiara antes, pedindo permissão para tocar seu corpo e lhe dar prazer.

Reprimindo todos os lembretes da loucura anterior, ela entrou.

Ambos os homens observaram sua entrada, e ela se preparou para enfrentar o efeito que a visão do marido exercia sobre ela. Maldito seja, mas ele era bonito. Vestido com um terno de lã, ele poderia ter sido o cavalheiro perfeito. Só ela sabia o que espreitava sob as camadas de sua civilidade. O lembrete da cicatriz e dos avisos dele se fundiram com o estranho desejo que ela não conseguia dominar.

— Duquesa — disse ele, sem sorrir ao se curvar em sua direção.

— Duque — ela respondeu. — Sr. Saunders.

O jovem mordomo se curvou e se apressou em desculpar-se, talvez observador o suficiente para compreender por sua expressão que ela desejava falar com Wycombe sozinha. Ela esperou que a porta se fechasse antes de se arriscar a adentrar no cômodo.

— Você vai viajar — disse ela, uma afirmação, não uma pergunta.

Uma expressão indistinguível passou por seu rosto enquanto ele andava pelo escritório na direção dela.

— Vou.

Embora a confirmação fosse exatamente o que esperava, não fez nada para aliviar a pontada da descoberta que ele pretendia partir. Ela lambeu os lábios repentinamente secos e reprimiu uma onda de irritação.

— Quando você pretendia me informar, ou todos os outros na casa têm prioridade sobre sua esposa?

Assim que a pergunta escapou, arrependeu-se, pois não podia negar que o tom de sua voz era igualmente amargo e ressentido. Ela estava se permitindo ser muito vulnerável no que dizia respeito a ele. Um momento roubado de beijo na grama, uma manhã de paixão, e veja o que se tornou.

A boca generosa dele se transformou em uma linha fina quando ele parou diante dela.

— Você está irritada comigo.

Ela estava? Irritada parecia uma palavra suave para o tumulto de emoções que se agitava dentro dela. Ela estava confusa. Aborrecida.

Indignada.

— Estou perplexa — disse ela, tentando se acalmar. Afinal, não era tempo e distância o que queria? — Você não disse nada sobre seus planos de partir esta manhã.

Ele ergueu uma sobrancelha.

— Pelo que me lembro, estávamos ocupados de outra forma.

O lembrete a fez corar em uma combinação de lembrança e vergonha. Também trouxe um pulsar indesejado de consciência na parte superior de suas coxas.

— Tivemos uma longa conversa — disse ela, tentando manter a voz fria e impassível.

Uma proeza quase impossível. Já estava muito envolvida nele, muito afetada por ele. Ela, que sempre se preocupou muito mais com experimentos e construção de protótipos do que com *cavalheiros*. A velha Elysande teria zombado da nova Elysande.

Céus. O novo Wycombe a transformara em nova Elysande. A percepção era tão preocupante quanto enlouquecedora. Isso não era para ter acontecido.

— Tentei encontrar você — disse ele, juntando as mãos às costas em um gesto que só serviu para chamar a atenção dela para a impressionante largura de seu peito. — No entanto, você não estava em seu quarto, e nenhuma das criadas sabia para onde tinha ido.

Culpa se alastrou por dentro, pois ela *estava* se escondendo, era verdade.

Ainda assim, quanto ele se esforçou para procurá-la?

Ela franziu a testa.

— Eu estava na biblioteca.

— Eu ia verificar lá em seguida. — Veio sua resposta tranquila.

Ah, ele era maliciosamente bonito, não era? Mesmo sabendo que estava se preparando para deixá-la sem tê-la consultado primeiro, não conseguia deixar de admirar o contorno viril de sua mandíbula, já ostentando uma charmosa barba despontando, embora ele estivesse barbeado. Ou a maneira como o paletó se ajustava à sua forma robusta. Por um breve e malicioso momento, a visão dele, nu e cintilando com água voltou, e ela se esqueceu de respirar.

Mas então a lembrança a obrigou a se concentrar.

— Você estava planejando verificar se eu estava na biblioteca depois de ter falado com o Sr. Saunders e de os lacaios terem arrumado todos os seus baús? — ela perguntou, incapaz de não questionar a observação ácida.

— A notícia que recebi de Londres foi repentina.

Havia um tom de desculpas em sua voz? Ela não conseguia determinar.

Elysande procurou seus olhos azuis-acinzentados.

— Notícia de Londres?

Ele inclinou a cabeça, a expressão se fechando.

— Parece que há um assunto que requer minha atenção em relação a um caso anterior. Meu último caso, para ser mais específico.

— A Scotland Yard entrou em contato com você? — O pensamento foi suficiente para congelá-la após a terrível evidência do perigo passado que ele enfrentara.

— Não a Scotland Yard — ele reconheceu. — Mas um amigo. Um cavalheiro envolvido no caso.

— Você é um duque agora — ela ressaltou.

— Contra minha vontade.

Ela não sabia se balbuciava, se gritava ou se o agarrava por suas belas lapelas e o sacudia.

— Você não pode pensar em voltar a fazer algo tão perigoso.

Ela tinha visto, tinha traçado com os próprios dedos, a prova persistente de quão perto ele havia chegado a um fim prematuro nas mãos de um assassino. Pensamentos dele voltando, sem opor-se a colocar a vida em risco fizeram sua boca secar.

A mandíbula dele tensionou, e ele deixou a postura cuidadosa de mãos cruzadas atrás das costas para passar os dedos pelo cabelo escuro, deixando-o arrepiado.

— Dificilmente estou voltando a me arriscar. Estarei perfeitamente seguro. Londres é uma cidade grande.

— Claro que é. Porém, você acabou de dizer que recebeu notícias de Londres sobre um caso anterior. O que mais devo pensar além de que você enfrentará mais perigos? — ela perguntou.

— Você deve pensar que estou lhe dando o tempo que solicitou. Três meses, não foi?

As palavras afiadas serviram ao seu propósito, enfiando pequenas farpas agudas na consciência de Elysande. Sim, ela havia solicitado esse tempo. Mas por uma boa razão. Estava muito perto de aperfeiçoar seu projeto. Com um pouco mais de tempo – livre de distrações e de seu pai pairando sobre seu ombro –, ela tinha certeza de que encontraria a solução. Não havia trabalhado tanto e tão duro para abandonar seu objetivo apenas porque se casara.

Nunca.

Ela assentiu, tentando se recompor e controlar seus sentimentos.

— Você pensa em jogar meu pedido contra mim? É algum tipo de punição que estabeleceu? Para me atrair, me deixar aflita com as ameaças que enfrentou e então abruptamente se lançar nas garras do perigo novamente?

— Posso garantir que minhas intenções não são tão diabólicas quanto você imagina.

Ele falou tão formalmente. O amante daquela manhã, de peito nu e escorregadio com a água do lago, não se parecia nem um pouco com esse homem sombrio. Ela se perguntou se era assim que ele era antes, como detetive. Os olhos dele ardiam com uma intensidade singular, todo o seu comportamento mudou completamente.

SCARLETT SCOTT

— Se não são diabólicas, então são tolas — ela retrucou. — Qual é a questão a que você se referiu?

— Um prisioneiro escapou — ele disse.

— Você não faz mais parte da Scotland Yard — ressaltou ela. — Não consigo entender por que sua presença é necessária.

Ah, mas o que ela estava fazendo? Tentando dissuadi-lo de seu curso? Deveria estar aliviada por ele estar indo, não deveria?

— Porque este é um prisioneiro que fui responsável por prender, e posso ter informações sobre o caso que ajudarão nas tentativas de recapturá-lo — explicou ele, suavizando a voz. — Perdoe-me pela minha partida repentina. O momento é lamentável, mas receio que minha presença seja necessária. Este homem é...

— Perigoso — ela concluiu quando as palavras dele se esvaíram. — É o que pretendia dizer, não é?

Um arrepio percorreu sua espinha ao pensar em Hudson se colocando em uma posição onde poderia ser ferido mais uma vez. Ou pior. Ela pode não ter desejado um marido, mas ele era dela agora, e se importava com ele.

A mandíbula de Hudson retesou.

— Para o bem da minha consciência, preciso fazer tudo ao meu alcance para oferecer ajuda na captura deste homem.

A decisão já fora tomada. Ela podia ver em seu semblante impassível, na aspereza em sua voz. Mas por mais que dissesse a si mesma que a partida dele era provavelmente a melhor coisa, não conseguia convencer seu coração.

— Quanto tempo vai ficar fora? — ela perguntou, em vez de tentar desviá-lo de seu curso.

— Alguns dias, talvez. Não muito tempo. — Ele se aproximou, a cabeça abaixada, e deu um beijo em sua bochecha. — Mandarei uma mensagem.

Alguma parte tola de Elysande ansiava por virar a cabeça e sentir aqueles lábios mais uma vez. Mas ela não o fez. Em vez disso, deu um passo para trás para se poupar de mais constrangimento e assentiu como se compreendesse.

CAPÍTULO 6

Como de hábito, Hudson se levantou ao amanhecer. Esta manhã, no entanto, não estava mais no interior dividindo um teto com vazamento com a esposa.

Esposa.

A palavra estranha, junto com os pensamentos da própria Elysande, fez com que ele parasse. Como se ela estivesse aqui com ele – quase podia detectar a fragrância docemente floral de lírio do vale. Seus lábios formigaram com a lembrança do gosto e da sensação dela. Ontem de manhã foi muito inesperado. E ele queria mais.

Mas o *'mais'* era perigoso, e era tudo discutível quando estava longe dela. Em vez disso, estava em sua velha e familiar acomodação apertada. Como era fácil recair nos mesmos padrões e caminhos. Um pouco como um trem no trilho, com potência incansável em direção a seu destino.

Com uma determinação sombria, ele se vestiu e se barbeou, quase sem prestar atenção ao próprio reflexo no espelho rachado sobre a cômoda velha. A casa da cidade que herdara junto com o título, parte da dívida da herança, fora subtraída da maioria dos objetos de valor pelo duque anterior, incluindo grande parte da maldita mobília. E assim, em uma decisão certamente atípica para um duque de Wycombe, após sua chegada na noite passada, ele se instalou em sua acomodação de solteiro mais uma vez.

Ele encarregou o eficiente Greene de supervisionar a arrumação da casa da cidade e voltou à vida como a conhecia antes. A familiaridade do espaço pequeno e modesto trouxe consigo um pequeno grau de conforto. No entanto, não podia fingir que era mais uma vez o inspetor-chefe Stone, sem o peso de um ducado sobre os ombros, e uma nova esposa também. Nem poderia esquecer a razão pela qual deixara Buckinghamshire com tanta pressa.

Como era surreal estar de volta, sem a mulher com a qual tão recentemente se casou. Quase podia se convencer de que a estadia em

SCARLETT SCOTT

Buckinghamshire, a herança do título, a cerimônia na capela de Talleyrand Park, o café da manhã do casamento e aquele momento glorioso à beira do lago com a esposa não passaram de um sonho. Apenas a reação visceral de seu corpo ao pensar em Elysande o lembrava de que tudo tinha sido real.

Culpa o atacou. Que tipo de homem abandonava a noiva com pressa jamais vista após o casamento? Ele deveria ter levado mais tempo, explicado melhor a necessidade desse retorno. Nunca foi sua intenção deixá-la. Estava determinado a permanecer no interior e cumprir seu dever. Sentar-se com Saunders e supervisionar todos os reparos e mudanças necessárias no Solar Brinton.

Mas então a carta ansiosa de Northwich chegou e ele foi afetado. Não só porque o caso Croydon foi seu último. Mas porque tinha sido um dos mais feios. Porque o Duque de Northwich era um amigo, e porque ninguém estaria a salvo de Croydon até que o canalha maligno estivesse mais uma vez apodrecendo na prisão onde pertencia.

Ainda assim, estava honrando o pedido dela, ele se lembrou. Ela havia pedido três meses e ele os daria. Talvez simplesmente ficasse em Londres durante todo esse tempo. Estar em Londres enquanto ela estava no interior certamente o ajudaria a manter o controle. Deus sabia que quando esteve por perto, ele não teve nenhum.

Com um suspiro diante da situação bastante extraordinária e difícil em que se encontrava atolado, ele deixou seus aposentos e caminhou, como tinha feito tantas vezes antes, para a Scotland Yard. A cidade se agitava ao redor dele, como sempre, aromas, sons e visões tão familiares quanto seus aposentos. E, no entanto, a Londres para onde retornara tinha mudado; o próprio ar parecia estar carregado de uma nova e estranha sensação de perigo. Ele descera na plataforma ontem sabendo que Reginald Croydon estava em algum lugar, escapando da justiça e da punição que tanto merecia. Alguém o ajudou a fugir da prisão de Dunsworth.

E, porra, Hudson ia descobrir quem era e o faria pagar.

Croydon tinha sido o orquestrador implacável de uma vasta teia criminosa. Por um preço, estava disposto a cometer qualquer ato. De falsificação a assassinato, de roubo à prostituição infantil, nenhum crime era impróprio para ele. Depois de decidir que um de seus parceiros era muito ganancioso, assassinou o homem. Quando foi ameaçado com a descoberta, assassinou outro companheiro conspirador. Ele não merecia ficar livre. Até que fosse pego e preso mais uma vez, qualquer um que estivesse envolvido em seu caso estava potencialmente em perigo, sem falar nos outros inocentes com quem poderia ter contato.

Para um criminoso insensível sem nada a perder, uma vítima inocente seria um cordeiro levado ao abate. O que significava que o tempo era da maior importância. Não havia um segundo, um minuto, uma hora ou um dia a perder. Reginald Croydon precisava ser pego o quanto antes.

As ruas estavam cobertas de neblina, um frio de início de outono já cortava o ar como uma faca. Ele se viu na nova posição de entrar nos escritórios da Scotland Yard pela entrada civil. Não havia mudado muita coisa desde o seu mandato aqui. Caos, ainda. Os vários edifícios permaneciam sendo uma miscelânea monótona carregada de homens e suprimentos. Livros e arquivos de casos espalhados, selas e mantas de cavalos enfiadas nos sótãos.

Felizmente, um rosto familiar o viu.

Ainda bastante novo na Scotland Yard, o sargento Oliver Chance era jovem e inexperiente e sempre pronto para oferecer um sorriso com os dentes separados.

— Inspetor-chefe Stone! — ele chamou, depois gaguejou tentando se corrigir. — Hã, senhor. Suponho que seja um duque agora.

— Sargento Chance. — Abismado com o entusiasmo do jovem em cumprimentá-lo, Hudson assentiu e tirou o chapéu. — Como está sua mãe?

As bochechas de Chance ficaram mais coradas do que o normal. Ele era um daqueles sujeitos pálidos que pareciam estar sempre corados.

— Está muito melhor, inspetor-chefe, obrigado. Estou honrado que você tenha se lembrado.

A mãe de Chance teve um derrame antes de Hudson partir para Buckinghamshire. A gentil Sra. Chance muitas vezes ofertava pão, pães doces e outras sobremesas aos detetives. Quando ela ficou enferma, todos se compadeceram.

— Fico feliz em saber que ela está melhorando. Por favor, envie à Sra. Chance minhas felicitações.

— Claro, senhor. Obrigado, senhor. Ela ficará honrada em aceitar seus cumprimentos, o senhor sendo um duque e tudo mais.

— Felicitações, Chance — disse ele, gentilmente.

— Sim. — Aquelas bochechas, sem pelos como as de um bebê, ficaram ainda mais vermelhas. — Exatamente isso, senhor. Inspetor-chefe. Milorde.

Bem, graças a Deus, ele não era o único que ficava perturbado com o auê dos títulos.

— Você pode me chamar de Wycombe, Chance. — Secretamente, ele se perguntou se o rapaz já havia alguma vez feito a barba. Será que Hudson já tinha sido tão jovem, tão inocente? Ele achava que não. Se tivesse sido, não se lembrava.

— Wycombe, senhor. — Chance assentiu.

Tornou-se evidente para Hudson que ele precisava se livrar dessa conversa com educação e implorar a ajuda do jovem com um assunto muito urgente. Ele era um homem que já tivera grande autoridade nesse recinto e que agora, por mero destino, fora reduzida a zero. Ele não havia retornado aos escritórios desde que renunciou e aceitou o papel como o próximo duque. Agora sabia o porquê.

Ele se sentia como um invasor em um lugar que já fora seu lar.

— Será que você me concederia um favor, Chance? — As palavras o deixaram acompanhadas de um toque de amargura.

Sim, parte dele ainda se condoía e sentia falta da antiga vida. Antes de ser duque, ele pode até ter vivido uma vida simples, mas havia sido feliz. Ele tinha um propósito. Agora, ele tinha...

Uma esposa.

Propriedades herdadas para consertar.

Dívidas para pagar.

Ansioso para ajudar, o jovem Chance estava balançando a cabeça afirmativamente.

— Claro, milorde Wycombe inspetor-chefe senhor.

Inferno. O coitado do rapaz acabara de usar todas as maneiras de se dirigir de uma só vez, não foi? Melhor mudar de assunto.

— Fiquei sabendo que Reginald Croydon escapou recentemente da prisão de Dunsworth.

Chance balançou a cabeça com ainda mais vigor.

— Infelizmente, você está certo, senhor. *Hã-hãm.* Não estou triste que você esteja certo. Estou triste em informar que o canalha conseguiu escapar.

— A Scotland Yard está investigando em um esforço para recapturá-lo? — ele perguntou, voltando a atenção para o assunto mais importante em questão, tentando manter a paciência com o jovem desajeitado.

— Ah, sim, senhor. Milorde. Wycombe. — Chance engoliu em seco, o pomo-de-Adão balançando de um jeito engraçado. — O inspetor-chefe O'Rourke está encarregado do caso.

Inspetor-chefe O'Rourke. Hmm. Escolha interessante. Na avaliação de Hudson, o homem ainda não havia demonstrado sua capacidade. Ele era quieto, frio e bastante rude. Havia resolvido sua cota de casos menores, mas ainda não havia desempenhado um papel significativo na resolução de crimes mais perigosos.

— Você me levaria até ele, Chance? — perguntou, decidindo que precisaria se aproximar do homem por conta própria para verificar o que ele sabia.

Tinha consciência de que seu pedido era incomum. Não tinha o direito de interrogar um detetive da Scotland Yard a respeito de qualquer caso, pois não fazia mais parte da instituição. Ele deixara essa parte de sua vida para trás.

Com muita relutância.

— Claro — disse Chance, cortês, parecendo satisfeito em ajudá-lo com qualquer coisa. — Venha comigo.

Ah, a ingenuidade dos entusiasmados. Hudson seguiu o jovem pelo labirinto de escritórios até o Inspetor-chefe O'Rourke. O homem continuava exatamente como ele se lembrava. Sombrio, baixo e corpulento. Ele tinha um bigode com extremidades enceradas, pontudas como se fossem lâminas afiadas, possuía entradas no cabelo, que era penteado para trás com cera de cabelo, e uma testa grande.

— Stone — disse O'Rourke.

Seu sobrenome, nada mais. Não era uma saudação agradável, e não havia nada do prazer genuíno que Chance exibira ao ver Hudson na entrada social. Embora ele e O'Rourke não fossem exatamente amigos, também não eram inimigos, então a recepção fria foi...

Interessante.

Tão interessante quanto O'Rourke ser designado para a fuga de Croydon.

Hudson não se preocupou em corrigir O'Rourke. Em vez disso, inclinou a cabeça na direção de Chance.

— Obrigado por me trazer ao inspetor-chefe O'Rourke. Por favor, lembre-se de dar à Sra. Chance meus desejos de melhora.

Chance assentiu.

— Claro, senhor milorde duque. Pode deixar. Obrigado.

O rapaz se curvou em um cumprimento e quase esbarrou em outro sargento que passava pelos escritórios movimentados. Sério, Hudson voltou a atenção para O'Rourke.

— Fiquei sabendo que você recebeu a tarefa de prender Reginald Croydon.

O'Rourke enrijeceu. A reação foi leve, quase imperceptível, mas Hudson notou. A reação era intrigante e enigmática.

— Recebi, sim.

— Gostaria de oferecer minha ajuda — disse ele. — Dado o meu envolvimento anterior no caso, posso ter algum conhecimento que serei capaz de oferecer.

— Não é necessária ajuda — O'Rourke rejeitou friamente.

Ele não sabia como seria recebido em seu primeiro retorno à Scotland Yard desde sua partida abrupta. Não havia como negar a disparidade entre a saudação animada de Chance e a reprovação desagradável do homem diante dele. Mas não importava. Ele não tinha intenção de ser desviado de seu curso.

— Croydon foi capturado? — Hudson retrucou calmamente.

O inspetor-chefe O'Rourke tensionou a mandíbula.

— Ele ainda não foi recapturado, não.

— Então a ajuda de mais um par de mãos deve ser bem-vinda, certamente.

— Você não faz mais parte da Scotland Yard.

— Ofereço minha ajuda de forma não oficial. — Hudson forçou um sorriso, pois queria pressionar o homem, mas não muito. Queria instigar O'Rourke a concordar, não a dizer-lhe para ir para o inferno. — Gostaria de oferecer meu tempo e informações, *gratuitamente*.

— Você é arrogante, senhor. — A voz de O'Rourke emanava frieza. — Você acha que a Scotland Yard é incapaz de continuar sem você? Ouso dizer que nem notamos que você foi embora.

Diabos, isso não estava indo como ele esperava.

— Não acho nada disso, inspetor-chefe O'Rourke. — Ele se agarrou a todo o sangue-frio que tinha para não demonstrar irritação em seu tom. — Por ter sido inspetor-chefe recentemente, conheço as limitações que amarram você e seus detetives. Não há pessoas suficientes em campo, não há pagamento adequado para atrair homens qualificados e os crimes aumentam desenfreadamente. Estou aqui para ser uma ajuda e não um obstáculo, e certamente não porque acredito que a Scotland Yard seja incapaz de prender Reginald Croydon. Muito pelo contrário, e devo pedir seu perdão se minha oferta o levou a acreditar nisso. Nunca foi minha intenção insultar.

— Humm — O'Rourke fez um ruído evasivo, sua expressão severa.

— Não posso, em sã consciência, permitir que um civil e ex-membro da Scotland Yard obtenha informações confidenciais de meus homens.

Ele esperava essa objeção em particular e tinha uma resposta pronta.

— Felizmente, não exijo que você me forneça nenhuma informação. Só preciso saber em quais portas vocês bateram no esforço de encontrar Croydon. Um ponto de partida, se preferir.

— Devo avisá-lo de que seus esforços provavelmente serão em vão — disse o inspetor, aparentemente começando a ceder. — Todas as informações que colhemos até agora sugerem que ele deixou o país.

Havia algo no comportamento do inspetor que aumentava as suspeitas de Hudson. Talvez fosse a maneira como O'Rourke desviava o olhar, ou a leve virada para a esquerda, o batucar do pé direito.

— Deixou o país — Hudson repetiu, achando muito improvável que um criminoso com a reputação de Croydon tivesse fugido tão rápido e com tanta facilidade da Inglaterra. — Isso exigiria uma grande soma de dinheiro e coordenação de muitos conspiradores no momento de sua fuga, não é? Pelo que entendi, não tem nem uma semana que o homem desapareceu. Você tem indícios que sustentam essa suposição?

O'Rourke ergueu uma sobrancelha, o rosto anguloso e as bochechas cavadas lhe davam a aparência de um cadáver.

— De fato, senhor. Tenho indícios que sustentam a minha conclusão. Indícios que, infelizmente, não podem ser compartilhados com você. Você é um lorde extravagante agora, não é?

Um duque, mas que Hudson fosse amaldiçoado se admitisse isso agora.

— Recebi uma herança inesperada recentemente — ele reconheceu.

— Exato, senhor. Seria muito melhor se desse atenção para as próprias preocupações, em vez das preocupações dos outros. — O'Rourke deu um breve sorriso tão desagradável quanto o resto de seu semblante. — Deixe a Scotland Yard fazer seu trabalho. Você não é mais bem-vindo aqui em nosso recinto.

Não era mais bem-vindo.

Aqui, na Scotland Yard, que tinha sido a totalidade de sua vida por tantos anos. O golpe foi tão forte como se tivesse sido físico. A mandíbula de Hudson tensionou. Mas o que ele deveria ter esperado? Provavelmente, muitos dos homens com quem ele andou pelas ruas ficaram amargurados com sua ascensão social. Talvez O'Rourke fosse um deles.

Ele fez um gesto afirmativo com a cabeça.

— Como quiser, inspetor-chefe O'Rourke. Vou me retirar.

— Melhor, milorde.

E assim, Hudson foi dispensado. Ele se virou, passos longos e furiosos o levando para longe da conversa fútil e infortunada que acabara de ter com o inspetor-chefe O'Rourke. Não gostou do inegável tom de aceitação na voz do outro homem quando falou da fuga de Croydon da Inglaterra. Ele fez parecer como se a perda já tivesse sido aceita, que Croydon simplesmente escapou e permaneceria livre para sempre. Que persegui-lo era inútil.

Mas Hudson não estava preparado para acreditar na história do inspetor. Em todos os anos como detetive, aprendeu a confiar em seu instinto e esse mesmo instinto nunca o enganou.

Algo estava errado, e Hudson não descansaria até descobrir o que era. Graças às exigências de Elysande, ele tinha três meses para garantir que Croydon fosse capturado e voltasse para a prisão onde pertencia. Seriam os três meses mais compridos de sua vida.

— Porcaria, desgraçada, coisa estúpida!

Elysande amaldiçoou a frigideira elétrica, que atualmente não era nem adequada para cozinhar nem elétrica. Se ela continuasse dessa maneira, nunca teria um modelo funcionando a tempo de ser incluído na exposição da Sociedade de Eletricidade de Londres. Ela ainda estava convencida de que sua ideia, se construída adequadamente, se mostraria bastante revolucionária em seu potencial para alterar o ato de cozinhar. Fogo não seria necessário, e se ela apenas pudesse fazer com que a maldita coisa aquecesse adequada e uniformemente, ela cozinharia comida em tempo recorde.

Sua frigideira protótipo estava atualmente na mesa que alguns lacaios haviam subido da biblioteca a pedido dela. Seu pai lhe oferecera um pequeno dínamo para alimentá-la, permitindo que ela trabalhasse no Solar Brinton, e ela aceitou com gratidão. No entanto, ainda não estava perto de obter sucesso. O fio condutor que ela usava estava com defeito. Ela comprou fio de platina para a próxima tentativa com a ideia de que ele deveria gerar calor rapidamente. Mas a composição do cimento que precisava usar para isolar os fios ainda estava lhe causando problemas.

Se quisesse ter algum sucesso, precisava parar de se distrair. Parar de pensar em Hudson e ficar se perguntando onde ele estava ou quando voltaria. Ela certamente não ficaria olhando pela janela pensando no efeito mágico que os lábios pecaminosos dele causaram em sua carne traidora. Nem passaria horas distraída desenhando elementos alterados do projeto apenas para se pegar imersa pensando na aparência dele, nu e cintilante, emergindo do lago naquele dia.

Não pense no peito largo dele ou no abdômen firme cheio de músculos, advertiu a si mesma. *Ou nos ombros excelentes e braços fortes. Para não falar do...*

— Pelo amor de Deus — ela se repreendeu em voz alta. — Você está fazendo *de novo*, Elysande. Isso simplesmente não é aceitável.

Elysande sempre ficou mais intrigada com a maneira como as coisas funcionavam do que com a maneira como as pessoas funcionavam. Seu coração era impenetrável e, desde muito jovem, ficava contente ao entrar na oficina do pai e se cercar dos componentes para fabricação. Com engrenagens e ferramentas e parafusos e fios. A ciência a fascinava. Enquanto as irmãs liam poesia e literatura clássica, Elysande consumia tratados de engenharia, lendo sobre tudo, desde eletricidade até geometria.

Não desmaiava por causa de um rosto bonito. Nunca desejou beijos. Quando Izzy falou do Sr. Penhurst com suspiros de amor e recitou suas atribuições masculinas com a dedicação de um estudioso, Elysande riu, achando estranho que a irmã estivesse tão arrebatada por um mero mortal.

E, no entanto, aqui estava ela, impotente, tomada por uma paixão tola e boba pelo marido substituto. O marido que não queria ter! O marido que a fez se derreter toda e depois foi para Londres. Era ultrajante e errado e embaraçoso. Não era de admirar que ainda não tivesse feito nenhum progresso significativo em seu protótipo. Estava se sentindo burra como uma porta, e tudo por causa da... da... *língua dele.* Sim, era esse o motivo.

Biologia.

Você pode confiar em mim, Hudson disse.

E ela acreditou nele. Mas agora, era mais do que evidente que dos dois, não deveria confiar nela mesma. Sua mente era forte e afiada, mas seu corpo era fraco e suscetível.

Uma batida na porta interrompeu suas ruminações. E era um bom momento para tal intrusão, pois em seguida ela se rebaixaria a ponto de começar a suspirar pelo homem que havia fugido de sua companhia.

Você disse a ele que queria três meses, uma voz a lembrou.

Disse mesmo.

Durante todo o tempo, a frigideira se manteve diante dela, sem melhorias.

— Entre — gritou, com um suspiro, supondo que seria sua criada pessoal.

Porém, em vez de Denning, sua irmã Izzy atravessou a porta.

— Ellie! O que você está fazendo se escondendo aqui em cima?

Os cachos longos e escuros de Izzy estavam presos em uma trança. Ela usava uma seda amarela cintilante e tinha um sorriso feliz.

— Irmã querida — ela cumprimentou, avançando com os braços abertos antes de parar um pouco antes de um abraço, quando se lembrou que estava com seu avental de trabalho, horrivelmente sujo. Com rapidez, desatou o nó da cintura e tirou a vestimenta. — Estou trabalhando na minha frigideira elétrica. Decidi converter minha sala de estar em uma espécie de oficina.

Izzy lhe deu um abraço caloroso, o cheiro de sua água de rosas e laranja familiar e reconfortante, assim como a chegada repentina da irmã.

— Ah, Ellie. Sinto falta de você se esgueirando por Talleyrand, coberta de sujeira e óleo.

Ela riu, pois não havia como discordar da descrição da irmã, já que era adequada.

— Sinto falta de Talleyrand Park e de você também. Como pode ver, estou apenas me esgueirando coberta de sujeira e óleo aqui no Solar Brinton.

— É mesmo, estou vendo. — Izzy interrompeu o abraço abruptamente, recuando para inspecionar Elysande com um olhar perscrutador e com a cara fechada. — Você ainda está sozinha?

Sozinha, de fato. Sua família não manteve em segredo a desaprovação com relação ao retorno de Hudson a Londres enquanto ela permanecia em Buckinghamshire. Quando viajou para Talleyrand Park para supervisionar o transporte de seus protótipos e suprimentos, foi forçada a admitir a razão pela qual estava sozinha.

— Claro que estou sozinha — ela disse com gentileza, tentando não permitir que a opinião da irmã a influenciasse. — Solicitei três meses para trabalhar na minha frigideira elétrica para poder deixar o projeto pronto para a exposição.

Não era totalmente verdade, pois embora tivesse solicitado esse tempo, não imaginou que ele a deixaria sozinha em sua propriedade. E quando ele a informou de seus planos, também fez parecer que não ficaria longe por muito tempo. No entanto, uma semana se transformou em duas, e depois mais dias se passaram.

— Suponho que nunca vou entendê-la completamente, querida irmã — disse Izzy. — Você se casou com um homem que não ama e ficou feliz em despachá-lo para Londres enquanto fica aqui, cuidando da propriedade em ruínas dele e de sua chaleira elétrica.

— Frigideira — ela corrigiu, baixinho, embora supusesse que não tinha a menor importância no momento.

Chaleira ou frigideira, não era elétrica, e não estava mais perto de ver seu sonho se realizar do que estava há um ano. Mas a culpa não era de Hudson. Ao todo, três semanas se passaram desde a partida abrupta do marido. Durante dias, dedicou-se à árdua tarefa de transformar o Solar Brinton em um lar aconchegante. O jovem, mas competente mordomo, Saunders, ajudou-a, assim como a muito gentil Sra. Grey.

Embora o bom funcionamento de uma casa nunca tivesse sido uma vocação à qual Elysande aspirava, ela estava mais do que familiarizada com todas as exigências. Tapetes desgastados foram substituídos. O telhado com goteiras estava sendo consertado. Revestimentos de parede desbotados foram substituídos por novos. Os quartos foram limpos, o chão foi lustrado, os canos quebrados da fonte estavam sendo reformados. Mais criadas e lacaios foram contratados e o novo jardineiro-chefe estava alegremente devolvendo o antigo esplendor aos jardins. Ela havia convertido a sala de estar adjacente ao seu quarto em sua oficina. A vida progredira significativamente.

— Frigideira — repetiu Izzy. — Me perdoe.

— Você está perdoada, é claro — disse Elysande. Os irmãos nunca entenderam seu desejo de criar. — Sou muito parecida com o papai, sempre trabalhando em um projeto.

A irmã fechou a cara mais uma vez.

— Você está feliz?

Que pergunta! E como respondê-la? Elysande teve dificuldade para encontrar as palavras certas para transmitir o que sentia.

— Estou... satisfeita.

Mas ficaria mais satisfeita se a frigideira estivesse funcionando corretamente.

E se Hudson voltasse. Este último desejo não admitiria em voz alta.

— Satisfação. — Izzy fez um bico. — Que estado decepcionante para se estar. Sinceramente, Ellie. É como se você tivesse se contentado com *o suficiente*, quando poderia ter tido algo maravilhoso como eu tenho com o meu Arthur.

— Você vai se sentar? — ela perguntou, mudando de assunto, pois estavam desconfortáveis ali de pé, quase como se fossem duas pessoas prestes duelar se encontrando ao amanhecer com pistolas. — Você gostaria de um chá?

Sua irmã ergueu a sobrancelha escura de modo arrogante.

— Vou me sentar, mas você não vai me distrair com tanta facilidade. Sua felicidade é importante para mim, você sabe.

Elysande contornou a mesa e foi até as duas cadeiras ao lado da lareira, assim posicionadas para tal propósito. Mais de uma vez seu lado mais fraco a fez imaginar-se ali sentada com Hudson, conversando sobre seus dias. Mas ter sua irmã com ela era tão agradável quanto, ela se lembrou com severidade, prometendo a si mesma que não pensaria no marido pelo menos pela hora restante.

— Sua felicidade também é importante para mim — disse a Izzy enquanto se acomodavam nas poltronas. — Diga-me como os preparativos para o casamento estão progredindo.

— Arthur sugeriu que nos casássemos no próximo novo algum tempo depois da Páscoa, mas antes do domingo de Pentecostes — disse Izzy.

— Parece tão distante. — Analisou o semblante da irmã em busca de sinais de decepção. — Achei que vocês dois se casariam logo.

— Eu preferia que o casamento fosse mais rápido, é verdade, mas Arthur deseja que tudo seja perfeito — explicou Izzy, sorrindo. — Ele sugeriu que eu vá para Paris para escolher o vestido, e precisaremos de tempo para providenciar tantos detalhes. Não temos pressa.

— Estou ouvindo um bocado sobre o que o Sr. Penhurst quer — observou Elysande —, e quase nada sobre o que *você* quer.

— Eu quero qualquer coisa que faça meu Arthur feliz — disse Izzy. — Mas não viajei tanto tempo por estradas tão terríveis para falar com você sobre mim. Vim para ver como *você* está se saindo.

— Muito bem, como pode ver.

Fora meus desejos febris pelo meu marido.

— Quando Wycombe deve voltar?

— Logo. — Ela ajeitou o volume das saias.

— Daqui quanto tempo? — Izzy pressionou.

A verdade é que ela não sabia. Era bastante embaraçoso admitir. Suas cartas até agora tinham sido concisas.

— Espero que ele me dê todo o tempo que eu precisar para terminar meu protótipo.

— E você prefere passar seu tempo trabalhando em uma frigideira do que com o homem com quem se casou?

É claro que não. Ela era gananciosa e queria os dois. Mas como explicar isso?

Ela mordeu o lábio, refletindo com cuidado sobre a resposta.

— Você sabe que não me casei por amor, Izzy.

— Sei. Você se casou por minha causa. — Izzy fechou a cara de novo. — Eu gostaria que você não tivesse sido tão altruísta.

— Não sou totalmente altruísta. Casar com Wycombe não tem sido um sacrifício. — Isso também era uma verdade. Mas lá estava ela, pensando nele novamente. Pensando em seus beijos persuasivos, a força de seus braços ao seu redor, sua boca quente em seu seio e em outros lugares...

Suas bochechas ficaram coradas.

E sua irmã notou, é claro.

— Ellie! — ela exclamou. — Você está sugerindo que gosta da atenção que Wycombe tem lhe dispensado?

Muitíssimo.

Ela pigarreou, depois lambeu os lábios repentinamente secos.

— Você está sendo muito atrevida, Izzy.

— Você *está gostando* — a irmã adivinhou, sorrindo. — Ah, Ellie. Eu nunca teria adivinhado. Não precisa ficar com essa expressão melancólica. Fico feliz em saber que você não é totalmente fria.

— Infelizmente, não sou. — E estava bastante zangada com esse progresso indesejado e inesperado. — Mas chega de falar de mim. Vou pedir o chá e depois quero ouvir mais sobre seus planos com o Sr. Penhurst.

Sem esperar pela resposta da irmã, ela se levantou e atravessou o cômodo para tocar o sino. Chá e conversa eram o que precisava. Um tempo com a querida irmã. Qualquer coisa que evitasse que sua mente se voltasse mais uma vez para... *Não!*

Não pensaria no nome dele.

SCARLETT SCOTT

CAPÍTULO 7

Era quase meia-noite e a chuva tornara o dia desanimador. Seu corpo doía, sua mente ainda estava apegada à mesma inquietação que o perseguia nas últimas semanas, e ele provavelmente havia consumido muito conhaque esta noite no Black Souls com os amigos.

Hudson passou pela porta familiar e atravessou o cômodo com a tranquilidade de um homem que havia percorrido esse mesmo caminho na escuridão centenas de vezes antes. Porque tinha percorrido. Esta noite não era diferente das outras que a precederam, e ainda assim era muito diferente.

Ele não conseguia parar de pensar em Elysande.

A lembrança dela, séria e dolorosamente adorável ao vê-lo partir, o atormentava com uma regularidade alarmante desde que a deixara pela última vez no grande salão do Solar Brinton há mais de um mês. Junto com essa lembrança, a recordação vertiginosa do que viveram no lago.

Não conseguia se livrar da luxúria inconveniente, companheira constante desde a partida de Buckinghamshire, nem os pensamentos da esposa desapareciam de sua mente. Trocavam palavras educadas, nada mais do que um punhado de frases unidas para tranquilizar um ao outro de que existiam. Para confirmar que o dia do casamento – que muitas vezes parecia mais um sonho do qual havia sido abruptamente despertado – tinha sido de fato uma realidade.

Suspirando, acendeu um abajur, uma luz acesa na modesta sala que uma vez chamara de lar. Estava frio esta noite e ele achara desnecessário acender a lareira. Mas não tinha problema. Talvez a mudança no clima fosse um lembrete para ele de que precisava retornar ao interior. Não podia evitar a esposa para sempre. Mais cedo ou mais tarde, teria que vê-la e enfrentar o que acontecera entre eles na manhã em que partiu.

Tirou o casaco, sentindo o leve odor de charutos – não importava quantas vezes os amigos fumavam em sua presença, achava que jamais se acostumaria com o cheiro –, e o pendurou em um gancho. Seguindo seu ritual, tirou os sapatos e depois arregaçou as mangas.

Realizar suas abluções no ar frio do outono seria sua penitência. Despejou água limpa em uma bacia e então esfregou o rosto, desejando poder esfregar a mente com igual facilidade, para poder limpar a culpa que o perseguia como uma sombra desde mais cedo naquela noite. Horas se passaram, e ainda assim não tinha se livrado dela.

Culpa porque tinha ficado longe por muito mais tempo do que imaginara.

Culpa porque ele se casou, quase dormiu com Elysande e depois a abandonou.

Culpa porque ele estava aqui e ela não. E porque havia passado parte da noite em um jantar – a primeira frivolidade em que se envolveu em muito tempo – onde a Sra. Maude Ainsley estivera presente. Em sua defesa, ele não sabia que ela era uma das convidadas quando aceitou o convite que seu velho amigo, Zachary Barlowe, havia enviado.

Mas nada disso importou quando ela tocou a coxa dele por baixo da mesa e depois o convidou de volta para sua cama. Ele fez o possível para afastar a mão dela sem chamar a atenção dos outros convidados, mas Maude não foi dissuadida nem pela recusa sutil da oferta nem pela menção direta da esposa.

Esposa.

Elysande.

Ele jogou mais água no rosto, odiando-se pelo que parecia uma traição. Recusou Maude, é claro. O caso de dois anos atrás tinha sido breve, mas ardente. Ela era uma viúva que sabia o que queria e não tinha medo de agarrar o que desejava com ambas as mãos delicadas. Ele era um detetive audacioso que circulava livremente nos mesmos círculos por causa das amizades que havia conquistado.

Mas era casado agora e, embora admirasse o intelecto apurado de Maude e a impunidade ousada com a qual transitava pela vida, ele pretendia permanecer fiel à mulher com quem se casara. Além disso, não era em Maude que ele acordava pensando todas as manhãs, nem Maude que ele queria.

Ele precisava voltar para Elysande e Buckinghamshire. E logo, sabia disso.

Alguns dias se transformaram em algumas semanas. Hudson havia estabelecido uma rotina confortável desde o retorno a Londres, com exceção da razão para estar aqui. Pois Reginald Croydon também estava em algum lugar de Londres, e Hudson estava determinado a caçá-lo e vê-lo voltar para a prisão onde pertence. Ele estava chegando mais perto do que nunca de descobrir onde o criminoso estava; novas pistas apareciam a cada dia. Uma conversa, um dia de cada vez.

Croydon era um gênio manipulador que fora responsável, direta ou indiretamente, por mais assassinatos e outros crimes do que qualquer outro homem que Hudson havia enviado à justiça em toda a sua carreira. O fato de ele estar livre, tendo de alguma forma subornado para sair da cela que o encarcerava, era uma fonte constante de fúria para Hudson.

Secou o rosto e as mãos com cuidado antes de se virar para o quartinho onde estava a cama. Ele ia dormir como os mortos esta noite, isso era certo. Achava que nunca tinha sentido o peso do desespero com tanta veemência. Tudo estava muito confuso. O casamento, a capacidade de ajudar a Scotland Yard, encontrar o canalha do Reginald Croydon vivo e fazê-lo pagar... por tudo.

Algo fez Hudson parar. Instinto, talvez. Aperfeiçoado ao longo de muitos anos. Nunca tinha realmente deixado de ser o inspetor-chefe Stone, e seu retorno a Londres pelo menos havia lhe mostrado isso.

Havia algo diferente no quarto. Ele procurou afoito na escuridão o abajur que ficava em uma mesinha perto da porta. A luz acendeu, banhando o cômodo com um brilho dourado. Iluminando o conteúdo sobressalente: mesa, tapete, cadeira, um pequeno guarda-roupa e... cama.

Cama.

Um palavrão saiu de sua boca, um tão violento e grosseiro que ele teria corado de vergonha se não fosse pelo choque que tomou conta dele.

Havia uma mulher na cama dele. Imóvel. Deitada de bruços.

Seus pés o impulsionaram para frente; as pernas tinham uma mente própria enquanto o pavor o espremia com força. Já vira cadáveres antes e sempre havia uma imobilidade surreal neles, congelados na violência que havia sido a última a visitá-los.

Sem dúvida, a mulher em sua cama estava morta. Ao se aproximar dela, observou a seda azul-clara, o cabelo loiro solto dos grampos. Uma mão, manchada de sangue, estava estendida.

A mulher morta em sua cama era a Sra. Maude Ainsley.

— Maude — disse ele, rezando para que ela não estivesse morta.

Tolo, ele sabia. Havia sangue na mão dela, uma poça de sangue brotando debaixo dela nos lençóis, formando uma poça no chão.

— Maude — ele tentou novamente.

Nenhuma resposta.

Estendeu a mão, colocando-a suavemente de costas, precisando saber com certeza. Se houvesse alguma maneira de ele conseguir ajudá-la, era seu dever. Mas quando ela ficou de costas, as feridas das facadas cruéis que sofrera eram visíveis. O elegante corpete do vestido fora perfurado com uma faca. Seu rosto estava sem vida e pálido, sangue escorria de sua boca.

Ele se sentiu nauseado. A morte não era estranha a Hudson, mas ele nunca tinha visto alguém que conhecia pessoalmente em tal estado. Na imobilidade pacífica da morte, sim. Mas como vítima de um crime? Assassinada? Nunca. E ela estava na cama dele.

Perguntas o golpearam.

Como?

Por quê?

Quem?

Hudson logo vomitou pelo maldito chão todo.

Elysande encontrou Hudson esperando por ela no salão da residência Belgravia que ela ainda não tinha visitado. Era estranho que a ocasião de sua primeira estada como Duquesa de Wycombe tenha sido forçada pela notícia de que outra mulher fora encontrada morta.

Na *cama* do seu marido.

As horas desde que a terrível notícia chegou até ela foram um borrão de descrença, desespero e revolta alternados. Os fatos que lhe foram fornecidos eram escassos. Por causa da investigação, Hudson julgou prudente não retornar a Buckinghamshire. Em vez disso, enviou um amigo de confiança, Zachary Barlowe, até ela com a notícia. Ela estava trabalhando em sua oficina na sala de estar quando o Sr. Barlowe chegou. Suja e usando um vestido velho tão puído e esfarrapado quanto o Solar Brinton quando se tornou sua senhora.

Ela não esperava visita. Mas quando o mordomo a alertou sobre o assunto inesperado e urgente do Sr. Barlowe em relação a Wycombe, ela correu para recebê-lo. A notícia sombria roubou o ar de seus pulmões. Por um momento, ficou imóvel na sala de visitas formal, com os revestimentos de parede novos e o alegre Axminster que escolhera, e sentiu como se alguém tivesse lhe dado um soco no estômago.

O Sr. Barlowe teve pena dela. Ou talvez suas pernas tivessem começado a se dobrar. Ela não sabia ao certo agora. Só sabia que ele colocara o braço firme em torno de sua cintura para impedi-la de cair.

— Calma, Vossa Graça — incentivou o Sr. Barlowe, segurando-a na posição vertical. — Nem tudo é o que parece, posso garantir. Stone... hã, Wycombe, não é culpado pelo assassinato ou pela presença da Sra. Ainsley em seus aposentos. Eu lhe garanto.

Palavras se aglomeravam como abelhas raivosas.

Assassinato.

Sra. Ainsley.

Os aposentos dele.

Aposentos? Ele tinha aposentos? Tola, e no meio da histeria com as revelações do Sr. Barlowe, todos os pensamentos de Elysande se direcionaram para os aposentos privados de solteiro que ele, aparentemente, continuava a usar em seu retorno a Londres. Todo o tempo em que ele esteve fora, ela estava enviando cartas para a residência Belgravia. Supôs que ele estava sob aquele teto, mas em vez disso ele estava vivendo uma vida de solteiro.

Completa, com uma *Sra. Ainsley*.

Uma mulher que agora estava morta.

O Sr. Barlowe lhe dissera que a Sra. Ainsley não era amante de seu marido. Mas Elysande não estava particularmente inclinada a acreditar ou confiar no amigo de Hudson. Tinha muitas perguntas. Muitas razões para não acreditar nele.

Elas fervilhavam dentro dela agora que o homem com quem se casara – o homem que lhe apresentou a paixão e depois fugiu – caminhava em direção a ela. Ela atravessou a porta do salão, observando-o, furiosa com ele e alguma parte tola de si ao mesmo tempo desejando-o.

O semblante estava rígido e tenso.

— Elysande.

Quando ele estendeu a mão, ela recuou, recusando tocá-lo, bem como sua saudação.

— Você tem muito a explicar.

E ela não queria que ele a tocasse. Não quando teve outra mulher em sua cama. Outra mulher que estava morta.

E não apenas morta.

Assassinada.

Todas as suas interações com Hudson a levaram a acreditar que ele era gentil, um homem honrado. Queria acreditar nas muitas declarações do amigo dele sobre a inocência do marido. Mas precisava de respostas primeiro.

— Você se sentaria comigo? — ele perguntou, com delicadeza.

Como ela odiava aquela gentileza, pois a lembrava da manhã à beira do lago. As doces palavras de sedução que ele ofereceu. E se ela tivesse se casado com um canalha? Ou pior?

Elysande cruzou os braços, sentindo-se gelada. O dia estava frio, e ela ainda estava com o xale que pegou para viajar, mas havia um torpor profundo que a afligia até os ossos desde o momento em que o Sr. Barlowe proferiu aquelas palavras insidiosas.

Houve um assassinato.

— Não desejo me sentar — rebateu, alfinetando Hudson com seu olhar mais frio e desejando que o amigo dele, que fora de uma ajuda tremenda durante a viagem a Londres, não a tivesse deixado na porta do salão.

— Claro. — Ele passou a mão pelo cabelo, o rosto pálido, a mandíbula tensa. — Não consigo imaginar como você recebeu essa notícia.

— Um choque terrível — ela concordou, áspera, espantada com seu sangue frio. Talvez fosse o vinho que tomara durante a viagem de Buckinghamshire.

— Se prefere ficar de pé, então é assim que começaremos.

— Prefiro — disse ela, como se estivessem falando de algo tão irrelevante quanto o clima.

Ou como ele preferia tomar seu chá.

Ou os reparos que eram necessários no pomar do Solar Brinton.

Em vez da mulher morta que havia sido encontrada na cama dele.

— Devo me desculpar, Elysande.

Ela não conseguiu conter a risada amarga que borbulhou com as palavras proferidas.

— Pelo quê, você poderia supor isso? Pela longa duração da sua ausência durante o início do nosso casamento? Por escolher voltar a Londres e fazer o papel de detetive da Scotland Yard em vez de marido? Por me dizer que pretendia ficar fora por alguns dias e depois ficar fora por semanas?

Ele se encolheu.

— Sim, por tudo isso. Mas também pelo… resto.

Ela estava mais empenhada em sua causa agora, afastando-se dele, apertando o xale ao redor de si como se fosse um escudo enquanto caminhava pelo salão.

— O resto? O que você quer dizer com isso, Wycombe? O fato de que estava vivendo como solteiro em seus aposentos de solteiro? Ou de ter uma amante enquanto me deixou sozinha em sua propriedade para restaurá-la por conta própria apenas com o seu mordomo para ajudar? — Ela se virou para encará-lo, tão furiosa que suas mãos tremiam com a violência de sua emoção agora. — Ou que você pode tê-la matado?

Ele pressionou os dedos nas têmporas e fechou os olhos por um momento, sua expressão era de aflição.

— Eu não estava vivendo como solteiro, Elysande. Esta casa se encontrava em uma desordem imensa, que Greene passou o último mês arrumando, e achei que meus velhos aposentos, que estão alugados por um ano e ainda são meus, seriam de maior conforto do que esta residência. Também posso garantir que a Sra. Ainsley não era minha amante.

— Então quem era ela para você? — exigiu saber, quase sem reconhecer a mulher que se tornara.

Elysande já se arrependia de ter se jogado de cabeça na fogueira da desgraça matrimonial.

Ele suspirou.

— Um ex-conhecida.

— Ex — ela repetiu. — E, ainda assim, ela encontrou o caminho para a sua cama.

— Ah, Cristo. Barlowe tinha que ter lhe contado isso.

Ela voltou a andar pelo salão.

— Você está sugerindo que pretendia manter isso em segredo?

Hudson negou com a cabeça.

— Claro que não, apenas que eu queria ser a pessoa a transmitir essa informação por causa da natureza bastante sensível. Eu juro que não a convidei nem sabia que ela estava se aventurando em meus aposentos.

Elysande tivera muito tempo para se torturar com cada detalhe que colhera do Sr. Barlowe. Havia tantas facetas que não faziam sentido. A história era como cacos irregulares de um decantador de cristal que, uma vez despedaçado, nunca mais poderia ser remontado por inteiro. Mas estava determinada a tentar. Seu casamento dependia disso.

Ela se lembrou de ficar o mais calma possível. Investigações exigiam pensamentos claros e racionais. Mesmo quando testava sua frigideira elétrica, ou qualquer outro projeto em que trabalhava com o pai, não se atrevia a ficar emotiva com o resultado.

— Como ela sabia onde ficavam seus aposentos? — perguntou ao marido.

Um rubor coloriu as maçãs definidas do rosto dele pela primeira vez desde sua chegada.

— Eu lhe asseguro, o conhecimento era de antes de eu conhecer você. A Sra. Ainsley não é uma conhecida íntima desde bem antes de eu conhecer você.

Um conhecida íntima. A frase não deveria perfurar seu coração como uma flecha, mas ainda assim, de alguma forma, perfurou.

Ela parou de andar, levantou o queixo.

— Ela era sua amante no passado, então.

— Não minha amante — ele negou. — Era uma viúva ansiosa por companhia, e eu fui o homem que a forneceu por um curto período, não mais. Eu não a via há pelo menos um ano antes do jantar na noite em que ela foi assassinada.

— Ela foi um caso — disse ela, sem rodeios.

Ele assentiu.

— No passado, sim. Não era mais.

— Claramente. — O lábio dela se curvou. — A Sra. Ainsley está bem morta agora, não está?

Suas palavras foram cortantes e cruéis, e sentiu um momento de arrependimento quando suas farpas o fizeram encolher-se como se ela o tivesse atingido fisicamente. Não era sua intenção ser insensível. Nem ser tão desrespeitosa. Ele a rebaixara a esse ponto, pensou com ressentimento desagradável.

Se ele tivesse ficado em Buckinghamshire...

Mas não. Foi um pensamento estúpido, e um ponto discutível. Se ele tivesse ficado, o que teria acontecido? Ele teria continuado a encantá-la até que ela ficasse tão mole quanto um pudim, incapaz de resistir ao seu rosto bonito e às suas mãos e lábios experientes? E depois?

— Ela está realmente morta — disse ele, baixinho.

Infelizmente.

Ela se recusou a cogitar um momento de piedade por ele. Pelo menos até saber mais. Até que tivesse as respostas que buscava tão desesperadamente.

— Ela foi assassinada, Barlowe disse — Elysande ressaltou, com calma. — Como sei que não foi você quem a matou?

A cor sumiu do semblante dele mais uma vez.

— Você realmente acredita que sou capaz de matar?

Ela não desviou o olhar dele, desafiando-o a mostrar porque não deveria acreditar.

— Eu mal o conheço, Vossa Graça.

— Que diabos! — Entremeando os dedos com violência às ondas já despenteadas do cabelo castanho, ele virou as costas para ela e caminhou até um aparador que ela não havia notado até aquele momento.

Seus sentimentos se agitaram, suas convicções vacilaram descontroladamente. A culpa a golpeou antes que ela a controlasse, expulsando-a. Por que ela deveria sentir remorso por questioná-lo? Ele merecia ser interrogado. Merecia coisa muito pior, na verdade. O que ele fez além de se casar com ela e abandoná-la, apenas para atraí-la para essa teia perigosa criada por ele mesmo?

Ela deveria estar trabalhando. Até agora, ela se dedicou principalmente à causa de fazer com que o Solar Brinton fosse novamente a impressionante casa de campo que já fora. Como terminaria seu protótipo a tempo da exposição se estivesse muito preocupada em administrar a propriedade do marido e segui-lo até Londres? E não apenas segui-lo até Londres por razões inofensivas, mas para determinar o que havia acontecido com a ex-amante encontrada assassinada em seus aposentos de solteiro.

Presa na espiral caótica dos próprios pensamentos, Elysande levou algum tempo para perceber que o marido havia se servido de um trago mais do que generoso de alguma das bebidas no aparador e a enfiou goela abaixo antes de se servir de outra dose. Nunca o tinha visto beber em excesso antes.

Apressou-se na direção dele sem pensar, segurando seu cotovelo.

— O que você está fazendo?

— Enchendo a cara — ele rosnou, desvencilhando-se da mão dela. — O que mais um homem deve fazer quando a esposa lhe informa que acredita que ele é capaz de matar?

Ela realmente acreditava que que ele poderia ter matado a misteriosa Sra. Ainsley? Elysande podia admitir para si mesma, a ninguém mais, que não. Nada no comportamento dele jamais sugeriu que ele tivesse inclinação à violência. Ele tinha sido educado. Encantador, até. Embora suas interações tivessem sido limitadas, ele nunca lhe dera motivos para duvidar de sua honra ou para temê-lo. Se ele tivesse, ela nunca teria concordado com a união. Nem mesmo pelo bem de Izzy, independentemente do quanto amava a irmã e queria vê-la feliz.

— Diga-me por que não deveria acreditar nisso — ela retrucou, a voz tremendo decorrente da complexidade de seus sentimentos.

— Porque eu não estava lá quando aconteceu, para começar. — Seu tom era veemente, e enquanto tomava outra bebida para o socorro que procurava, notou que a mão dele tremia levemente. — Eu estava com Barlowe e dezenas de outros no Black Souls quando a Sra. Ainsley deve ter ido para meus aposentos. Ela não foi convidada, e nem era bem-vinda, Elysande.

Ela queria acreditar nele. A expressão dele era de desamparo. Ele nunca lhe dera razão para duvidar dele até o Sr. Barlowe chegar com a notícia angustiante do assassinato da Sra. Ainsley.

Ela o encarou, desejando poder ler seu coração e sua mente.

— A Scotland Yard acredita que você a matou?

Um sorriso amargo curvou seus lábios.

— Eu ainda tenho que ser preso.

Dificilmente era uma prova de sua inocência.

Ela balançou a cabeça, mais confusa do que nunca, à beira de lágrimas incontroláveis.

— O que devo pensar?

— Você deve pensar o que quiser. — Ele ergueu o copo para ela em uma saudação zombeteira. — Se optar por acreditar no pior de mim, não posso impedi-la. Nem posso culpá-la por isso. Se eu tivesse o menor indício de que algo assim aconteceria quando voltasse a Londres, teria ficado em Buckinghamshire. — Ele fez uma pausa, esfregando o rosto. — Inferno. A quem estou enganando? Eu ainda teria vindo. Reginald Croydon precisa ser recapturado para passar o resto da vida apodrecendo na prisão.

Através das cartas sucintas que Hudson lhe enviou de Londres ao longo do último mês, Elysande sabia que Croydon continuava livre. Também sabia que era uma fonte de frustração constante para o marido. O lembrete de sua determinação resoluta em ajudar a encontrar o homem e levá-lo à justiça foi oportuno.

Tudo o que sabia sobre ele indicava que o marido era um homem bom.

Instintivamente, ela entendeu isso.

Mas ainda assim… uma mulher. Na cama dele. Uma ex-amante. E assassinada, ainda por cima.

Ela fechou os olhos e respirou fundo, tentando acalmar os pensamentos e emoções rápidos e descontrolados, antes de abrir os olhos novamente.

— Por que ela estava em seus aposentos, na sua cama?

— Se eu soubesse. — Ele suspirou, um ruído cansado. — Ela foi uma convidada no jantar de Barlowe e deixou claro que era favorável a…retomar nossa relação. Eu disse a ela que não estava interessado e que sou um homem casado. Depois do jantar, um grupo de cavalheiros saiu, eu inclusive, para o clube Black Souls. Não fazia a menor ideia de que a Sra. Ainsley pretendia ir para os meus aposentos. Ela certamente não era bem-vinda lá.

SCARLETT SCOTT

Havia algo em seu comportamento. Uma crueza em sua voz. O olhar dele estava fixo ao dela, inabalável. Ela queria acreditar nele. Que Deus a ajudasse, ela acreditou.

— Como ela conseguiu entrar em seus aposentos? — perguntou em seguida, ainda tentando permanecer objetiva.

Examinar minuciosamente todas as evidências antes de tomar sua decisão, de uma maneira ou de outra.

Ele enfiou o restante da bebida goela abaixo.

— O senhorio permitiu que ela entrasse e esperasse por mim. Ela já tinha estado lá antes e aparentemente lembrava para onde ir. Durante o jantar, conversamos sobre o quanto eu achava meus aposentos mais confortáveis do que esta residência. Eu não fazia ideia de que ela iria atrás de mim lá. Tenho sido fiel aos nossos votos matrimoniais, Elysande. Isso eu lhe juro.

Ela ficou surpresa com como as palavras dele era importantes. Como as emoções estavam surgindo com força dentro de si.

— Acredito em você.

Os ombros largos relaxaram um pouco.

— Obrigado. Entendo muito bem como o choque com tudo isso deve ser grande. Eu mesmo teria ido até você, mas estava sendo interrogado. Barlowe foi um emissário educado, acredito?

— Foi um perfeito cavalheiro — ela tranquilizou o marido, pois seu amigo tinha sido uma presença calmante e reconfortante ao seu lado desde o momento da chegada inesperada até o segundo em que a deixou na porta do salão.

— Não tenho certeza se *Barlowe* e *cavalheiro* pertencem à mesma frase, mas sou grato a ele da mesma forma. — A voz de Hudson era irônica.

Pela primeira vez desde que a notícia caiu sobre ela na forma de uma avalanche descendo a encosta de uma montanha, ela se esqueceu da própria raiva, medos e dúvidas. Em vez disso, pensou no marido. Deve ter sido muito chocante para ele também.

— O que você acha que realmente aconteceu naquela noite? — ela perguntou, um pouco de sua ira diminuindo.

— Não faço a menor ideia. Tenho suspeitas, é claro.

— Suspeitas — ela repetiu, querendo saber mais.

Ele estava sendo tão vago, e ela precisava de detalhes. Detalhes e fatos. Algo que indicaria para ela a direção certa.

Hudson serviu mais um pouco de líquido em seu copo.

— É possível que alguém, talvez até mesmo o picareta que a levou até lá, viu uma mulher sozinha à noite e quis tirar vantagem. Se ela resistiu ou tentou gritar pedindo ajuda, é possível que o assassino a tenha atacado para mantê-la em silêncio.

Que negócio sombrio e terrível era esse. Elysande se viu profundamente grata pela vida que levara até agora. Não sabia nada dos perigos malignos à espreita sob a superfície do mundo elegante ao seu redor.

— Você não deve voltar para esses aposentos — disse ela, tremendo quando um calafrio tomou conta dela, e não tinha nada a ver com o clima de outono que dominava a cidade e tudo a ver com a ameaça muito real de perigo que assombrava os dois.

Ele tomou um longo gole na bebida, deixando os lábios brilhantes com o líquido. Por um momento, seu coração tolo lembrou qual era a sensação daqueles lábios nos dela, seduzindo-a a reagir ao beijo dele. E então ela se repreendeu severamente por ousar pensar em algo tão imprudente e fútil. Beijos! Como era capaz disso, quando uma mulher tinha perdido a vida e seu marido há pouco mais de um mês talvez fosse suspeito de seu assassinato?

— Não tenho nenhuma vontade de vê-los novamente — disse ele, sua expressão atormentada.

O que ele deve ter testemunhado...

Uma vez ele confidenciou que não era nada parecido com os homens que ela conhecia, e não estava errado. Ainda assim, suspeitou que seu relacionamento anterior com a Sra. Ainsley deve ter tornado a visão ainda mais chocante e horrível. Não havia fingimento na dor crua em sua voz, em seu olhar. Ele formava uma figura tão solitária, torturado por sua descoberta horrível.

Naquele momento teve consciência. Tinha uma escolha a fazer. Podia acreditar nele ou deixá-lo. Ou levar em consideração tudo o que sabia sobre este homem e decidir se ousava ou não confiar nele, ou resolver que ele era culpado de um pecado mortal. Que aquelas mãos que a tocaram com tanta ternura e a levaram às alturas da paixão também infligiram dor.

Foi o último pensamento que rompeu a barragem dentro dela. Elysande foi até ele, diminuindo a distância entre ela e o marido.

— Eu acredito em você — disse ela.

E então ele a envolveu em um abraço apertado, como se não tivesse intenção de soltá-la jamais. Ela inspirou profundamente o cheiro familiar de

SCARLETT SCOTT

sabonete e Hudson, de almíscar e homem. O calor do corpo grande e musculoso irradiava para o dela. Em seu coração, ela se sentia segura aqui, com ele. Parecia... estranhamente certo. Sua mente, no entanto, ainda girava com a loucura das revelações do dia. E com a incerteza iminente do futuro.

— Obrigado — disse ele, a voz transbordando gratidão enquanto enterrava o rosto no cabelo dela e inspirava. — Senti sua falta, Elysande.

Por algum motivo, lágrimas fizeram seus olhos arderem, e ela piscou para expulsá-las.

— Eu também senti sua falta — confessou.

Mais surpreendente do que as lágrimas?

O quanto essas palavras eram sinceras.

CAPÍTULO 8

Felizmente, Barlowe aceitou o convite para ficar para jantar, se tornando elemento essencial de distração para a primeira refeição de Hudson com a esposa desde a chegada dela a Londres. Foi um serviço bem modesto, oferecido no que ele aprendera que era chamado de serviço *à la française*, o que simplesmente significava que os pratos eram levados de uma só vez e os comensais se serviam sozinhos. Modo muito melhor de jantar, na opinião de Hudson. Ele não suportava formalidade.

Ele se lembrou de dar um gole no vinho com cuidado antes de levar uma colher de sopa de perdiz à boca. O sabor era bem agradável de aipo e cebola combinado com a carne saborosa; mas ele mal saboreou a sopa. Sua mente ainda girava com os eventos dos últimos dois dias. Tudo o que acontecera entre o primeiro momento em que viu Maude em sua cama até agora parecia como se fosse uma vida, em vez de um mero fragmento de uma.

— Os jornais estão mutilando você como um maldito ganso da Festa de São Miguel Arcanjo — anunciou Barlowe, rompendo o silêncio à mesa, que até então havia sido marcado apenas pelo suave tilintar dos talheres.

Ele tinha sorte por seu amigo ter permanecido? Dane-se esse pensamento maldito. *Azar*, era claramente a palavra que ele estava querendo empregar. Ele abaixou a colher.

— Deixe que o façam. — Pegou a taça de vinho mandando uma generosa porção goela abaixo.

Não foi o suficiente. Nunca era o suficiente. Não era há duas noites.

Mas, inferno. Se fosse honesto consigo mesmo, admitiria que ficou de porre com muita frequência desde o retorno à cidade. A fuga de Reginald Croydon continuava a assombrá-lo; a própria incapacidade de localizar o canalha e devolvê-lo para dentro das paredes da prisão zombava dele todos os dias. A única saída fora procurar os amigos ou encontrar o fundo da garrafa de vinho. Poucos casos dele haviam ficado sem solução por tanto tempo.

— O que estão dizendo, Sr. Barlowe? — Elysande perguntou, baixinho.

SCARLETT SCOTT

— Nada com o que você precise se preocupar, Ellie — disse Barlowe, dando à esposa de Hudson um sorriso charmoso acompanhado de uma piscadela. — Deixe os jornais e os escândalo que divulgam para Stone e para mim.

Ellie? Que diabos!

Enviara um amigo de confiança para buscar a esposa porque não podia deixar Londres graças ao seu envolvimento desconfortável no assassinato de Maude. Embora Barlowe fosse um canalha descarado no que dizia respeito às damas – era um libertino bonito com cabelo dourado –, ele era o amigo mais confiável que Hudson tinha que estava perto para buscar Elysande e trazê-la para Londres. Seu bom amigo, o duque de Northwich, estava no interior com a família. O marquês de Greymoor estava ocupado com um problema em seu novo hotel.

Ele cravou um olhar expressivo na direção de Barlowe.

— O que você propõe que eu faça em relação aos jornais, *Barry*?

O amigo soltou uma risada sem-vergonha e ergueu a taça de vinho para Hudson.

— Muito bem, meu amigo. Já fui chamado de muitos nomes, mas nunca de Barry.

— Tem um som encantador — ele devolveu, igualmente satisfeito.

— Você não precisa ficar com receio que eu estivesse tentando seduzir sua adorável duquesa enquanto a buscava e a escoltava para Londres — Barlowe disse, calmamente, como se Elysande não estivesse sentada com eles à mesa da sala de jantar, antes de se virar para ela. — Posso ser um cavalheiro quando a ocasião merece. Não posso, Ellie?

Lá foi ele de novo, abreviando o nome de Elysande como se fosse seu direito.

Hudson rangeu os dentes e se perguntou quanto dano causaria aos dedos se seu punho se unisse com a mandíbula de Barlowe.

— Ellie é como minha família me chama — explicou Elysande, num tom calmo, seu olhar procurando o dele, analisando. — Como o Sr. Barlowe é seu amigo próximo e estávamos viajando juntos, manter cerimônia pareceu bobagem.

Viajando juntos.

Sim. Ele supôs que eles tinham feito isso. Ele tinha sido soterrado por perguntas – ser interrogado fora um verdadeiro inferno. Sabia que era necessário. Também sabia que, como duque e ex-detetive da Scotland Yard, não seria tratado com tanta dureza quanto teria sido não fosse esse o caso. Talvez ser duque importasse, afinal.

Ainda assim. *Ellie*. Não gostava dessa familiaridade entre Barlowe e sua esposa. Mesmo sendo grato ao amigo por tê-la trazido a Londres para que Hudson pudesse enfrentar a perspectiva sombria de explicar a ela como uma ex-amante havia sido encontrada assassinada em sua própria cama.

— Você nunca pediu que *eu* a chamasse de Ellie — ele salientou, tentando manter a irritação longe do tom de sua voz e falhando miseravelmente.

Foi horrível da parte dele ficar tão enfurecido. Não tinha o direito, considerando a bagunça imensa em que atualmente se encontrava envolvido.

— Talvez eu tivesse pedido, se tivesse tido tempo — ela retrucou e tomou uma colherada singela da sopa.

O olhar dela estava fixo na tigela diante dela, mas o tom afiado em sua voz delicada continha uma reprimenda. Um lembrete de que ele a deixou às pressas logo após o dia do casamento.

Ele sorriu, sentindo como se seu rosto estivesse prestes a rachar.

— Você solicitou esse tempo, se me lembro bem.

Em alguma alcova escura em seu cérebro, Hudson sabia que essa não era uma discussão para ter na presença de Barlowe. Apesar da declaração de Elysande que acreditava em sua inocência, havia claramente muitos nós grandes e emaranhados entre eles. Será que ele conseguiria desatar todos eles?

Era muito cedo ainda para dizer.

— Se eu soubesse o resultado do meu pedido, poderia ter mudado de ideia — disse a esposa, antes de tomar um longo gole de vinho.

Conversa de mesa artificial nadando em um mar de humores. Como ele se sentia ducal. A farpa das palavras dela permaneceu firmemente alojada nas proximidades de seu coração.

— Pensei que estivesse fazendo o que era certo — ele replicou, e isso era verdade.

— Foi aí que você se desviou do curso — Barlowe interrompeu, com o tom de voz divertido. — Todo mundo sabe que não há recompensa ao fazer o que é certo. Em caso de dúvida, faça o que é errado. Quase sempre é melhor.

Ele se perguntou se Barlowe realmente acreditava nisso. Conhecendo o amigo, era muito provável que sim.

— Suponho que não receberei instruções morais vindas de você — falou devagar.

SCARLETT SCOTT

— Homem sábio. — Barlowe sorriu, depois ofereceu-lhe outra saudação zombeteira antes de secar a taça de vinho. — Considerando que não tenho moral alguma.

— Certamente você tem um pouco — disse Elysande, erguendo os olhos da sopa e franzindo a testa para o amigo dele. — Você foi muito gentil em me escoltar até Londres.

— Um favor para Stone — disse Barlowe. — O homem salvou minha pele mais vezes do que consigo lembrar.

Hudson não se preocupou em corrigir o amigo. Ele ainda era Hudson Stone, droga. Mesmo que também tivesse sido forçado a vestir o manto de duque de Wycombe também.

— Ele é um homem enigmático, meu marido. — O sorriso da esposa era sutil, seu olhar finalmente se voltando para o dele.

Viu as perguntas que permaneciam lá. Não podia culpá-la por tê-las, mas não tinha muita certeza de que poderia respondê-las. Além de ter comprovado estar despreparado para o casamento e para ter uma esposa, essa meia-vida que estava levando – parte duque, parte detetive – era um erro. Tudo o que conseguiu com isso foi bagunçar sua vida ainda mais. E agora, uma mulher tinha perdido a vida.

Por causa dele?

Difícil dizer. Certamente, se não estivesse em Londres, e se não tivesse comparecido ao jantar de Barlowe, e se Barlowe não tivesse convidado Maude... A série de possibilidades continuava, mas ele era incapaz de mudá-las. Maude fora assassinada, Reginald Croydon ainda estava livre e a justiça ainda não havia sido feita.

— Eu dificilmente me chamaria de enigmático, minha querida — disse ele, com um sorriso amargo. — Um fracasso seria mais adequado no momento.

Essa era a maldita verdade. Até agora, ele falhou em ser duque, falhou em ser marido, falhou em encontrar Croydon, falhou em proteger Maude... E agora, aqui estava ele, falhando na conversa do jantar. Bastante poético.

— Não seja tão duro consigo mesmo, velho amigo — argumentou Barlowe, já reabastecido de vinho. — Você era o melhor homem que a Scotland Yard tinha.

Tempo verbal: passado.

Ele não conseguia se livrar da suspeita que o perseguia desde o retorno à cidade. Que o tempo fora de ação o deixara mole. Que as distrações de herdar o ducado e se casar com Elysande – *domesticidade, droga* – transformaram todo o seu aço em pudim.

Ele negou com a cabeça.

— O melhor seria ter agarrado Croydon.

— Você está perto disso, não está?

O perigo residia nos detalhes. A merda era que Hudson não sabia ao certo, embora tivesse certeza de que logo o encontraria. Havia pistas. Um rastro delas. Havia Francis Watts, o ex-detetive da Scotland Yard que recebera uma bela soma de Reginald Croydon para divulgar os detalhes da investigação anterior que dizia respeito a ele. Mas o próprio Watts foi preso antes da fuga de Croydon. Havia uma mulher desconhecida que causou uma comoção fora da prisão no dia em que Croydon escapou e uma testemunha a identificou como *Sra. L.* Hudson também tinha certeza de que a misteriosa Sra. L. provaria ser a chave para descobrir para onde Croydon havia fugido.

— Perto não é suficiente — ele disse a Barlowe, livrando-se dos pensamentos nebulosos.

Ele seguiu implacavelmente todas as pistas, trabalhando de forma não oficial com suas conexões. Cada pista ainda o deixara de mãos vazias. Um quarto onde havia rumores que ele tinha ficado: abandonado. Uma mulher que se encaixava na descrição da mulher misteriosa que causou a distração permitindo a fuga de Croydon: desaparecida. A viúva do conspirador de Croydon alegou não saber de nada. Interrogar a mãe do canalha, que também estava na prisão por crimes que cometeu com o filho, também não gerou nenhum conhecimento útil.

— Você vai encontrá-lo. — Barlowe se virou para Elysande. — Eu tenho fé em seu marido, Ellie. Ele é um homem bom. Um dos melhores.

Ellie.

Seus lábios se contraíram com o desejo de corrigir o amigo. Em vez disso, ele terminou o resto da sopa.

Depois de um dia de viagem e o choque com o assassinato da Sra. Ainsley, Elysande estava exausta. Sua mente e seu corpo doíam igualmente. E, no entanto, não estava pronta para dormir. Não por causa das acomodações. Seu quarto na residência da cidade tinha mobília escassa, mas a cama pareceu confortável quando descansou lá para uma breve soneca antes do jantar.

Denning se ocupou em supervisionar a abertura da suíte da duquesa e da retirada de suas coisas das bagagens. Tendo se estabelecido recentemente na residência da cidade e desacostumado com o funcionamento de uma casa – provavelmente também distraído pela terrível sujeira em que estava envolvido –, Hudson não tinha visto o quarto dela pronto. Ele ainda era novo em seu papel de duque. De certa forma, mais novo do que ela em seu papel de duquesa. Enquanto ela tinha nascido para tal vida, ele não, e a distinção era mais clara nas questões domésticas.

Não, a razão pela qual ela procurou o marido, que estava sentado na biblioteca somente de camisa e a calça que ele usou no jantar, não era porque estava descontente com o quarto. Era porque não conseguia ficar longe.

O jantar tinha sido um evento um tanto atípico, dada a presença do Sr. Barlowe. Ele certamente era um cavalheiro muito interessante. Elysande estava, em partes, grata por sua companhia, pois sem sua presença, temia que o jantar pudesse ter se tornado artificial e desconfortável. Desde o momento em que ele a cumprimentou pela primeira vez e ela se retirou para descansar e se vestir para o jantar, Hudson pareceu se retrair. Estava quieto; tudo, desde o aspecto de sua mandíbula até a expressão em seu rosto, cada vez mais tenso. A amargura em sua voz quando falou da incapacidade de prender o prisioneiro fugitivo, Reginald Croydon, não lhe passou despercebida.

— Elysande. — Seu marido se levantou enquanto ela ia em direção a ele, diminuindo a distância. Ele segurava uma taça, do que ela supunha ser conhaque, na mão direita, os dedos na haste. — Achei que já havia se recolhido.

Ela se perguntou onde estava o colete dele, notando os botões abertos em sua camisa. Um V do peitoral estava visível e, por um momento de tirar o fôlego, ela se lembrou muito bem de como ele estava, nu e molhado e brilhando ao sol na beira do lago no dia seguinte ao casamento.

O último dia que ela o tinha visto antes deste.

O lembrete tinha a sutileza de uma picada de abelha e uma dose semelhante de dor inerente. Ela se preparou para lutar contra a reação indesejada de seu corpo a ele.

— Não estava pronta para dormir ainda.

Hudson colocou a taça em uma mesa baixa e foi em direção a ela com a graça predatória de um gato grande.

— Me perdoe por não cuidar para que seu quarto estivesse pronto.

Era a terceira vez que ele se desculpava pelo descuido.

— Você tinha outras preocupações pesando em sua mente — disse ela, calmamente, parando perto de uma parede com prateleiras vazias onde antes, supostamente, havia livros. — Sua biblioteca parece ter sido roubada.

— Provavelmente foi o Wycombe anterior — disse ele, a voz baixa e mais próxima do que ela supunha.

A presença dele às suas costas era como uma queimadura.

Ela deveria se afastar.

Em vez disso, lançou um olhar por cima do ombro.

— Se quiser, posso ajudar na aquisição de novos materiais de leitura. Porém, não posso prometer que você vai concordar com o meu gosto.

Como sentia falta da própria pequena biblioteca, deixada no Solar Brinton depois que ela a tinha transferido de Talleyrand Park na sequência da partida de Hudson. Mergulhar em tratados de engenharia era, há muito tempo, um passatempo favorito.

Ele murmurou ao se mover para ficar ao lado dela em vez de atrás, o som de sua voz baixo e profundo. E ela sentiu os efeitos daquele som solitário dentro de si. Qual era o problema dela? Ela não deveria se sentir tão fraca perto deste homem, tão vulnerável.

— Quais são seus gostos? — ele perguntou, esfregando a mão ao longo da mandíbula, onde a sombra dos pelos curtos de sua barba lhe dava uma masculinidade viril que ela não podia deixar de achar atraente.

Você, foi o pensamento ridículo que lhe veio à mente. Ela de fato o achava incrivelmente atraente. Ele era bonito, embora não de um modo clássico, mas era a aura de sensualidade que ele tinha que a atraía e a mantinha cativada.

Mas isso não importava. Ela tinha todos os motivos para manter um senso estrito de cautela quando se tratava de confiar nele e se permitir ser mais uma vez tão vulnerável quanto fora no lago naquela manhã imprudente.

— Gosto de ler revistas de engenharia — admitiu.

As sobrancelhas dele se levantaram.

— Engenharia? Eu não teria adivinhado.

Ela estava acostumada a tal reação. Todos os artigos que leu foram escritos por homens. As mulheres – particularmente damas como ela – não deveriam se interessar pelo que era considerado uma ciência masculina. Elas não deveriam sujar as mãos, orgulhar-se de entender o fluxo de eletricidade ou criar invenções próprias.

— Desde menina me interesso pela maneira como as coisas funcionam

— confessou. — Sempre preferi a oficina do meu pai ao salão de baile. Pronto. Você sabe o meu segredo. A eletricidade me fascina, e há muito tempo estou determinada a criar minhas próprias invenções. Minha última tentativa é uma frigideira elétrica, que espero colocar na exposição da Sociedade de Eletricidade de Londres.

— Você me intriga, Elysande. Você não é o que eu achava que era, não é?

— Espero que não seja o que qualquer um supõe que eu seja. — Ela sorriu. — Porém, minhas invenções são meu único segredo. Como minha irmã Izzy pode testemunhar, sou terrivelmente sem graça.

— Você tem apenas um segredo? — ele perguntou, parecendo curioso. — Certamente há mais. Há muito mistério em você.

Era impossível desviar do olhar ardente dele, focado ao dela.

— Eu poderia dizer o mesmo para você.

— Não tenho mistérios a não ser os dois que não consigo resolver.

Ele estava falando da fuga e do assassinato, claro, que pairavam no ar com um peso do qual não era possível escapar. Ela quase podia sentir a guerra interior que ele travava consigo mesmo. Estava preso entre dois mundos, o que ele conhecia e o que agora deveria habitar como duque de Wycombe.

Nisso, não eram muito diferentes. Ela também estava tendo dificuldade em se ajustar à sua circunstância distinta. Não vivia mais com os pais, era uma esposa sem marido, inventora que ainda tinha que aperfeiçoar seu protótipo. O fim que buscava alcançar sempre parecia estar além de seu alcance.

Procurou o olhar dele.

— Mas esses mistérios não lhe cabem mais, não é verdade?

— Não como antigamente — ele reconheceu, inclinando a cabeça. — Mas a responsabilidade pesa muito sobre mim. Especialmente em relação à Sra. Ainsley e o que aconteceu.

A menção da outra mulher a deixou tensa e esfriou um pouco o ardor de formigamento que tentava dominá-la.

— Você não a convidou para seus aposentos, Hudson.

Embora tenha falado isso como uma afirmação, não podia negar que havia o resquício de uma pergunta persistente lá. Ela precisava da reconfirmação dele. Precisava ouvi-lo dizer a ela mais uma vez que não havia nada entre ele e a mulher assassinada desde bem antes do casamento começar.

— Claro que não. — Ele engoliu em seco, fazendo com que a protrusão de seu pomo-de-Adão balançasse e chamasse sua atenção. —

Eu juro, Elysande. Não posso mudar meu passado, mas prometo que farei o máximo para ser o marido que você merece.

Ela nunca o tinha visto tão sério.

— E farei o mesmo para ser a esposa que você merece.

— Lamento mais do que posso expressar por nosso casamento ter começado desta maneira.

Ele não poderia lamentar mais do que ela. Eles começaram como estranhos com uma necessidade comum: casar-se. A razão dele tinha sido obter o dote dela, e a dela tinha sido permitir que a irmã finalmente se casasse com seu amado Sr. Penhurst. Mas ela fez pedidos a ele que os colocou em desacordo. Seu desejo de terminar seu protótipo o afastou assim como a necessidade dele de retomar a antiga vida.

Talvez fossem igualmente culpados.

— Como você disse, não podemos alterar o passado. Tudo o que podemos fazer é seguir em frente.

Ao dizer as palavras, percebeu que estava dizendo muito mais, que havia uma história mais profunda à espreita. Estar novamente com ele, mesmo com a terrível morte da Sra. Ainsley pairando sobre eles como uma mortalha, mostrou-lhe o quanto ela o desejava.

Como se Hudson percebesse o significado oculto, ele se aproximou, a calça roçando nas saias dela. Em seguida, passou as pontas dos dedos na bochecha dela, e ela reagiu ao toque, deleitando-se com o calor e a aspereza da carícia. As mãos dele não eram as mãos de seda macias de um lorde, eram as de um homem que havia superado as dificuldades da vida.

Ela apreciava isso, tanto quanto *o apreciava*. E com o cheiro dele a envolvendo, aquele olhar azul-acinzentado se fundindo com o dela, o toque dele, como não o apreciaria? Como poderia não querê-lo, desejá-lo, ansiar por ele, apesar de tudo o que aconteceu?

A resposta foi dolorosamente clara.

— Neste momento, o único movimento que eu gostaria de fazer envolve você e meus braços — disse ele, com a voz rouca, a cabeça abaixada para que o calor de sua respiração se espalhasse pelos lábios dela na promessa de um beijo. — Especificamente, você se movendo para eles. Vou entender se não quiser isso, Elysande.

Ele estava pedindo permissão, assim como antes. Um cavalheiro que beijava como o próprio diabo. E ela queria aqueles beijos. Queria a boca dele na dela. Queria-o mais do que jamais imaginou ser possível.

Criatura tola e fraca, ela se repreendeu.

Mas, por fim, deu um passo, eliminando a distância. Os seios roçaram o peitoral forte de Hudson, as mãos pousaram em seus ombros e se juntaram; o calor e a vitalidade dele emanando de seu corpo grande e envolvendo o dela.

— Assim? — Ela estava sem fôlego, o coração batendo forte, ao inclinar a cabeça para trás com o olhar fixo ao dele.

As mãos viris pousaram na cintura delgada, e pareceu tão familiar, tão possessivo.

— Exatamente assim.

Ele ia beijá-la novamente? Ela esperava fervorosamente que sim. Ele a despertou para a paixão antes de deixá-la sozinha por um mês. Algumas noites, ela ficou deitada na cama, pensando se havia imaginado o fogo que havia queimado entre ambos naquela manhã. Mas isso, aqui e agora, era a prova que ela precisava.

Foi real.

— Hudson — disse ela, com delicadeza, aproveitando a oportunidade para analisar a simetria de seu rosto. Maçãs do rosto protuberantes, sobrancelhas escuras, testa alta. Seu nariz era quase muito longo e, no entanto, combinava com ele, trazendo força e caráter ao seu rosto. Era errado que ela quisesse sentir aquela barba áspera em seus lábios? Que quisesse colocar a boca na linha rígida da mandíbula dele e beijá-lo bem ali?

— Porra — ele soltou, apoiando a testa na dela e respirando fundo. — Eu te quero tanto, Elysande. Não confio em mim mesmo. Você deveria ir para a cama. Sozinha.

O palavrão vulgar a excitou em vez de chocá-la. Ela apreciou esse pequeno sinal de que ele não tinha o controle completo si mesmo. E, além disso, que o lapso em sua moderação habitual era por causa *dela*.

De repente, a perspectiva de voltar para a cama e deitar-se debaixo das cobertas pensando nele, mas sem poder tocá-lo, pareceu ser um castigo terrível. Ela foi criada para fazer o que queria, observando o bom senso. Qualquer coisa, exceto arruinar-se ou se recusar a casar. Mas não estava arruinada, e este homem era seu marido agora. Ela o queria. Ele estava sofrendo, estava amargurado e ficou tão sozinho quanto ela no último mês.

Elysande se moveu, rendendo-se à sua necessidade. Seus lábios encontraram o espaço áspero da mandíbula salpicada de barba. Ela o beijou ali, absorveu a tensão de seus músculos, a masculinidade sedutora dele, a apreensão. Gostaria de poder acabar com algumas de suas preocupações.

Os dedos na cintura dela se contraíram, e ele inspirou mais uma vez, o som alto no silêncio da biblioteca, nenhum barulho a não ser o fogo crepitando na lareira.

— Elysande.

Seu nome era um aviso que ela ignorou. Em vez disso, beijou-o como ele havia feito com ela antes, sem pressa. Traçou um caminho até sua orelha e depositou um beijo ali; o cabelo escuro comprido roçou seu nariz, e ela sussurrou o nome dele.

Ele gemeu. Se era desejo ou rendição, não sabia dizer. Mas pareceu uma recompensa quando ele cheirou seu cabelo. E especialmente quando a barba por fazer raspou em sua bochecha macia. O atrito era delicioso, e ele também era.

Elysande estava perdida nele, perdida em necessidade. Talvez tenha voltado ao Solar Brinton, à margem do lago manchada de sol. Rolando na grama com ele, a língua dele em seu corpo. A lembrança despertou lugares que só ela havia tocado desde então, no segredo da escuridão, sozinha na cama. Seus mamilos estavam doloridos e rígidos sob o espartilho, a mesma dor latejante se acumulando no ventre e mais abaixo. Entre as coxas, podia sentir a umidade encharcando a roupa íntima.

E eles ainda nem tinham se beijado direito.

Hora de retificar a questão.

Elysande não sabia quem estava seduzindo quem. Talvez ambos, talvez tenha sido ela quem o instigou. Certamente, quando ele inclinou a cabeça para trás para encará-la, foi ele quem seduziu. Necessidade consumia o olhar afiado. Ela reconheceu aquele olhar, pois sentiu uma resposta ávida bem em seu âmago.

Eles se encararam por um momento que pode ter durado minutos ou segundos ou uma eternidade. Ele segurou o rosto dela com a mão, a ação tão cuidadosamente delicada que ela derreteu por dentro.

— Você é linda pra caralho — ele disse, num tom suave. — Você tem noção disso? Quero saber tudo o que há para saber sobre você.

E ela queria contar para ele, dar a ele tudo de si mesma. *Tudo*. Queria dar tudo a ele. O que havia de errado com ela? O que ele fez, que feitiço lançou?

Ela se inclinou na direção dele e seus lábios se encontraram. Os dele eram macios, carnudos e deliciosos. Mais quentes, mas tão habilidosos quanto ela se lembrava. Ele sabia como assumir o controle, inclinando a boca sobre a dela, a mão deslizando da bochecha para a cabeça dela. Dedos

SCARLETT SCOTT

longos deslizaram por seu coque arrumado, fazendo grampos voarem para o chão.

Ela não se importava que tivessem caído nem onde poderiam estar agora. A mão delicada e feminina deslizou do ombro dele – a mão esquerda, a que portava o anel dele. O símbolo de sua união que zombou dela todos os dias desde sua partida. Elysande agarrou um punhado da camisa de Hudson e o puxou para ela, beijando-o com todo o desejo reprimido que a assombrou durante o tempo em que estiveram separados.

A língua dele deslizou para dentro para provocar a dela, o gosto dele era de conhaque e pudim de biscoito com molho de framboesa servido após o jantar. Doce, porém com uma intensidade decadente, muito parecido com o próprio homem. Ele intensificou o beijo, sua língua acariciando a dela, antes de ele pegar o lábio inferior dela entre os dentes e puxá-lo suavemente.

Era como se uma corda invisível levasse diretamente ao seu âmago, e cada mordida que ele dava a puxava com mais força, levando-a à beira da entrega completa. Vagamente, ela lembrou que estavam na biblioteca tristemente mal abastecida, a razão pela qual foi atrás dele em Londres, o mês em que passaram separados.

Isso era sensato?

Com certeza, não.

Mas então, a mão livre de Hudson, a que se encontrava na cintura delgada, começou a acariciá-la ali. Ele a tocava como se ela fosse um instrumento, ciente, com o talento inerente de um músico, de quão rápido, quão lento, quando aplicar pressão, quando provocar. Sobre sua barriga, aquela mão experiente passeava enquanto ele se deleitava em seus lábios, mordiscando, lambendo e chupando até seus joelhos ficarem bambos e ameaçarem lançá-la ao chão esparramada sobre os tapetes desbotados. A palma da mão pressionou-a, depois deslizou para baixo, pairando sobre o sexo dela, onde ela mais sentia a dor latejante.

Mas ele não fez mais pressão acima das saias volumosas e na estrutura por baixo delas. Em vez disso, ele pegou um punhado de seda e começou a levantar a bainha lentamente. Ele diminuiu a velocidade dos beijos, os lábios passeando sobre os dela com uma atenção lânguida e deliciosa para o arco dos lábios, os cantos da boca, deixando-a sem ar, fazendo seu coração disparar.

A bainha subiu, juntando-se agora à pulsação mais acelerada. Na velocidade de um trote a um galope desenfreado. Ar frio roçou seus tornozelos enquanto o sussurro de seda e cetim aumentava o som descaradamente erótico de suas bocas fundidas. O tecido escorregou pelos joelhos dela.

Em seguida, mais para cima, beijando a parte superior de suas coxas.

Ele foi o primeiro a interromper os beijos, erguendo a cabeça para olhar para ela com uma intensidade que só tinha visto em seu rosto uma vez antes. Naquela manhã no lago, quando ele fez amor com ela na grama. Ela reconheceu a expressão agora, a fome consumidora em seus olhos. Ele a queria.

— Eu preciso tocar você — disse ele. — Por favor, deixe-me tocar você, amor.

Amor.

Ela sabia que ele não dizia a palavra em seu sentido mais verdadeiro. Mas, ainda assim, o carinho teve efeito sobre ela.

— Sim — ela sussurrou. — Por favor.

— Graças a Deus — ele murmurou.

A mão que estava erguendo a bainha deslizou para a curva de seu quadril, massageando-a suavemente ali, os dedos deslizando para espalmar sua bunda e apertá-la.

— Ah. — Foi meio gemido, meio apelo arrancado dela. Gostou do toque dele ali. Gostava do toque dele *em todos os lugares.*

Ele afastou a mão que havia mergulhado em seu cabelo e beijou sua bochecha, o queixo, a garganta. Dedos dançaram na fenda de sua roupa íntima.

Ela estava pegando fogo.

Mas ele estava longe de terminar. Hudson a acariciou por um momento por cima do algodão da roupa íntima, e então colocou a mão em seu sexo, pegando tudo dela e segurando-a lá em um ato de posse tão chocante que quase a fez desmaiar. O toque era gentil, possessivo. Mas poderia se desenroscar dele com quase nenhum esforço. Só que não queria.

— Você tem alguma noção do quanto quero te possuir, Elysande? — ele disse, com a voz rouca. — Cristo. Claro que não, senão não estaria aqui agora. Fuja, amor. Vá agora antes que eu nos leve mais longe.

Ela não estava prestes a sair.

Era isso o que queria – áspero, real e selvagem.

Essa era a paixão que ela só começou a conhecer antes que ele deixasse o Solar Brinton e ela para trás abruptamente.

— Eu não fujo de nada — afirmou.

Ele beijou sua bochecha de novo.

— Doce Elysande. Você deveria.

Ao emitir o aviso, seu polegar pressionou aquele botão enlouquecedor,

SCARLETT SCOTT

separado da pele nua dele pela fina barreira de algodão. Ela estava ainda mais molhada agora e tinha certeza de que ele sentia.

— Não estou fugindo — disse ela. — Vou ficar bem aqui.

— Porra. — Era a segunda vez que ele praguejava desde que ela se juntou a ele na biblioteca, uma indicação de que sua moderação estava diminuindo. — Sua roupa íntima está úmida. Você está molhada por minha causa, não está, Ellie?

As palavras desavergonhadas combinadas com o nome pelo qual a família a chamava, usado por ele pela primeira vez, a deixaram tonta. O polegar experiente se moveu, fazendo-a estremecer e gritar.

Mas não era suficiente. Ela queria a pele dele contra a dela. Queria que ele deslizasse a mão grande por dentro da fenda da roupa íntima e a tocasse do jeito que ele quisesse.

Ela beijou-o no rosto, determinada a deixá-lo tão fraco e desesperado quanto ele a estava deixando. E então inclinou a cabeça para trás, observando-o, passando a língua pelos lábios para poder saboreá-lo, almiscarado e salgado e gostoso. Será que ele tinha o mesmo gosto em todos os lugares? Ela queria saber.

— Hudson, mais... por favor — ela disse, sem nem saber pelo que implorava, só sabia que o que queria era mais.

— Mais o quê? — ele perguntou, ainda brincando com ela. Círculos leves agora, quase nenhuma pressão.

Seus quadris se mexeram impacientes, procurando por ele.

— Quero sua mão dentro — conseguiu dizer através da névoa de luxúria que embaçava sua mente. — Dentro da minha roupa. Em mim.

— Com prazer.

Finalmente, ele abriu a fenda e deslizou os dedos em seu sexo. Uma viagem lenta da entrada até a pérola, e depois de volta.

Ele aprovou com um murmúrio.

— Tão quente e molhada e responsiva.

Seus joelhos ameaçaram ceder. Ela agarrou os ombros dele, usando-o para se firmar. Os dedos dele brincaram no botão sensível dela, pele sobre pele ávida. De leve no início, apenas um toque tênue.

— Assim? — ele perguntou, a voz sombria, profunda e experiente.

— Isso — ela sibilou, ofegante, o corpo balançando para o dele.

Ele pressionou com mais força, encontrando um lugar delicadamente sensível, e então mexeu em seu nó para frente e para trás até ela ficar perto de perder o controle. Ele beijou sua garganta, os cantos dos lábios.

— Você é tão gostosa, mas não é suficiente — ele disse, com a boca encostada em seu pulsar descontrolado. — Quero lamber você. Você deixa?

— Por favor — ela respondeu, a única palavra que conseguiu atravessar a súbita onda de desejo pulsando em seu âmago.

Ela pensou tantas vezes nele lhe dando prazer com a boca. Tantas noites solitárias. Seu próprio toque tinha sido um substituto insignificante. Nunca suficiente.

Ele a guiou, movendo-a lentamente até que suas costas encostaram na parede de prateleiras.

— Segure as saias, amor.

De alguma forma, sua mente foi capaz de entender o comando gentilmente enunciado. As mãos deixaram os ombros largos dele, pegando as bainhas das saias e anáguas e segurando-as na cintura.

— Isso. — Ele a beijou uma vez, rápido e forte, na boca, e depois ficou de joelhos.

Ah, céus. Teria ficado envergonhada, se não fosse a necessidade trovejando por ela, a lembrança do que aquela boca desavergonhada poderia fazer. Quanto prazer ele lhe daria. Ele colocou as mãos em seus quadris, acariciando-a com gestos expressivos, e depois a fez abrir as pernas. O ar frio tocou sua carne íntima quando sua lingerie se abriu. De repente, o frio foi substituído pelo calor.

Pelo calor aveludado dos lábios dele. Ele a sugou para a boca e soltou um rosnado baixo que dizia que gostava de lhe dar prazer tanto quanto ela gostava de sentir a boca macia sobre seu corpo. Os joelhos de Elysande ficaram bambos.

Ele a soltou, olhando para ela com os olhos azul-acinzentados parcialmente abertos.

— Recoste-se nas prateleiras e coloque a perna no meu ombro.

Ela obedeceu, perdida na loucura do momento. Ele a ajudou a posicionar a perna esquerda como queria, deixando-a aberta para seu bel-prazer, o hálito quente ventilando seu centro. A cabeça dele abaixou, e mais uma vez Hudson se deleitou, comendo-a como se ela fosse a mais fina iguaria, como se nunca pudesse saciar sua fome.

O duque lambeu suas dobras, depois as separou, a língua deslizando mais para baixo, pressionando levemente sua entrada. Ela ia desmaiar. Ou estilhaçar-se em mil fragmentos de si mesma. Ele alternava entre lambidas longas, pressionando o rosto contra ela, as mãos espalmando sua bunda e segurando-a para que a devorasse.

SCARLETT SCOTT

A mordida em sua pérola provou ser sua destruição. Ele mordeu, e êxtase liquefeito, extraordinário e arrebatador a sacudiu. Elysande gemeu, o corpo se curvando para longe das prateleiras em uma tentativa de se aproximar, para que ele lhe desse mais. Ele mordiscou o clitóris latejante até que o clímax a atingiu.

Onda após onda de êxtase se abateram sobre ela. Estrelas brancas salpicaram sua visão. Hudson permaneceu lá, fazendo pequenos movimentos leves com a língua, lambendo-a. Ele acariciou sua bunda de um modo suave e tranquilo, depois beijou o botão de seu sexo e então a parte interna da coxa.

O beijo foi molhado com sua própria umidade. Era desavergonhado e Elysande gostou. Gostou da boca dele em seu lugar mais íntimo, de saber que seus lábios tinham o gosto dela. Ele lentamente tirou a perna dela do ombro e se apoiou nos calcanhares, olhando para ela com um desejo entorpecido. Era tão bonito assim, mais homem do que cavalheiro, cabelo despenteado, lábios carnudos escuros e brilhando por conta de seus esforços.

Ela estava tremendo e saciada e mole, soltando o ar em rajadas irregulares, o coração galopando como um cavalo selvagem dando uma arrancada. Nada disso era sua intenção quando inicialmente o procurou na biblioteca, mas não se arrependia das ações. Seu olhar mergulhou na comprovação do desejo dele, uma longa vara oculta pela calça. A visão não fez nada para acalmar a paixão que ainda confundia seu cérebro.

— Ah, droga — ele disse, pegando as bainhas dela e baixando-as de volta para o lugar. — Você me faz perder a cabeça, Ellie.

Lá estava mais uma vez. *Ellie.*

Gostava do modo como seu nome soava em sua voz profunda e nebulosa. Gostava de tudo nele.

Ele se levantou e pegou as mãos dela.

— Venha. Foi um longo dia, e nós dois devemos descansar um pouco.

Elysande assentiu, reprimindo a crescente decepção em seu peito por suas palavras não terem sido diferentes. Por ele não ter pedido para ir para a cama dela.

— Sim, foi, e ouso dizer que devemos mesmo.

Ele a acompanhou até seu quarto e a deixou lá, com nada além de um beijo delicado na testa. E assim como fizera todas as noites de seu casamento até agora, Elysande foi para a cama sozinha.

CAPÍTULO 9

Talvez Barlowe estivesse certo. Ser honrado e fazer a coisa certa era muito duro.

Era duro pra caralho, assim como seu pau naquele instante.

Hudson se levantara da mesma maneira desde a manhã à beira do lago, com uma ereção só possível de ser curada com uma punheta com as próprias mãos. Essa vida dele estava ficando cansativa.

Ele não sabia mais quem era, vivendo uma meia-vida entre um e outro: parte dele ainda era o inspetor-chefe Stone, parte o novo duque de Wycombe. Tinha uma esposa com quem ainda não fizera amor, uma ex-amante que fora assassinada, um monstro que continuava escapando da captura, duas casas que precisavam de reforma, ex-amigos e colegas detetives que agora o consideravam um estranho, um outro mundo ao qual não pertencia e a possibilidade de ser acusado do assassinato de Maude.

O pensamento esfriou consideravelmente seu ardor. Assim como a lembrança do que testemunhou naquela noite. Como poderia esquecer? Todo o sangue, tanto sangue. Por todo o lugar. Tomou banho três vezes antes de finalmente se dirigir à residência da cidade. Esfregara a pele até ficar vermelha e esfolada.

Precisava ver O'Rourke hoje. O lembrete o fez levantar-se da cama no ar fresco da manhã. O fogo na lareira se apagara em algum momento durante a madrugada, e o quarto não estava muito aquecido. Estremeceu ao se dirigir para o lavatório. Maude estava morta há três dias e três noites e, além daquela terrível primeira noite, Hudson não tinha mais visto o inspetor.

O'Rourke fora frio e implacável no encontro anterior, então não era de surpreender que não tivesse fornecido a Hudson nenhuma indicação da progressão do caso. Ele sabia que não era mais um detetive e que não tinha direito à informação. No entanto, era parcialmente responsável pelo assassinato de Maude Ainsley. Ela não teria sido seguida e morta se não tivesse ido atrás de Hudson naquela noite no jantar de Barlowe.

Droga, ele deveria ter sido mais firme com ela. Mais claro em sua determinação de permanecer fiel à esposa. Se ela não tivesse ido aos seus aposentos, ainda estaria viva e ele não se encontraria atolado nessa posição maldita e insignificante. A culpa o alfinetou enquanto ele derramava um pouco de água em uma tigela e lavava o rosto. A água também estava fria. Mas a temperatura não se comparava ao gelo em sua alma.

Rapidamente, concluiu a rotina de suas abluções matinais e se vestiu, dispensando se barbear porque não queria ter a sensação do arranhar de uma navalha no rosto. Se sua aparência estivesse horrível, ele não se importava. Estava vivendo em um purgatório de sua própria criação e podia muito bem transparecer.

Determinado a tomar seu café habitual e sair para ir à Scotland Yard, deixou o quarto e desceu a escada. Ela também precisava de reparo. A madeira precisava de polimento e talvez uma nova pintura. Vários quadros pendurados nas paredes estavam tortos, revelando a cor original e vibrante do papel de parede. O tempo e a luz do sol o desbotaram, tornando o outrora brilhante verde-esmeralda um jade pálido e desbotado. Tantos itens para consertar. Um deles era ele mesmo.

Ele nunca deveria ter quase feito amor com Elysande na biblioteca na noite passada. Mas ele estava em carne viva como uma ferida recente, aberta e sensível. E sua atração por ela estava mais forte do que nunca. Não estava preparado para o efeito que a presença dela aqui em Londres teria sobre ele.

Hudson chegou na base da escada e o cheiro inegável de café da manhã o alcançou. Seu estômago, traidor que era, reagiu com um resmungo se opondo a um mero café. Ele retomara o hábito de seus dias de solteiro quando ficava em seus aposentos, o que significava café até um almoço tardio obtido em uma taberna ou em um restaurante que servia carnes na Finch Lane. Normalmente, uma coxa assada de carneiro ou salsicha e purê de batatas era tudo o que ele precisava para ficar de estômago cheio. Mas seu tempo em Buckinghamshire o estragara de várias maneiras.

E com o cheiro de ovos pochê, algum tipo de torta e bacon, ele se viu caminhando em direção à sala de café da manhã, apesar das intenções que o expulsaram de seu quarto. Para sua surpresa, Elysande estava lá.

Usava um simples robe lavanda e bege de algodão e renda, o cabelo castanho empilhado habilmente em um coque. Alguns cachos emolduravam seu rosto adorável. Ela fez uma pausa na ação de direcionar um criado que carregava uma bandeja coberta para o aparador.

— Bom dia, Wycombe — ela o cumprimentou, fazendo uma reverência.

Ele queria que ela o tivesse chamado de Hudson, mas entendia que a esposa havia nascido e crescido neste mundo, onde a cerimônia e os títulos e a maneira adequada à maldita mesa importavam mais do que o ar.

Hudson se curvou de modo apressado, o que pareceu uma tolice de merda, mas o que mais ele deveria fazer? Era um café da manhã formal, liderado por criados, e, de repente, ele se sentiu esfomeado o suficiente para comer toda a comida em generosa exibição. Onde diabos toda essa gloriosa comida estava escondida ontem?

— Bom dia, Ellie — disse ele, só porque podia se dar esse luxo.

E só de ver o rosa crescente em suas bochechas em reação, soube que ela se lembrava de quando ele decidiu usar aquele apelido carinhoso.

O criado se aliviou de seu fardo, curvou-se e os deixou sozinhos nesta pequena, mas pobremente elegante sala, onde a mesa havia sido cuidadosamente colocada com uma porcelana que parecia muito delicada e frágil para ser usada. Era dele? Supôs que a herdara com os tapetes puídos e a biblioteca vazia.

— Você providenciou tudo isso? — ele perguntou, embora já soubesse a resposta.

Claro que ela tinha providenciado. Elysande era mais do que capacitada, e não apenas isso, mas era inteligente também. Suas cartas para ele, acompanhadas dos relatórios de Saunders, pintaram a imagem de uma mulher dedicada a restaurar o Solar Brinton à parte de sua antiga glória. Tudo isso enquanto ele voltou para Londres e para a vida que conhecia e amava.

Só que uma estranha percepção o atingiu em algum momento durante o andamento de seu exílio, a de que a velha vida que antes parecera tão gratificante, que governara todos os seus pensamentos e ações enquanto acordado e, às vezes também durante seu sono, não era mais tão cativante. A cada dia que passava, sentia falta da esposa. Talvez não do campo, embora houvesse um certo apreço pela tranquilidade e solidão do Solar Brinton. O som de todos aqueles pássaros. Um lago para nadar. Uma esposa o aguardando.

— Você ficou insatisfeito? — ela perguntou, franzindo a testa. — A Sra. Evans me disse que você preferia não tomar café da manhã durante sua curta estadia aqui, mas não pode ter a intenção de perambular por toda Londres com o estômago vazio.

Um sorriso surgiu em sua boca.

— Você está muito esposa esta manhã, meu amor. Mas eu lhe asseguro, eu não perambulo. Eu me movo com cautela e previdência.

Assim como o fez ontem à noite, só que com a língua.

A cor cada vez mais intensa em suas bochechas lhe indicou que ela detectou a direção rebelde de seus pensamentos. Ou talvez apenas estivesse envergonhada com o comentário dele a respeito de ela estar muito "esposa". Embora o papel fosse bem adequado para ela, ela não o tinha aceitado por vontade própria, e ele sabia que não deveria se esquecer disso.

Assim como ele não queria ter se tornado um maldito duque.

Ele só esperava que o ressentimento e a frustração dela não fossem como os dele. Ou então estariam condenados a sofrer com uma união muito infeliz.

— Tenho certeza absoluta disso — disse ela, em um tom que ele imaginava ser semelhante ao de uma governanta repreendendo seu tutorado. — No entanto, independentemente da maneira como você se move, devo insistir que coma algo para saciar sua fome antes de sair. Você pretende sair, não é mesmo?

Elysande fez a leitura correta, e ele ficou surpreso com sua astúcia, apesar de ela ter passado tão pouco tempo, de verdade, em sua presença.

Ele inclinou a cabeça.

— Pretendo procurar um ex-colega meu. Três dias se passaram sem qualquer palavra sobre o andamento da investigação a respeito do assassinato da Sra. Ainsley. Também tenho algumas pontas soltas para seguir na esperança de que uma delas me leve a Croydon.

Ela estremeceu.

— Eu realmente gostaria que você não se envolvesse em casos, Hudson.

— Meu envolvimento é temporário.

Pelo menos, esperava que fosse. Se fosse acusado do assassinato de Maude, seu envolvimento seria permanente. Mas tinha que acreditar que seu testemunho, juntamente com as conexões anteriores com a Scotland Yard e o título recém-herdado, iriam ajudá-lo. Além disso, ele tinha testemunhas que poderiam atestar sua presença no Black Souls.

A esperança era um animal indefeso.

— Você vai tomar café da manhã comigo? — ela perguntou, franzindo o cenho para ele como se rejeitasse sua resposta.

Como se até rejeitasse ele mesmo.

Caramba. Para onde foi a mulher receptiva que se rendeu a ele tão lindamente ontem à noite? Ele a queria de volta. Mas teria que se contentar com uma duquesa educada que havia providenciado o café da manhã por enquanto.

— Vou — ele consentiu, sabendo que tanto seu estômago quanto a esposa exigiriam isso.

Estava provando ser um servo dedicado a ambos.

— Venha, então, e sirva-se — disse ela, formal. — Tudo foi preparado.

Hudson se aproximou de onde ela estava perto do aparador, atraído por ela e pelo banquete de maneiras diferentes. Deu alguns passos e parou, admirado pela enorme variedade.

Laranjas, manteiga, ovos pochê. *Paraíso abençoado na terra*, havia muffins e rins de cordeiro e – *Cristo* – bacon e torradas, mel e conservas. Ele jamais vira tanta comida reunida ao mesmo tempo, além do luxuoso café da manhã de casamento que os pais dela ofereceram. Mas quanto ela achava que ele poderia consumir? Havia comida suficiente aqui para alimentar toda a Scotland Yard.

— Pelo que vejo neste aparador, vou ter que tomar café da manhã, almoçar e jantar aqui — brincou, ainda surpreso com a quantidade.

Em Buckinghamshire, antes do casamento, ficava satisfeito em comer comida simples, e o cozinheiro fazia o que ele quisesse. Pães e carne fria muitas vezes eram suficientes. Os criados foram reduzidos a um número muito baixo para o tamanho da casa, ou assim lhe disseram. Refeições descomplicadas o agradavam. Menos desperdício, que ele não podia arcar, de qualquer maneira.

Mas agora… ora, o dote de Elysande resolvera um problema, mesmo que o casamento com ela tivesse causado mais meia-dúzia.

— Eu não sabia o que você preferia — veio sua voz hesitante de algum lugar perto —, então pedi variedade. Não precisa temer que a comida adicional seja desperdiçada. Alguma coisa pode ser embalada para você levar, e o resto deve ser o almoço dos criados. Acredito que ficarão satisfeitos com todas as frutas frescas.

Sim, ficarão. E por falar nisso, ele também. Esta era a vida de um duque? Café da manhã com a esposa, um verdadeiro banquete disponível? Se sim, pode haver benefícios, certamente.

Ele se virou para elogiá-la.

— Você é muito atenciosa. Obrigado, querida.

— Você não ficou insatisfeito, então?

— Que minha linda esposa providenciou um café da manhã generoso? Apenas um ogro ficaria insatisfeito. — Ele fez uma pausa, dando-se a liberdade de tirar um cacho solto da bochecha sedosa dela. Tudo nele gritava por mais.

SCARLETT SCOTT

Não esta manhã, seu idiota.

Você tem negócios a tratar.

Certo, ele tinha. Mas primeiro, café da manhã.

Ela estava sorrindo para ele, radiante sob a luz matinal.

— Sirva um prato para você, então, por favor.

Ele fez o que ela pediu. Pegou um prato delicado com a borda dourada e amontoou todos os seus favoritos nele. Quando não havia mais espaço, ele se acomodou à mesa com ela. A comida estava excelente, assim como o café. O jornal posto para sua inspeção por um membro excessivamente zeloso da equipe, no entanto, não estava.

Lá na primeira página, viu uma manchete em negrito que fez sua boca secar.

Assassinato e Mistério Acompanham o Duque Detetive.

Os olhos de Elysande pareceram flagrar o jornal no mesmo momento, pois ela se deteve. O apetite dele morreu abruptamente.

— Hudson.

Seu corpo estava se movendo de modo independente de sua mente, levantando-se da cadeira. Ele agarrou o jornal e atravessou a sala de café da manhã em direção à lareira. Sem pensar duas vezes, jogou o jornal inteiro nas chamas alegremente crepitantes. O papel pegou fogo de imediato, a combustão dando-lhe pouco consolo.

Observou enquanto as palavras se enrolavam em si mesmas, queimando em cinzas, e tentou recuperar o controle sobre suas emoções instáveis. O corpo de Maude, sem vida, ensanguentado e retalhado, o olhar inexpressivo de terror mortal em seus olhos, a palidez cinzenta dela surgiram em sua mente. Seu coração estava batendo forte, sua boca estava seca. Suas mãos estavam cerradas em punhos na lateral do corpo, a raiva rugindo dentro de sua cabeça ameaçando tomar conta.

Era como se ele estivesse lá, de volta aos seus aposentos três noites atrás, encontrando-a pela primeira vez. Ele trabalhou com vítimas de crimes durante anos. Conhecia melhor do que ninguém o turbilhão doloroso de choque, perda e medo que poderia envenenar um homem. Mas não importava. Não havia sentido nesse turbilhão. Maude estava morta e ele era culpado por seu egoísmo, e agora toda Londres também acreditava que ele era um assassino.

De repente, havia uma mão em seu braço. Ele se afastou do toque até voltar à realidade e perceber que estava na sala de café da manhã com Elysande, e que tinha sido o carinho hesitante dela em sua manga. Ela estava tentando consolá-lo. Claro que estava. Doce Elysande, presa neste atoleiro terrível com ele.

Hudson se virou para ela, a culpa que sentia era suficiente para comê--lo vivo.

— Sinto muito — disse ela, seu rosto era uma máscara de remorso.

Ele queria beijar as linhas de preocupação na testa dela. Segurá-la em seus braços e abraçar a suavidade de seu corpo, perder-se na bênção que era essa mulher maravilhosa com quem se casara.

— Você não tem nada pelo que lamentar — disse ele, a voz rouca por causa do tumulto interno. — Sou eu quem deveria estar me desculpando, por arrastar você para essa bagunça infernal. Seu nome será arrastado para a lama com o meu, e você não merece um tratamento tão brutal.

Na verdade, ela só merecia o melhor.

Ela balançou a cabeça.

— Eu não deveria ter pedido o jornal depois do que o Sr. Barlowe disse ontem à noite no jantar. Se soubesse que a história estaria na primeira página, nunca teria feito isso.

Havia algo indefinível brilhando nas profundezas douradas de seus belos olhos. Ele esperava por Deus que não fosse pena, pois não suportaria. Ódio seria preferível. Depois da maneira como ele conduzira o casamento até agora, certamente seria compreensível.

— Você não precisa me proteger, Ellie — disse ele, e era verdade. — Estou ciente de que me tornei o assunto da cidade e que Londres inteira suspeita que matei a Sra. Ainsley. Todos parecem ter uma opinião sobre o assunto. Alguns suspeitam que a matei porque sinto falta de resolver casos. Outros porque tivemos uma briga de amantes. A especulação é tão infinita quanto errônea.

Ela se aproximou e o alcançou novamente, segurando sua bochecha com tanta ternura que ele poderia ter chorado se não estivesse tão resistente às lágrimas depois de todos os anos na Scotland Yard.

— Esta não é uma batalha que você precisa lutar sozinho, Hudson. Deixe-me lutar com você.

Ele não hesitou.

— Não.

— Mas Hudson...

— Não — disse ele, novamente, mais firme desta vez. — Não vou arrastá-la para isso, já basta com o que sofreu.

— Essa decisão deveria ser minha, você não acha? — O polegar dela acariciou sua bochecha. — Você não se barbeou hoje de novo.

Ele engoliu em seco, querendo que ela continuasse tocando-o para sempre, mas sentindo como se devesse afastá-la e colocar uma distância necessária entre eles.

— Talvez eu deva parecer o monstro que eles acreditam que eu seja.

— Você não parece um monstro de jeito nenhum. — A ternura em sua expressão o atingiu no peito. — Você se parece com o homem com quem me casei, apenas com uma barba por fazer no rosto. Eu até prefiro, na verdade.

— Prefere? — Por um momento, ele esqueceu as ameaças do mundo exterior, determinadas a esmagá-lo. Em vez disso, o foco era todo nela. Satisfazê-la. Fazer o que fosse necessário para garantir que ela continuasse a olhar para ele exatamente dessa maneira.

Como se fosse um homem digno dela.

Como se ela o desejasse.

O polegar dela se deslocou para baixo, roçando a boca dele.

— Prefiro.

— Nunca mais vou me barbear — ele jurou, beijando a ponta aveludada daquele dedo solitário.

O sorriso dela foi lento e doce e fez o pau dele ganhar vida.

— Só para me agradar?

— Qualquer coisa para te agradar. O que você quiser, Ellie. Diga e é seu.

— Quero que me deixe ajudá-lo — disse ela. — Deixe-me ajudar em suas investigações. Sou sua esposa e não quero que enfrente isso sozinho.

Ajudar nas investigações? *Cristo.* Ela estava pedindo muito dele, embora aquecesse seu coração ela estar disposta a fazer isso. Por *ele.*

O duque segurou seu pulso com gentileza, segurando sua mão, e deu um beijo na pele sedosa.

— Não vou expô-la ao perigo.

— Não sou feita de vidro, Hudson — ela retrucou, com teimosia. — Não vou me despedaçar ou quebrar. Você não deveria enfrentar isso sozinho.

Sua determinação estava desaparecendo, embora soubesse que era uma tolice.

— Ellie.

— Por favor. — A outra mão dela subiu até seu rosto, o olhar dela procurando o dele.

Como poderia negar? Ele pensou que ficaria feliz em arrancar o sol do céu e entregá-lo a ela em uma bandeja de prata se pudesse.

Assentiu, cedendo.

— Muito bem. No limite do razoável.

O sorriso dela floresceu deixando-o sem fôlego.

— Obrigada, Hudson.

Ele cobriu a boca macia, as palavras que queria dizer se desenrolando em seu coração.

Não, Ellie… Obrigado a você.

Os antigos aposentos de Hudson ficavam acima da loja do farmacêutico. Felizmente, por enquanto, Elysande e o marido estavam em uma área nos fundos da loja, e não nos aposentos acima. O cômodo em que se encontravam cheirava a ervas medicinais, e forrando as prateleiras ao seu redor estavam estocadas latas, caixas e garrafas, pós, xaropes e tinturas. Havia apenas uma cadeira e uma escrivaninha pequena, provavelmente para uso do boticário quando fazia a contabilidade ou o inventário de seus produtos.

Para essa razão, Hudson, Elysande e o próprio homem, o Sr. Benjamin Cowling, formavam um trio estranho e desajeitado.

— Obrigado por concordar em nos ver, Sr. Cowling. — A voz de Hudson era calma e controlada. Foi-se o homem descontrolado e angustiado do café da manhã. Em seu lugar estava o inspetor-chefe Stone.

Cowling era um homem de baixa estatura, o cabelo fino e escuro e um vasto bigode cujas extremidades tinham sido enceradas e enroladas para cima. Para Elysande, a aparência era bastante cômica, como se seu adorno facial estivesse sorrindo.

— Quanto mais cedo este assassinato for resolvido, melhor para mim — disse o farmacêutico, seu semblante grave e severo. — Você faz ideia de como é ruim para os negócios uma mulher ter sido assassinada aqui em cima da loja?

Elysande ansiava por dar uma repreenda ríspida no Sr. Cowling. Uma mulher havia sido assassinada e ele estava mais preocupado com o impacto que a morte teve em seus negócios do que com a perda de uma vida. Seu único motivo para ver o assassinato resolvido era se beneficiar, e ele não tinha intenção de ser caridoso, apesar do status de Hudson.

Mas Hudson, era preciso reconhecer, manteve o sangue frio, parecendo não ter sido afetado pelo egoísmo do homem.

— Resolver o caso e levar o assassino da Sra. Ainsley à justiça é o que pretendo fazer. É por isso que vim falar com o senhor, como pode imaginar.

Cowling semicerrou os olhos.

— A Scotland Yard já esteve aqui, sabe. Inspetor-chefe O'Rourke. Ele me disse que você é o próximo duque de Wexcomb.

— Wycombe — Hudson corrigiu, calmamente.

— Pouco importa, não é? Um duque não é diferente de todos os outros — disse o Sr. Cowling, seu tom desdenhoso. — O que não entendo é por que estava mantendo isso em segredo, continuando a fazer uso dos aposentos que aluguei para o senhor.

— Esse é um assunto particular, Sr. Cowling — disse Hudson, num tom severo —, e não vim aqui esta manhã para falar sobre mim, mas, sim, sobre as informações que o senhor pode ter sobre a noite em que a Sra. Ainsley foi encontrada morta.

Pela primeira vez, o boticário apontou seu olhar especulativo sobre Elysande.

— E quem poderia ser esta em sua companhia?

— Minha esposa, Sr. Cowling — disse o marido, uma pitada de irritação enfatizando seu tom agora. — Sua Graça, a duquesa de Wycombe.

Elysande nunca tinha tido a oportunidade de ser apresentada a um boticário no depósito de sua loja enquanto investigava um assassinato antes. Ela mal conhecia o protocolo, então fez uma reverência digna de qualquer apresentação na corte.

— Sr. Cowling — disse ela.

Parecendo assustado, Sr. Cowling se curvou em um cumprimento.

— Perdão, Vossa Graça. Eu não tinha percebido que vocês eram casados.

As palavras não foram particularmente cordiais, especialmente considerando os eventos dos últimos dias. Aqui estava, o fantasma do passado de seu marido, e ela deveria cumprimentá-lo como um velho amigo em vez de ter cautela, com a adaga em punho.

Elysande fizera tudo o que podia para se distrair dos pensamentos dos aposentos de solteiro de Hudson. E não apenas pela razão mais perturbadora de todas – o assassinato da Sra. Ainsley, que havia sido perpetrado lá.

Mais pela noção da vida que ele viveu antes de se casar com ela, que a deixou com uma sensação curiosa e indesejada em seu peito, um pouco como um carvão quente alojado sob a pele.

Ciúmes.

Ela supôs.

Seja qual fosse o sentimento, retornou com uma vingança feroz agora, com a lembrança de que Hudson esteve morando aqui, mesmo após o casamento. Que uma mulher que já fora sua amante o esperava em seus aposentos.

— O casamento é recente — disse Hudson, dando uma explicação.

Elysande mordeu o lábio para se abster de falar mais.

— Isso explica muita coisa. — O Sr. Cowling acenou com a cabeça, enviando uma fina madeixa de cabelo oleado sobre a cabeça calva. — Casamentos recentes muitas vezes podem ser difíceis.

O coração de Elysande bateu mais rápido com a insinuação do homem de que o marido fora infiel. Ah, ele não disse as palavras, mas fazê-lo tinha sido desnecessário.

Os lábios de Hudson se comprimiram.

— Meu casamento não é da sua conta, Sr. Cowling. Vamos dispensar mais gentilezas e chegar ao cerne da questão, que é o infeliz assassinato da Sra. Ainsley. Pelo que entendi, foi o senhor quem lhe deu a chave dos meus aposentos na noite da morte dela. Eu esperava que o senhor pudesse ter mais informações a esse respeito que possam ser úteis.

— Não dei — disse Cowling.

— Perdão?

— Não permiti a entrada da Sra. Ainsley em seus aposentos na noite em que ela foi morta — elaborou o apotecário.

— Mas é impossível. Se não foi o senhor quem abriu minha porta para ela, então quem teria feito isso? — Hudson perguntou.

— Como eu disse ao inspetor-chefe O'Rourke, foi meu aprendiz, o Sr. Seward, que estava aqui naquela noite. Ele estava organizando uma entrega recente de estoque e fazendo a contabilidade quando ela chegou.

— O Sr. Seward é o jovem cavalheiro no balcão da sua loja agora? — Hudson perguntou, sua voz mascarando a exaltação.

Ela podia ver a mente dele trabalhando por trás daqueles olhos cinza-azulados inteligentes.

— Seria ele, sim — respondeu o Sr. Cowling.

— O senhor faria a gentileza de substituí-lo no balcão e pedir-lhe para responder a algumas das minhas perguntas? Eu ficaria muito agradecido — disse seu marido ao homem.

— Não quero mais problemas — respondeu o velho, hesitando.

— Por favor, senhor — interveio Elysande, incapaz de segurar a língua por mais tempo. — Não haverá problemas. Meu marido só quer resolver o assassinato da Sra. Ainsley, o que será benéfico para sua paz de espírito e a de seus clientes também.

Ainda parecendo relutante, o farmacêutico inclinou a cabeça.

— Vou pedir a ele para falar com vocês.

Com outra reverência, o homem saiu da sala, dando a Elysande a oportunidade de falar com o marido a sós, mesmo que apenas por um momento.

— Você acreditava que tinha sido o Sr. Cowling quem permitiu a entrada dela — disse ela. — Por quê?

Ele fechou a cara.

— O'Rourke me disse.

— O inspetor? — A preocupação azedou seu estômago. — Ele mentiu para você, então? Com que objetivo?

— Não faço a menor ideia — disse Hudson.

O som de passos se aproximando impediu que a conversa continuasse. O aprendiz do Sr. Cowling, um homem mais jovem, esbelto e com um cabelo vermelho-vivo que chamava a atenção, entrou na sala.

— Suas Graças — disse ele, parecendo um pouco nervoso ao se curvar para cumprimentá-los. — O Sr. Cowling disse que vocês queriam falar comigo.

— Obrigado pela gentileza, Sr. Seward. — Hudson ofereceu ao homem um sorriso amigável, que Elysande supôs que era para aliviar um pouco de sua ansiedade. — Considerando que foi o senhor quem falou com a Sra. Ainsley na noite de seu assassinato, e foi o senhor quem permitiu a entrada dela em meus aposentos, eu esperava que pudesse oferecer alguma informação.

O Sr. Seward assentiu.

— Não tenho certeza se tenho informações, Vossa Graça. Já ofereci tudo o que podia ao inspetor-chefe O'Rourke.

— Entendo — disse Hudson, pacientemente. — No entanto, como o incidente ocorreu em meus aposentos, e como a Sra. Ainsley era minha conhecida, estou buscando informações independentemente da Scotland Yard.

O Sr. Seward caminhou até o outro lado da sala, em seguida estendeu a mão para arrumar o alinhamento de alguns sais estomacais na prateleira antes de se virar para encarar Hudson e Elysande.

— Pergunte o que desejar.

— Como a Sra. Ainsley o abordou naquela noite, Sr. Seward? — Hudson perguntou, mais uma vez firme em seu papel de investigador.

— Ouvi batidas na porta lá em cima — disse o Sr. Seward. — Um pouco de tumulto que era incomum naquela hora da noite. Saí para investigar, e foi quando descobri uma dama tentando entrar nos aposentos.

— Ela parecia angustiada? — Elysande perguntou, embora soubesse que deveria segurar a língua. Nunca conduzira um interrogatório como esse. No entanto, sua mente rodava com todas as possibilidades.

Não era muito diferente de quando ajudava o pai. Essas ocasiões também envolviam a solução de um problema. A coleta lógica de todas as informações disponíveis. Testando, fazendo tentativas, criando um protótipo. Neste caso, estavam tentando resolver o problema de quem havia assassinado a Sra. Ainsley.

— Ela estava de bom humor — respondeu o Sr. Seward, devagar, como se estivesse realmente considerando a questão, talvez até revivendo o momento em que seu caminho se cruzou com a mulher morta. — Ela me disse...

Ele fez uma pausa, seu olhar indo de Elysande para Hudson e depois de volta para ela.

— O que ela te disse? — Hudson incitou, a voz firme.

— Perdão, Vossa Graça. — O Sr. Seward estava olhando para Elysande agora, um rubor tingindo as bochechas barbeadas. — Ela me disse que seu amigo cavalheiro lhe pedira para esperá-lo aqui, mas que ela não tinha como entrar.

Hudson dissera a ela que não havia convidado a Sra. Ainsley para seus aposentos. Ela acreditou nele. E, ainda assim, as palavras do Sr. Seward a incomodaram. Não conseguia manter o ciúme de lado. Talvez uma pequena parte dela permanecesse determinada a não confiar no homem com quem se casara. A parte vulnerável e assustada dela. Sabia que Hudson não se casara com ela por estar encantado com sua beleza. Ou por ter se apaixonado por ela como seu pai se apaixonou pela mãe. Ele se casou com ela porque não lhe foi dada outra escolha.

Como se sentisse seus pensamentos turbulentos, Hudson colocou uma mão em seu cotovelo para acalmá-la. O gesto foi reconfortante, e a conexão física era exatamente o que precisava. A ternura que aquelas mãos haviam lhe mostrado não podia ser negada.

— Quando a Sra. Ainsley lhe disse que precisava da chave, o senhor não achou estranho? — Hudson perguntou. — Certamente, se eu tivesse pedido a ela para se encontrar comigo aqui, eu a teria acompanhado ou assegurado que ela pudesse acessar os aposentos até que eu chegasse.

Os dedos do Sr. Seward estavam se mexendo como se ele ansiasse para corrigir o ângulo de mais uma caixa ou garrafa nas prateleiras.

— Admito que não questionei. A dama era amável e adorável de se admirar. Peguei o molho de chaves do Sr. Cowling e permiti que ela entrasse.

Bastante adorável, disse o Sr. Seward. E essas palavras foram como alfinetadas em seu coração. Milhares, todas de uma vez.

É claro que a Sra. Ainsley era linda se fora ex-amante de Hudson. Ele era tão maravilhosamente bonito. Elysande, em comparação, era uma sabichona desleixada que passava mais tempo ajudando o pai com suas invenções do que fazendo o que outras damas da idade dela faziam.

Hudson deu um aperto reconfortante em seu cotovelo ao se dirigir ao Sr. Seward.

— Depois que o senhor permitiu que ela entrasse nos aposentos, o que aconteceu?

— Ela me agradeceu. — As bochechas do aprendiz ficaram ainda mais vermelhas, e ele voltou o olhar para o chão, arrastando os pés.

— *Como* ela lhe agradeceu? — Elysande perguntou, sentindo que havia mais coisa nessa história.

— Ela... eu... — O olhar do jovem se agitava, descontrolado, entre Hudson e ela enquanto tentava produzir uma resposta.

— Ela...? — Hudson perguntou.

— Ela me beijou — admitiu Seward, com pressa. — Foi impróprio, e eu não deveria ter permitido isso. Mas ela estava rindo como uma menina, e disse *"obrigada, senhor"*, e então me deu um beijo rápido e fechou a porta.

Elysande teve a nítida impressão de que a Sra. Ainsley estava de porre. Ela foi para os aposentos de Hudson sem ser convidada, conseguiu entrar e encantou o jovem Sr. Seward no caminho. Mas o que aconteceu depois? Pela primeira vez, ocorreu-lhe que talvez o Sr. Seward a tivesse machucado, e Elysande congelou.

— O que o senhor fez depois que ela fechou a porta, Sr. Seward? — Hudson perguntou, o tom autoritário, mas ao mesmo tempo calmo.

O jovem levantou a cabeça, e Elysande notou pela primeira vez como seus olhos eram azuis. Ou talvez tenha sido apenas o rubor em suas bochechas que a fez perceber. De qualquer forma, sentiu um arrepio quando lhe ocorreu que, além do assassino da Sra. Ainsley, o homem diante dela tinha sido o último que a tinha visto ou falado com ela.

A não ser que o Sr. Seward *fosse* o assassino dela. Será que era? Ela tinha que admitir que, apesar do comportamento amável do Sr. Seward, ele poderia ser culpado. Neste ponto, qualquer um poderia.

— Voltei aqui para terminar meu trabalho — disse Seward.

— E quanto tempo o senhor ficou? — Hudson perguntou, depressa.

— Mais um quarto de hora, talvez meia hora — respondeu o outro homem, franzindo a testa. — Não consultei meu relógio de bolso. Mas não foi muito tempo. Eu quase tinha terminado meu trabalho do dia quando saí para ajudar a dama.

— A que horas o senhor saiu da loja, Sr. Seward? — o marido perguntou em seguida.

Elysande se viu fascinada por Hudson. Pela maneira como ele conseguia manter a compostura, falar tão calma e educadamente, sorrir para o Sr. Seward de uma maneira encorajadora, como se fossem amigos. Pela velocidade de sua mente ágil. Por tanta coisa. Era como se ela o visse pela primeira vez.

Seward se remexeu um pouco mais.

— Eu disse ao inspetor-chefe O'Rourke que acho que eram dez horas.

— Dez horas — Hudson repetiu. — O senhor tem certeza?

Elysande o observou com atenção, sentindo que havia algo por trás de suas palavras.

O aprendiz engoliu em seco, o pomo-de-Adão se movendo em sua garganta comprida.

— Sim. Consultei meu relógio pouco antes de trancar a loja e sair.

— O senhor ouviu mais algum barulho incomum? Algum grito, batidas ou choro? Vozes? Alguma coisa do andar de cima que o levaria a acreditar que a Sra. Ainsley estava em perigo?

— Ouvi a voz de um homem — disse Seward. — Nada mais.

Hudson estava completamente concentrado no outro homem agora, seu olhar fixo e focado.

— Mais nada? Tem certeza?

— Sim. Tenho certeza.

Hudson inclinou a cabeça.

— Obrigado, Sr. Seward. Esta conversa foi muito esclarecedora.

O homem mais jovem curvou-se novamente e, quando se endireitou, Elysande detectou o brilho inegável de suor em sua testa. Ele estava suando, e o dia estava frio. Céus, estava frio. Ela ainda estava usando seu xale e chapéu, e mesmo na sala fria, o Sr. Seward estava suando como se fosse o auge do verão.

Ele pegou um lenço de dentro do casaco e secou a testa.

— Obrigado, Vossas Graças. Se isso for tudo, devo voltar para o balcão, onde o Sr. Cowling prefere que eu esteja.

Hudson assentiu.

— Isso é tudo, Sr. Seward. O senhor pode ir.

O outro homem não perdeu tempo em sair correndo da sala, deixando Elysande e Hudson a sós por um momento. Todas as perguntas que fervilhavam em sua mente vieram à tona.

— Ele parecia um pouco nervoso, não é? — sussurrou ela.

— Parecia. — A cara de Hudson fechou ainda mais.

Ela deixou escapar a pergunta que pesava em sua mente:

— Você acredita que ele estava sendo honesto?

— Ainda não sei no que acreditar — disse ele, tranquilo. — Ele parecia razoavelmente honesto, mas só o tempo e uma investigação mais aprofundada dirão. Acredito que conseguimos reunir todas as respostas que podemos ter aqui por enquanto. Mas preciso ir a mais um lugar antes de irmos.

Uma sensação de náusea em sua barriga lhe disse qual era aquele lugar, mas ela perguntou de qualquer maneira.

— Onde?

Ele olhou para ela, um músculo na mandíbula tenso.

— Meus aposentos.

CAPÍTULO 10

Elysande disse a si mesma que não queria ver os aposentos de solteiro de Hudson. Não porque ele viveu lá sozinho, provavelmente entretendo inúmeras damas ao longo dos anos. Embora, para ser sincera, esse pensamento fez seus dentes rangerem. Na verdade, não.

Não queria ver os aposentos dele pela simples razão de que uma mulher encontrara seu violento fim ali há pouco tempo. Ela não tinha noção de como o interior estava. Haveria sangue? Pequenos rastros de que outra mulher esteve lá dentro, na esperança de compartilhar a cama de seu marido?

Os pensamentos se combinaram e ela sentiu bile subindo pela garganta.

Eles subiram as escadas em um silêncio tenso. Para Hudson, era a primeira vez que voltava aos aposentos desde aquela noite horrível. Para Elysande, era a primeira vez que veria a vida do marido como era antes do casamento. Como tinha sido durante o tempo em que estiveram separados. Ele destrancou a porta e hesitou antes de abri-la, virando-se para Elysande.

— Talvez você deva esperar na carruagem enquanto eu entro.

Ela não faria isso, apesar de sua agitação interior.

— Quero ir com você.

Para o bem de ambos, sentia que era imperativo que o acompanhasse.

— Não tenho ideia do que nos espera — disse ele, sua expressão cautelosa.

— Eu já me preparei, Hudson. Para onde você for, eu o seguirei. Não posso ajudá-lo a resolver este assassinato se não tiver acesso às informações por causa da minha sensibilidade delicada. — Ela ergueu o queixo, sentindo-se teimosa. — Fui criada para acreditar que sou igual a qualquer homem. Trabalhei ao lado do meu pai em sua oficina por anos.

Os lábios carnudos de Hudson se contraíram em uma linha fina.

— Assassinato não é a mesma coisa, Ellie. Você nunca testemunhou o resultado horroroso como eu, e eu a pouparia disso.

Sua decisão permaneceu mais firme do que nunca, mas ficou satisfeita que a hesitação dele era para protegê-la, não era nenhuma noção equivocada.

SCARLETT SCOTT

Deus sabia que ela testemunhara vasta quantidade de opiniões equivocadas sobre o sexo frágil.

Ela tocou o braço do marido.

— Por favor, Hudson. Permita-me ir com você. Eu falei sério. Não quero que enfrente isso sozinho.

O duque assentiu e abriu a porta, esperando que ela entrasse primeiro. Elysande cruzou a porta, hesitante. Havia uma quietude amedrontadora no cômodo, mas ele estava arrumado. As cortinas estavam fechadas, formando sombras por toda parte. Hudson passou por ela para puxá-las para o lado, enviando luz sobre a escuridão. Um pequeno fogão ocupava uma parede, junto com uma mesa e cadeiras. Tudo estava limpo e arrumado.

Exceto pelo sangue.

Seu coração bateu mais rápido quando viu os primeiros vestígios. Gotas no chão em uma trilha que ia do quarto escuro na extremidade oposta do cômodo principal até a porta. O sangue deve ter pingado da Sra. Ainsley ou do próprio assassino.

— Provavelmente, deve ter pingado da lâmina do assassino — disse Hudson, como se tivesse lido seus pensamentos. — Ou talvez das mãos.

Teve uma forte ânsia de vômito. Engoliu em seco outra onda de bile.

— Claro. Faz sentido.

Hudson estava pálido e sério.

— É demais para você. Eu não deveria ter permitido isso.

— Não é demais — ela negou. — Quero examinar os cômodos. Talvez haja pistas deixadas para trás, algo que a Scotland Yard não percebeu.

Aí persistia a questão preocupante do inspetor-chefe O'Rourke ter dado informações conflitantes – e incorretas – a Hudson. Mas nenhum deles falou sobre isso agora. Haveria muito tempo para discutir as implicações da conversa deles com o Sr. Seward mais tarde.

Hudson assentiu, o semblante congelado com uma expressão sisuda.

— Essa é a minha intenção também.

— Vamos fazer isso juntos — disse ela, com o coração apertado por ele, sabendo como devia ser difícil retornar ao lugar onde encontrara a Sra. Ainsley.

— Deixe-me entrar no quarto primeiro — murmurou ele, cedendo.

— Claro. — Ela seguiria seus comandos.

Ele foi em direção à porta fechada na extremidade oposta do cômodo e Elysande o seguiu, notando uma pequena prateleira com uma fileira de livros. Mais adiante, uma mesa com um porta-retrato com uma fotografia desbotada de uma mulher que não estava sorrindo. A semelhança com Hudson era inegável.

Deveria ser a mãe dele. Ele mal falava dos pais e da família para ela, mas imaginou que ele devia ser próximo dela, já que tinha sua foto em um lugar tão importante.

Hudson abriu a porta devagar, o rangido das dobradiças ecoando no silêncio que os cercava, quase como um grito. Ela prendeu a respiração enquanto ele entrava. Por trás de seu físico musculoso, conseguiu discernir uma cama desprovida de lençóis, cortinas abertas que permitiam a entrada de um fino raio de sol e mais sangue.

Muito sangue, encharcando o colchão e o piso acarpetado.

A visão a deixou levemente tonta.

Ela se preparou psicologicamente para desmaiar ou vomitar, as duas coisas competindo entre si.

— Cristo — murmurou Hudson, a voz grave e gutural. Parte súplica, parte choque, ela supôs.

Ele abaixou a cabeça, ficando tão imóvel e rígido, que ela pensou que se o tocasse, ele se desfaria ali mesmo. Ele inspirou com dificuldade, como se estivesse lutando com sua reação aos terríveis sinais do que havia acontecido dentro deste quarto. Elysande se libertou do transe em que estava presa. Foi para o lado dele e, devagar, gentilmente, deslizou o braço em volta da cintura de seu esposo. Colocou a mão na parte inferior de suas costas e acariciou os músculos para cima e para baixo, tentando confortá-lo da única maneira que sabia. Palavras não eram suficientes em um momento como este. O que ela poderia dizer que afugentaria os demônios que o assombravam, que atenuaria o assassinato da Sra. Ainsley?

Não havia nada que poderia fazer.

Em vez disso, ofereceu seu apoio.

— Parece um sonho terrível — disse ele. — Ainda consigo vê-la de modo nítido naquela noite, sua aparência pálida e sem vida, e coberta de sangue. Muito sangue. Droga, preciso descobrir quem foi o responsável por isso. A maneira como ela deve ter sofrido… É impossível acreditar em alguém tão ruim a ponto de infligir tal violência a outro ser humano. Já vi assassinatos antes, mas nunca um tão bárbaro. A maneira como ele a cortou…

Elysande estremeceu, imaginando o que Hudson deve ter testemunhado. Ela continuou acariciando as costas dele, para cima e para baixo, desejando poder fazer mais, mas se sentindo totalmente impotente.

— Sinto muito pelo que aconteceu com a Sra. Ainsley — disse ela, com delicadeza —, e sinto muito por você ter sido a pessoa que a encontrou dessa maneira.

Ele balançou a cabeça, como se estivesse acordando de um sono.

— Eu não mereço sua compaixão. Não tive que suportar nada comparado ao que ela sofreu. Tudo o que posso fazer agora é garantir que seu assassino seja levado à justiça.

— Faremos isso — ela prometeu. — Juntos.

Foi quando ela notou uma marca incomum de sangue na cabeceira entalhada da cama, dificilmente visível de longe, pois se misturava com as linhas da madeira. Ela se aproximou, precisando ter certeza de que suas suspeitas estavam corretas.

— O que você está vendo? — Hudson perguntou, seguindo-a.

— Acredito que é a impressão de uma mão. — Com cuidado para não tocar na mancha, apontou para ela. — Esta é a base de uma palma, aqui. Esta parece ser a impressão digital de um polegar, e aqui, o dedo indicador.

— O tamanho da mão é grande demais para ser da Sra. Ainsley. Deve ser do assassino.

— Sim — concordou Elysande. — Parece que ele estava se segurando na cama, talvez durante ou depois de ter cometido o crime.

Ele colocou a mão mais perto da marca, examinando o tamanho de sua mão em comparação com ela, e o coração de Elysande bateu mais depressa. A marca era claramente menor que a mão de Hudson, mas grande demais para ser da Sra. Ainsley. O que significava apenas uma coisa.

— Esta marca pode ser a prova definitiva que preciso para materializar minha inocência — disse Hudson, chegando à mesma conclusão que ela. — O'Rourke não disse nada sobre ter descoberto alguma coisa quando me interrogou.

— Ou o inspetor-chefe O'Rourke negligenciou compartilhar a informação correta com você, ou ele está mentindo — disse Elysande, dando voz às suspeitas que fervilhavam dentro dela desde o encontro anterior com o Sr. Seward.

Hudson estava sisudo.

— Esse é um assunto que deve ser tratado mais tarde. Primeiro, preciso buscar um fotógrafo para documentar a marca desta mão.

Elysande tinha razão.

Ou O'Rourke estava mentindo, ou estava intencionalmente dando informações incorretas a Hudson. Essa hipótese fazia sentido se ele realmente acreditava que Hudson era culpado do assassinato da Sra. Ainsley. A primeira, desafiava a lógica ou a razão. Se O'Rourke estava mentindo, teria que ser por alguma razão. E essa razão não deveria ser boa.

Hudson suspirou e serviu-se de outra dose de conhaque, sabendo que não lhe ofereceria nenhuma clareza. Somente uma trégua temporária do caos que sua vida diária se tornara desde o assassinato de Maude.

Depois de passar o dia investigando com Elysande, estava exausto. Jantaram juntos em silêncio, e depois ela se recolheu. Desde então, ele passou as horas registrando as informações que haviam coletado até agora. Tudo o que tinha era um formigueiro de indícios e uma montanha de perguntas.

Cansado, terminou o conhaque e dirigiu-se ao seu quarto. Ao passar pela porta fechada da esposa, disse a si mesmo para continuar andando. Prometera a ela três meses sem consumar o casamento, e ele era um homem de honra, droga. Ainda pretendia cumprir esse voto, mesmo que isso se tornasse cada dia mais difícil. Cada dia? Inferno, para ser bem honesto, a cada hora, a cada minuto, a cada segundo.

Elysande era intrigante e multifacetada de uma forma que ele nunca tinha imaginado quando a conheceu no salão do Solar Brinton. Não apenas adorável, mas inteligente e corajosa, ela era mais do que ele poderia esperar de uma esposa. Ela permaneceu leal ao seu lado, apesar do dano que ele sabia que a cena macabra do assassinato de Maude deveria ter causado nela.

Por todas essas razões, foi para o próprio quarto, esforçando-se para fazer o mínimo de barulho possível, caso ela ainda não estivesse dormindo. Decidiu não chamar Greene. Não havia necessidade de ele atendê-lo esta noite. Só queria tirar a roupa, ir para a cama, fechar os olhos e esquecer tudo.

O conhaque era para ajudá-lo a fazer isso. Mas esta noite, decididamente não cumpriu seu dever. Tirou o casaco e o colete, a gravata que usara no jantar e os sapatos. O homem que viu refletido no espelho era selvagem, a mandíbula escura sem barbear, o cabelo precisando de um corte. Com nada além da camisa branca e a calça, ele se parecia mais com o homem que fora do que com o duque que estava se tornando.

Foi quando ele ouviu.

Um estrondo na sala de banho ao lado. Seu coração pulou no peito. *Elysande*. Que barulho foi esse? Bom Deus, se alguma coisa acontecesse com ela, ele não seria capaz de suportar. Seus pés voaram pelo chão e, sem pensar, abriu a porta adjacente ao quarto para o banheiro compartilhado. O medo que estava crescendo dentro dele se dissipou instantaneamente, substituído por uma onda pura e quase violenta de luxúria.

Ela não estava em perigo.

Estava saindo do banho.

Nua.

Pingando.

Alva e rosa e macia, com curvas generosas nos lugares certos.

CAPÍTULO 11

Seu primeiro pensamento foi de gratidão por qualquer ex-duque de Wycombe que tinha achado adequado converter a sala de vestir entre os aposentos do lorde e da dama em uma sala de banho. Estava seguro de que o coitado não podia arcar com esse gasto e, ainda assim, aqui estava, trazendo-lhe a visão de sua bela esposa, molhada e perfeita em todos os sentidos.

O peso dos últimos dias o abandonou. Esqueceu-se de tudo, menos daquela mulher deslumbrante e enigmática com quem inexplicavelmente se casou. Ambos se casaram por razões práticas. Mas a união deles estava se tornando muito mais do que um casamento por conveniência, e ele era incapaz de impedir isso.

Seu olhar faminto percorreu o caminho dos ombros nus até os seios fartos e bonitos. Perfeitos nas palmas de suas mãos. O formato de sua cintura, os quadris largos, aquelas coxas alvas e os pelos escuros encaracolados cobrindo a vagina. Cristo, até mesmo os joelhos eram dignos de adoração, sem falar nas panturrilhas e tornozelos.

— Ah! — ela disse, os olhos arregalados e assustados, os cílios longos e escuros protegendo as emoções em seus olhos castanhos.

Ele a assustou, o que não era sua intenção. Nem era sua intenção incomodar. Mas agora que estava aqui, como conseguiria ir embora?

— Perdoe-me — ele conseguiu dizer. — Não tive a intenção de assustá-la.

A esposa pegou uma toalha, cobrindo-se com pressa e acabando com sua visão do paraíso.

— Pensei que você estava na biblioteca.

Ele teria se oferecido de bom grado para secá-la com a língua, mas não tinha certeza de como a oferta seria recebida no momento.

— Eu estava, mas cansei de correr em círculos na minha própria cabeça maldita. Me recolhi para o quarto com a intenção de dormir. Então ouvi um estrondo e vim investigar.

Era bobagem da parte dele, tinha que admitir. Provavelmente por conta dos nervos depois do choque de encontrar Maude Ainsley morta em sua cama. Mas não pensaria nisso. Repeliu as memórias horríveis e sangrentas da mente, pois não havia espaço para elas aqui com Elysande, que era tudo de pacífico, maravilhoso e bom.

Era dele.

Como teve a sorte de se casar com ela?

— O estrondo foi culpa minha — disse ela. — Deixei cair o livro que estava lendo e não consegui alcançá-lo sem sair da banheira.

Mesmo escondida sob a toalha, os montes de seus seios e quadris não podiam ser disfarçados, chamando suas mãos e boca. Mas não, não correu para o quarto dela para seduzi-la.

Ainda pretendia cumprir sua parte do acordo de casamento. Tinha que cumprir. Não tinha?

Sim, disse sua mente.

Não, rugiu o resto dele.

Ele engoliu em seco uma maré crescente de desejo.

— Não posso mentir e dizer que estou triste por você ter deixado o livro cair.

As bochechas ficaram rosadas e ela franziu os lábios como se tentasse impedir um sorriso.

— Hudson.

Mas a repreensão foi muito delicada e não causou efeito. Se causou alguma coisa, seu nome pronunciado por sua voz doce só serviu para deixar seu pau ainda mais duro.

— Devo voltar para o meu quarto, então?

Ela balançou a cabeça.

— Fique. Se é o que deseja, claro.

Não era um convite para a noite inteira, mas o coitado do seu pau não sabia disso.

Por que, de repente, se sentiu como um rapaz tendo sua primeira onda de luxúria? Era porque ela era sua esposa ou simplesmente porque era ela mesma? *Elysande.*

— Não quero incomodar — disse ele, hesitando.

Cada pedacinho dele queria ficar. Puxá-la para seus braços, juntar aqueles lábios macios com os dele e levá-la para a cama. Mas sua honra o proibia. A não ser que ela lhe pedisse para quebrar seu voto, independentemente do quanto a queria. Do quanto *precisava* dela.

— Você não está incomodando, Hudson. — Caminhou em direção a ele com os pés descalços.

Ele se pegou admirando os dedos delicados, os contornos dos tornozelos. Por que nunca lhe ocorrera antes quão sedutor cada aspecto único do corpo de uma mulher poderia ser? Desejava adorar cada centímetro dela.

Em vez disso, contentou-se em tirar um cacho molhado de sua testa quando ela chegou perto, reprimindo a fome que ardia por dentro.

— É tarde, e mantive você ocupada a maior parte do dia.

Porém, ela não parecia cansada nem exausta. Sob a luz suave das lâmpadas, ela estava totalmente luminosa. Um pequeno sorriso curvou seus lábios quando seu olhar procurou o dele.

— Não estou cansada. Não ainda.

Ele também não estava. De repente, estava muito acordado. E dolorosamente consciente da nudez dela sob o miserável escudo da toalha, que não fazia muito para esconder o corpo adorável.

Pare de olhar para ela, seu idiota.

Mas para onde mais poderia olhar?

Ele queria consumi-la. Lambê-la e beijá-la e amá-la.

— Sua criada pessoal vai voltar esta noite para ajudá-la? — ele perguntou.

— Só se eu a chamar. Sou terrivelmente independente, receio. Cuidar de mim mesma sempre teve um certo apelo para mim. Sou capaz, prática, competente. Por que não cuidar de mim?

— Porque você é uma dama — disse ele, a resposta óbvia.

Entretanto era tão ilógico quanto tantas regras que governavam seu círculo social. Seu círculo social e, agora, por um acidente da natureza, o dele também. Com muita relutância.

Elysande ergueu as sobrancelhas e deu de ombros.

— Verdade, mas é muita tolice, não é? Já parou para pensar sobre a natureza arbitrária do mundo em que vivemos? Tantas regras que aceitamos e, no entanto, nunca questionamos a lógica ou quem as criou. Por quê?

Que maravilha ela era. Se não tivesse se casado com ela, teria lhe pedido em casamento agora, apenas pelo mérito de seu caráter.

Procurou em sua mente uma boa resposta para a pergunta dela e não encontrou nenhuma. Então ofereceu sua segunda melhor explicação:

— Porque devemos fazer o que é esperado de nós.

— Mas por que é esperado de nós? — Ela balançou a cabeça. — Meu pai me ensinou a questionar tudo, e suponho que se tornou um hábito meu.

SCARLETT SCOTT

— Você é muito próxima de seu pai, não é? — ele indagou, pois já havia se perguntado isso antes durante a conversa em que ela concordou em se casar com ele.

Ocorreu-lhe como sabia pouco sobre esta mulher. Seu passado, sua família, ela mesma. Sabia que gosto ela tinha e sabia como fazê-la gozar com a língua, mas ainda precisava *conhecê-la* de verdade.

Precisava corrigir esse lapso. Casaram-se às pressas, e ele a deixou às pressas também, e então ela voltou para ele em Londres apenas para enfrentar uma tragédia horrível. Em circunstâncias normais, ele a teria cortejado e a conhecido melhor. Lamentou essa oportunidade perdida agora, pois o que sentia por Elysande era muito mais do que uma atração física.

— Meu pai sempre foi muito bom para mim — disse sua esposa, com um sorriso carinhoso. — Aprendi muito com ele. Ele nunca fez eu me sentir como se fosse diferente, ou como se devesse seguir um certo curso de aprendizagem porque nasci mulher, como a maioria dos pais faz, se é que eles prestam atenção às filhas. Em vez disso, ele me incentivou a trabalhar ao seu lado e me ensinou muito. Ele foi muito afortunado por ter tido a oportunidade de trabalhar com algumas empresas de engenharia eminentes, apesar do fato de que seria conde um dia. Tudo que fosse capaz de colher daqueles dias, ele expandiu, ampliando seu conhecimento sempre que podia.

— Você sente falta dele — ele adivinhou.

Ela contraiu os lábios, o brilho das lágrimas em seus olhos impossível de disfarçar.

— Sinto falta da minha família, sim. No entanto, você é minha família agora também, e o único lugar em que quero estar é aqui ao seu lado.

As palavras o fizeram se sentir humilde.

Quase o deixaram de joelhos.

O que fez para merecê-la? Nada, tinha certeza. Mas ficaria com ela assim mesmo.

— Obrigado. — Pigarreou de leve, a garganta, de repente, apertada com a emoção. — Se você não vai chamar sua criada, então farei o papel dela.

Para se distrair, passou por ela com a intenção de drenar a água da banheira para que ela não precisasse chamar sua criada. O piso estava úmido e escorregadio, então Hudson deu passos cuidadosos. Enrolando a manga, enfiou a mão na água quente exalando o aroma floral e frutado, e removeu o tampão que prendia a água. O som da banheira se esvaziando logo tomou conta do cômodo.

Ele se virou e a viu o observando, aqueles olhos castanho-dourados calorosos queimando-o como se fossem feitos de fogo. Havia uma fome em sua expressão que combinava com a dele, mas se forçou a ignorá-la.

Não aceitaria nada além do que ela ofereceu.

Poderia ser honrado.

Tinha que ser.

Hudson mostrou a ela o que esperava que fosse um sorriso encantador.

— Que outras tarefas posso realizar como seu criado?

Os lábios dela franziram, e Cristo, como ele desejava cruzar o cômodo – para o inferno o piso molhado – e beijá-la.

— Ela escova meu cabelo para mim. — Elysande moveu-se com elegância para buscar a escova. — Meu cabelo adora se encaracolar quando estou no banho, e se eu não o escovar, ele vira uma bagunça emaranhada.

Era difícil acreditar que seus cachos castanhos sedosos pudessem ser outra coisa além de brilhantes e macios, mas ele estava disposto a desempenhar esse papel para ela, pois significava que tinha uma desculpa para ficar em sua presença. Depois dos acontecimentos do dia, não queria ficar sozinho. Não tinha percebido sua necessidade até se deparar com ela e, agora que estava aqui, não desejava sair.

Além disso, não recusaria a oportunidade de tocar no cabelo dela.

— Eu ficaria feliz em substituí-la — disse ele, aproximando-se com cuidado por causa do chão escorregadio e pegando a escova. — Vire-se, por favor.

Elysande fez o que ele pediu, oferecendo-lhe as costas e a cascata de cabelo escuro e exuberante que estava realmente emaranhado e ondulado como ela dissera. Ocorreu-lhe que nunca havia escovado o cabelo de uma mulher antes. Só tinha escovado o seu cabelo, que era um pouco mais curto. No entanto, não deveria ser muito diferente, não é?

Um pouco de cabelo caiu sobre os ombros dela, então puxou os fios para trás com a mão livre, os dedos roçando a pele nua. Um choque de eletricidade pura passou por seu pulso e subiu pelo braço. Seu corpo estava tão sintonizado com o dela que até mesmo o mais singelo toque provocou uma onda de sensação avassaladora. Mas ele se forçou a ignorá-la e começou a tarefa de escovar o cabelo de Elysande. Não havia nada no ato que fosse erótico, mas, ainda assim, a cada passada da escova por seus cachos úmidos, a dor em suas bolas ficava sutilmente mais intensa. Ele teve o cuidado de passar a escova devagar, fazendo o seu melhor para ser gentil. Quando a escova ficou presa em um nó, ela enrijeceu o corpo.

Hudson praguejou baixinho.

— Me perdoe. Que criado desajeitado eu sou. Eu te machuquei?

— Foi apenas uma leve fisgada — disse ela. — Não o acho desajeitado. Você está indo muito bem.

Não tinha certeza se acreditava no elogio dela, mas aceitou-o da mesma forma, porque era um canalha ganancioso quando se tratava de qualquer coisa a respeito da esposa.

— Me fale se eu estiver escovando com muita força ou se estiver puxando seu cabelo.

— Falarei.

Voltou a escovar, encontrando um conforto estranho no ritmo, misturando-se com seu desejo. Este foi, ele percebeu, o primeiro momento verdadeiramente íntimo que compartilhavam como marido e mulher, além dos abraços cheios de paixão à beira do lago e na biblioteca. Ele gostava de estar perto dela. De ajudá-la. Tocá-la.

Inferno, gostava de tudo nela. Muito. Demais, excessivamente. Mas deveria gostar da esposa, não é mesmo? Era o objetivo de se ter uma, como também a necessidade.

Com grande relutância, ele terminou, não encontrando desculpa para continuar, pois as cerdas deslizavam sem dificuldades e desimpedidas a cada passada. Colocou a escova em uma mesa próxima e ficou parado.

— Pronto, querida. Você não vai precisar se preocupar com emaranhados amanhã, prometo.

Ela se virou para ficar de frente, mas o fez tão rápido que escorregou no piso molhado e se inclinou para frente. Com o olhar assustado, ela estendeu a mão e a toalha caiu. Hudson pegou Elysande, puxando-a para ele, uma mulher nua e macia. Nenhum abraço jamais fora tão bem-vindo.

— Obrigada — disse ela, sem ar, olhando para ele com uma expressão atordoada. — Que desastrada e deselegante eu sou.

— O chão está bastante molhado — disse ele, idiota, tentando não pensar nos mamilos rígidos pressionando seu peito através da fina camada da camisa.

Ele sabia como esses mamilos reagiam rápido. Quanto tempo fazia que os havia chupado? Uma eternidade, com certeza.

— Você me salvou de um tombo feio.

E se entregou à tortura. Mas não importava. Ele se sujeitaria a qualquer coisa para mantê-la longe do perigo.

— Você deve tomar mais cuidado com o piso. Vou ver se Greene consegue um tapete para nós. Imagino que esse piso era bastante caro a qualquer duque anterior que o instalou, mas não quero que caia e se machuque.

— Seria ótimo — ela concordou, ainda segurando os ombros dele, como se temesse que ao soltá-lo fosse se esparramar no chão.

— Ótimo — ele repetiu, mas não estava pensando no tapete.

Não, os olhos dele estavam bebendo avidamente a visão dela, as bochechas coradas, o cabelo escuro e brilhante emoldurando o rosto, aqueles lábios rosados e carnudos que pediam para ser beijados. A garganta dela era alva e elegante, e os topos generosos de seus seios eram montes exuberantes que ele desejava ter em suas mãos.

Maldição, lá estava seu pau, endurecendo mais uma vez. Ele tinha certeza de que ela o sentira contra a barriga.

— Hudson?

— Sim, amor.

— E se eu quiser que você fique?

A luxúria disparou por dentro dele como uma locomotiva em fuga.

— Ficar?

Sim, continue repetindo cada palavra que ela diz, seu maldito simplório.

Ela pegou o lábio inferior nos dentes, mordiscando-o.

— Não quero ficar sozinha na cama esta noite. Quero você lá comigo.

Ah, perdição. Ele teria rastejado por um hectare de brasas incandescentes e vidro quebrado só para ficar naquela cama com ela. Mas ir para a cama não era o problema. O que ele faria com a tentação ao ficar ao lado dela era.

— Não tenho certeza se consigo me manter fiel à minha promessa — admitiu ele, embora fosse doloroso fazê-lo. Tanto sua falta de autocontrole no que dizia respeito a ela quanto sua fraqueza.

— Foi uma promessa tola — disse ela. — Promessa que eu não deveria ter pedido para você fazer. Pensei que três meses me dariam o tempo necessário para completar meu protótipo, mas isso só nos afastou e gerou tanto sofrimento à sua vida. Se eu não tivesse insistido nesse tempo, você nunca teria vindo para Londres.

Ela estava se culpando?

O duque beijou sua testa franzida.

— Não. Você não é responsável pelo que aconteceu, Ellie.

A dama ficou na ponta dos pés, aproximando a boca da dele.

— Quero esquecer o contrato de casamento.

— Você está... — Ele fez uma pausa, parou para recuperar o fôlego, porque as palavras dela lhe roubaram o ar dos pulmões. — Você entende o que está me pedindo? Minha honra...

— Dane-se sua honra, Hudson — ela interrompeu. — Eu te quero. Não daqui a dois meses. Neste momento. Aqui. Hoje.

Era como se um coro de anjos tivesse irrompido em uma canção de júbilo. Ele foi atingido por um alívio enorme, junto com um desejo tão feroz e potente que ele quase vacilou sob seu peso. Essas eram as palavras que ele queria – não, *precisava* – ouvir. Ela estava lhe dando permissão para esquecer a promessa que pedira a ele. Ele poderia fazê-la sua, finalmente.

Até que enfim, porra.

Havia apenas uma resposta. Ele abaixou a cabeça. Tomou os lábios dela da mesma forma que tomaria o resto. Ela estava quente e molhada do banho, e os aromas doces de seu sabonete e xampu preencheram seus sentidos. A boca macia sob a dele era uma bênção, um consolo muito necessário depois do inferno que enfrentaram juntos naquele dia. Quando ela o beijou, ele conseguiu esquecer.

Ela soltou um gemido suave de anseio e abriu os lábios, permitindo que sua língua exploradora tivesse acesso ao calor aveludado dela. Deus, ela tinha um gosto delicioso, como algo que queria saborear. A língua dela lambeu a dele, e foi a vez de Hudson gemer. A necessidade fluía por ele, fazendo-o sentir-se atordoado por um momento. Quase tonto.

Mas eles ainda estavam na sala de banho, e o chão ainda era um problema, e ele não queria de modo algum que os dois terminassem a noite com hematomas em vez de êxtase. Com esse pensamento, parou de beijá-la.

— Venha.

Hesitante, certificando-se de que nenhum deles se movesse muito rápido, ele a levou do banheiro para o quarto dela. No Axminster puído – este também precisava ser substituído –, eles andaram mais depressa. Procurou a boca dela novamente no caminho para a cama. Ela também o beijou, com tanta energia e tão faminta quanto ele estava por ela. Era como se nenhum tivesse o bastante do outro, como se tivessem encontrado um prazer renovado pela vida e pela paixão nos braços um do outro.

Seu quadril esbarrou em uma mesa, forçando-o a guiá-los com mais cuidado. Afastou os lábios de sua boca quente e os moveu para a garganta, ficando de olho na direção da cama enquanto fazia isso. Mais alguns passos e ambos alcançaram o destino. Seu coração estava batendo mais forte do que um ferreiro martelando uma bigorna. Todo o seu corpo estava inundado de calor e necessidade.

Vá devagar e com cuidado, ele se lembrou. *Ela é nova nisso.*

Não resistiu a afundar os dentes no espaço delicado onde o ombro e o pescoço se uniam. Uma mordidinha. O gosto dela era delicioso, e ela estremeceu e gemeu em resposta, esfregando-se nele como um gato.

— Sua pele é tão macia, cacete. — Envolveu a mão em seu cabelo úmido e puxou a cabeça dela para trás para beijar todo o ombro exposto. — Mais macia que seda.

Agora que ele estava explorando, não conseguia mais parar. Seus lábios e língua tinham vontade própria, e sabiam o que queriam. Ele segurou os seios dela e chupou um mamilo. Ela arqueou as costas e soltou um ruído rouco de aprovação.

O duque soltou o botão enrugado e passou a língua sobre ele, depois soprou ar quente até ela gemer de novo.

— Você gosta disso, não gosta, Ellie?

— Aaah, gosto — ela sussurrou, sem hesitação.

— E disso. — Ele foi para o outro mamilo, chupando, lambendo e mordendo.

Quando ele pegou o bico sensível entre os dentes e puxou, as pontas dos dedos dela cravaram em seus ombros.

— Sim — ela concordou. — Sua boca é safada e maravilhosa.

Ele sorriu na curva celestial do seio dela e beijou a pele macia entre eles. Uma gota solitária de água de seu banho estava lá, deslizando para baixo em seu esterno. Ele a pegou com a língua, levando-a de volta para onde estava, logo abaixo de sua orelha esquerda. Suas mãos foram para os seios, polegares esfregando os mamilos famintos enquanto ele beijava o lóbulo carnudo, depois lambia o contorno da orelha antes de passar a língua na parte de trás até ela estremecer.

— Adoro a maneira como você reage a mim — ele elogiou. — A maneira como seu corpo ganha vida. Deus, eu poderia te beijar e te lamber para sempre, e nunca seria suficiente.

Um som abafado saiu rasgado da garganta dela, e então os dedos delicados estavam nos botões de sua camisa, puxando-os, arrancando-os com uma ânsia febril. Ela estava tão desesperada por essa união quanto ele, e saber disso o deixou mais fogoso ainda.

Ele se endireitou, ajudando-a com os botões, até que desistiu e simplesmente puxou o tecido, rasgando e jogando tudo no chão. Haveria outras camisas. Ele não dava a mínima se não tivesse conserto. Especialmente quando as mãos de Elysande estavam sobre ele, adorando seu peito nu. Ou quando ela o beijou como ele a beijara, a língua rosada como um dardo em seu próprio mamilo, quase o transformando em um homem selvagem.

Nenhuma mulher jamais o deixara tão louco para possuí-la.

Ele se atrapalhou para abrir a calça enquanto ela beijava seu peito. E então mais para baixo, sua boca deleitável passando sobre seu abdômen. Quando ela ficou de joelhos, ele desistiu dos botões e deu um puxão. Vários se soltaram e choveram no tapete. Seu desejo era tão potente que ele sentia como se estivesse bêbado.

E lá estava ela no Axminster, totalmente nua e mais sedutora do que qualquer deusa grega ou romana. Seu cabelo era uma cortina escura se espalhando pelas costas, os belos seios apontados para cima. Ela se inclinou para frente, afastando os dedos inúteis dele, e a ondulação da sua bunda espreitou por baixo de todo aquele glorioso cabelo.

Sua mente girava ao tentar entender o que estava acontecendo aqui. Como ele tinha passado do papel de sedutor para o de seduzido.

— Me deixe — ela sussurrou.

E ela não precisou fazer o pedido duas vezes. Ele a deixaria fazer o que quisesse com ele. Era indiscutível, totalmente dela. Pertencia a ela, não apenas por causa dos votos que proferiram na capela em Talleyrand Park, não por causa da certidão que assinaram, mas porque seu corpo estava conectado ao dela de uma maneira que nunca havia experimentado. Não, não só seu corpo, mas o resto dele também.

Devagar, com movimentos precisos que o deixaram surpreso, ela terminou de abrir a calça dele. Então, puxou o cós para baixo, até ele ficar só de roupa íntima, a ereção protuberante em um ângulo indecente por baixo do tecido estufado. Elysande murmurou, o ruído repleto de uma mistura de prazer e aprovação, e seu pau se contraiu. Os dedos ágeis dela foram para o cós da roupa íntima dele, enviando-a para o chão junto com a calça.

Ele estava nu e ereto, de pé diante dela como um sátiro. Ele a queria mais do que queria a próxima inspiração. Uma gota de sêmen surgiu na ponta e se acumulou na fenda, reluzindo com o brilho das lâmpadas. A cabeça dela baixou.

É claro que ela não iria… Uma mulher inocente nunca… *Poooorra*.

O DUQUE DETETIVE

A língua dela passou pela cabeça do pau, lambendo a gota perolada e corajosa. Ele cerrou a mandíbula para não gritar como um rapaz que acabara de ver a primeira mulher nua.

— Você gosta? — ela perguntou, delicada, observando-o, esperando a resposta.

Ah, Deus. Ela esperava palavras dele? Resposta coerente?

Ela estava usando a própria sedução contra ele. Se ele não estivesse tão fora de si de desejo por ela, teria ficado impressionado. Talvez até preocupado. Que aluna rápida ela era. Mas é claro, pois era Elysande, e ele deveria saber que ela se dedicava a tudo por inteiro, determinada a conquistar.

— Sim — conseguiu botar para fora, um silvo solitário, porque não queria que ela chegasse à conclusão errada e parasse.

— Eu também gosto — disse ela, e então beijou-o.

Beijou seu pau.

Uma roçada aveludada dos lábios na parte inferior sensível. Se ele não se cuidasse, iria gozar em seus belos seios.

— Você gosta disso também, não gosta? — ela disse, os lábios se movendo contra seu talo túrgido a cada palavra.

Elysande de joelhos, torturando-o com aquela boca deliciosa, era a visão mais erótica que já contemplara. Um cavalheiro a colocaria de pé e diria para ela parar. Mas Hudson não estava se sentindo muito cavalheiro agora.

— Eu gosto pra caralho — ele disse a ela.

— Me diga o que devo fazer. — Ela beijou o pau dele novamente. — Me diga como te dar prazer.

Diga a ela para ir para a cama e fazer isso da maneira correta, ele se repreendeu. *Ela é virgem.*

Mas a besta nele havia emergido, dominando qualquer noção de controle, razão ou honra. Hudson agarrou a base do pau inchado e seus olhos quase foram engolidos para dentro da cabeça. Ele nunca esteve mais rijo e pronto do que agora.

— Me chupe — instruiu. — Me coloque em sua boca.

E ela o fez. Hesitante no início. Seus lábios se entreabriram, depois o envolveram. Um prazer ardente tomou conta dele. Ele perdeu a capacidade de pensar. Perdeu todos os pensamentos, menos o da esposa o tomando garganta abaixo, cada centímetro devastador por vez. Ela foi o mais fundo que pôde, até os dedos dele, o calor úmido e sedoso de sua boca o levando à beira da loucura. O desejo de avançar, de enterrar o pau mais fundo, era forte, mas ficou parado para a exploração hesitante dela.

Ela chupou devagar. Gentil no início, e quando arrancou um gemido dele, chupou com mais vontade. Suas bolas endureceram. Ele se agarrou com mais força e mordeu o interior da bochecha, determinado a prolongar esse prazer pelo maior tempo possível. Ela recuou, se apoiando nos calcanhares para olhar para ele, os lábios brilhantes com uma combinação de saliva e do sêmen dele que vazava.

Sua esposa tinha a expressão sensual de uma mulher que acabara de perceber o poder que exercia sobre o homem: *infinito*.

— Estou te dando prazer? — perguntou, a voz rouca e baixa.

Seu pau estava latejando no ritmo de seu coração acelerado. E o olhar castanho-dourado da esposa ainda estava sobre ele. *Ah, Cristo*. Palavras. Uma resposta. Ela estava esperando de novo.

— Inferno, claro que sim, você me dá prazer — ele soltou. — Não tem como me dar mais prazer.

Um sorrisinho expressivo curvou seus lábios.

— Eu poderia tentar.

Ela se inclinou para ele, levando-o na boca mais uma vez, e ele permitiu que sua cabeça pendesse para trás, fechando os olhos. Então se rendeu ao êxtase puro das sensações, tudo intensificado na ausência de visão. O suspiro suave de prazer que ela deu enquanto o chupava, o deslizar molhado de seus lábios sobre seu pau duro, as respirações irregulares. Ela recuou novamente e circulou a cabeça do pau com a língua.

— Droga, Ellie. — Ele não aguentava mais essa tortura. — Eu tenho que estar dentro de você.

Gentilmente, ele se desvencilhou dela e a ajudou a se levantar. A expressão atordoada dela lhe disse que estava tão afetada quanto ele, e adorou isso.

— Eu não tinha terminado — ela reclamou.

Sempre teimosa, essa mulher dele.

Ele riu e a beijou, e então a puxou para a cama.

— *Eu* ia terminar se sua boca ficasse em mim por mais um segundo.

Eles eram um emaranhado de braços e pernas nus sobre os lençóis, os corpos entrelaçados nos lugares certos, sua ereção dolorida espiando por sobre as dobras inchadas dela. Ele se moveu na direção dela e deu-lhe outro beijo – longo, lento e completo. Do jeito que ele pretendia foder com ela.

Ele provou a si mesmo nos lábios dela enquanto suas línguas se acasalavam. Ela esfregou os seios no peito dele e segurou-o com força pelos ombros. Como ela o deixava louco. Sua maciez era inebriante, seu corpo era curvo e farto nos lugares certos. Ela lhe deu mais prazer do que ele poderia esperar. Certamente, mais do que ele merecia.

Levando a mão entre eles, ele agarrou o pau e passou pela abertura dela. Ela estava encharcada. *Puta merda,* como um homem podia aguentar? Segurando-se com mais força, esfregou o clitóris dela, usando a ponta do pau para brincar com ela e torturando os dois. Os quadris dela balançaram quando ela gemeu no beijo.

Bom. Ela estava molhada e pronta para ele. Mas ele a queria um pouco mais selvagem.

Separou suas bocas e se apoiou em um cotovelo para chupar primeiro um seio, depois o outro. Ele chupou com força e o corpo dela se curvou no colchão. Os dedos dela encontraram o cabelo dele, agarrando um punhado e puxando as raízes.

Sim, ele gostava bastante disso. Ele falaria para ela depois, quando fosse capaz de falar. Não havia mais capacidade para palavras agora. Por enquanto, ele era só ação e sensação. Brincou com os seios dela, mexendo no clitóris com o pau até ela se contorcer por baixo. E então desceu pelo corpo dela, colocando as mãos na pele flexível entre as coxas dela e abrindo-a.

Sem perder um segundo, abocanhou sua boceta. O gosto era almiscarado e floral do banho, e ele queria mais daquela umidade em sua língua. Queria cada gota que ela tinha para dar. Seu pau teria que esperar.

Chupou o clitóris, depois passou a língua por cima em golpes rápidos que fizeram os quadris dela se erguer seguidas vezes. *Sim.* Ela estava no limite, só de chupar seu pau e dos beijos que trocaram. Da próxima vez, talvez ele a deixasse terminar com ele, e depois de gozar na boca dela, ele comeria sua boceta até que ela estivesse tremendo e sem fôlego sob ele.

O pensamento o fez pressionar o pau no colchão em uma busca desesperada por alívio. Mas ainda assim, ele não pararia até ela atingir o clímax. Repetidas vezes, passou a língua pelo clitóris inchado. Então, ele se moveu para baixo, saboreando enquanto a lambia. Ela estava tão encharcada, e ele fazia o seu melhor para lamber tudo o que ela lhe dava e depois mais, tão doce em sua língua.

Ele voltou ao nó de seu sexo e mordiscou-o enquanto separava suas dobras e afundava um dedo em sua vagina, preparando-a para sua entrada. A sensação dela em seu dedo era apertada, quente e molhada, tão deliciosa que ele sabia que ia gozar assim que seu pau estivesse em seu interior.

SCARLETT SCOTT

Ela ficou tensa, e ele mordeu suavemente o clitóris, depois passou a língua em movimentos leves e rápidos que a fizeram se abrir. Ele afundou o dedo ainda mais, procurando pelo lugar especial que ele sabia por experiência que aumentaria seu prazer. Ele o encontrou, e curvando o dedo indicador, pegou o clitóris entre os dentes.

Ela se contraiu, todo o corpo tenso embaixo dele quando alcançou o orgasmo. A descarga de seu gozo banhou seu dedo e desceu pela palma da mão, pelo pulso. Ele retirou e não resistiu em colocar a boca ali, lambendo o resultado do prazer dela. Nunca tinha sentido um gosto melhor.

Quando a deixou mole e saciada, do jeito que a queria, ele se levantou mais uma vez e se acomodou entre suas coxas. Alinhou o pau com a entrada cálida, guiando-se para onde pertencia. O calor úmido o atraiu, assim como a mudança de posição do corpo dela. Suas pernas se abriram mais, seu corpo segurando o dele. As mãos dela estavam por toda parte. Em seu peito, ombros, costas.

— Você está pronta, amor? — ele perguntou, a voz parecendo como se tivesse enferrujado ao longo do ato sexual. Palavras tornaram-se alheias e desnecessárias. Seus corpos falavam um com o outro.

— Estou. — Ela passou os braços em volta do pescoço dele, puxando-o para perto.

Seus lábios se fundiram e ele avançou dentro dela, engolindo seu grito com um beijo. Ele parou, cercado pela constrição incrivelmente apertada de sua boceta. Era bom. Muito bom. Ele estava embriagado com a sensação de finalmente estar dentro de Elysande, mas não queria machucá-la. Precisava se mover, precisava se enfiar mais completamente, mas também tinha que tomar muito cuidado. Esta mulher era mais preciosa para ele do que qualquer coisa.

Ele ergueu a cabeça.

— Como você está se sentindo?

Ela se mexeu inquieta sob ele.

— Eu me sinto esticada e cheia, tão maravilhosamente cheia.

— Dor? — sondou, mesmo quando tudo nele berrava para que continuasse. Para deslizar o resto dentro dela.

— Uma pontada. É diferente, mas de um jeito bom, acho.

Ele podia ver a mente ágil dela trabalhando. Ela era tão prática, e claro que aplicaria sua lógica até mesmo ao quarto. Mas ele queria libertá-la de seus pensamentos. Deixá-la irracional e ofegante.

— Você acha? — Hudson beijou-a no canto dos lábios. — Terei que fazer o meu melhor para convencê-la então.

Levando a mão entre seus corpos, encontrou seu clitóris, que estava inchado e escorregadio depois das atividades anteriores. E tão maravilhosamente receptivo. Ele brincou com ele, aplicando uma pressão mais constante.

— Você está se mostrando maravilhosamente convincente — ela murmurou.

O duque sorriu, encantado com a aceitação fácil dela de sua natureza sensual. Hudson não conseguia se lembrar de ter se esforçado tanto para prolongar o ato sexual. Ele sempre teve o cuidado de atender às necessidades de suas amantes no passado, mas estar com Elysande era diferente em todos os sentidos. Ele queria que durasse para sempre. Passar uma eternidade em seus braços.

Beijou o outro canto dos lábios dela e se permitiu outra estocada superficial. Ele estava mais fundo dentro do calor aconchegante, seu corpo se contraindo ao redor dele com tanta força que ela quase o espremia. Cerrando a mandíbula, ele ficou onde estava, concentrando-se em dedilhar o clitóris dela, cortejando-a de todas as maneiras possíveis até ela começar a se mover inquieta sob ele mais uma vez, os quadris procurando.

— E agora, amor? — ele perguntou, antes de dar-lhe um beijo delicado nos lábios entreabertos, absorvendo suas inspirações curtas.

Quando ergueu a cabeça, ela pegou o rosto dele entre as mãos, o olhar vidrado de paixão.

— Mais, Hudson.

Duas palavras simples, o suficiente para fazê-lo perder o controle sobre seu corpo. Seus quadris bombeavam, e então ele estava por completo dentro dela, o aperto palpitante da boceta ao redor de seu pau era tão delirantemente bom que ele temia que a cabeça pudesse explodir. Ele permaneceu como estava por um segundo, desfrutando da intensidade da sensação.

Ela era tudo o que imaginava que seria, só que mais. Muito mais. Estar dentro de Elysande desse jeito parecia um regresso ao lar. O pensamento súbito e louco de que ele fora destinado a estar com ela o atingiu, e teimosamente se recusou a desaparecer. Mas então ela se balançou contra ele, impacientemente insistindo que ele continuasse, e qualquer pensamento coerente fugiu mais uma vez.

Com voracidade, ele a beijou novamente, permitindo-se mover. Lentamente no início, retirando-se até ficar quase completamente fora dela, e depois deslizando de volta até estar exatamente onde pertencia, agarrando-se tão fundo dentro dela que eles eram um só da maneira mais elementar que existia.

Era tão bom.

Ela era tão boa.

Perfeita e certa e molhada e quente, prendendo-o até ele chegar próximo ao limite. Ele parou de beijá-la para se levantar e observar enquanto a fodia, sem querer perder um segundo desta união, precisando entregar cada momento à memória. Seu pau estava grosso e molhado com a umidade dela, deslizando para dentro e para fora com golpes lentos e ritmados.

Logo depois, lembrou que ela não havia gozado uma segunda vez, e precisava corrigir isso. Deslizou os dedos por entre os pelos castanhos encaracolados, encontrando o clitóris dela com uma eficiência infalível. Tocou-o com pressão e velocidade, notando quando ela se apertava mais nele, seu corpo estremecendo contra o dele. Sim, ela gostava disso. Ela gostava forte e rápido.

— Goze pra mim, Ellie — ele a encorajou, as palavras roucas, em parte comando, em parte apelo. — Quero sentir você gozar no meu pau.

Ela se agarrou nele, inclinando a cabeça para trás no travesseiro ao gritar durante o orgasmo intenso. Ele continuou dedilhando seu clitóris enquanto as ondas de tensão caíam sobre os dois. Não havia nada mais bonito do que Elysande se desfazendo enquanto ele a enchia com seu pau.

— Ah, Hudson, eu... *ah*!

Outro gemido longo e baixo.

Isso, caralho, isso.

Ele estava perto agora também. Ele se preparou e arremeteu com mais força, tomando menos cuidado agora que o corpo dela havia se ajustado ao dele. Para dentro e para fora. Para dentro e para fora. Besta em vez de homem. Fodendo-a sem pensar. Mais umidade revestiu seu pau, e isso era tudo o que ele precisava. Ele afundou ainda mais uma última vez, e então se retirou, segurando o pau enquanto gozava. A liberação dele jorrou pelos seios dela.

Hudson desabou na cama ao lado dela, o coração trovejando no peito, o único pensamento coerente em sua mente era o de que não havia visão mais bonita do que a da esposa, saciada e feliz em sua cama com seu sêmen marcando sua pele alva.

CAPÍTULO 12

Elysande acordou com a luz se infiltrando pelas bordas das cortinas e um homem em sua cama.

Não apenas qualquer homem.

Hudson.

O marido dela.

No sono, sua aparência era mais suave. Todas as linhas rígidas e ângulos afiados de seu bonito rosto estavam relaxados. Ele estava de frente para ela, a cabeça aninhada no travesseiro, o cabelo escuro cobrindo a testa. A barba por fazer em sua mandíbula estava ainda mais visível esta manhã, emprestando-lhe um ar desleixado que não a impediu de admirá-lo. Seu corpo estava dolorido e sensível em lugares estranhos, e seu cheiro era o dele.

Ontem à noite tinha sido...

Como encontrar a palavra?

Seu vocabulário parecia pateticamente inadequado.

Em seu coração esta manhã queimava um novo senso de conexão com ele. Estiveram tão próximos quanto duas pessoas podiam estar. Ela se sentia viva e consciente de uma maneira totalmente nova. Ele tinha sido tão carinhoso depois que fizeram amor, cuidando dela, colocando-a ao seu lado e abraçando-a enquanto ambos adormeciam.

Mas agora a manhã estava aqui e, com ela, o inevitável retorno às preocupações que enfrentavam. Uma mulher foi assassinada. Havia algo errado com a investigação. E ela não conseguia se livrar do medo de que Hudson corria perigo.

Ele se mexeu e emitiu um som profundo de contentamento, ficando de costas. A roupa de cama escorregou, revelando a vastidão de seu peito de dar água na boca. Apesar da apreensão que se agitava dentro dela, ela ficou um momento admirando a forma dele sob a brilhante luz do dia.

Era errado cobiçar o marido enquanto ele dormia?

Ela deveria acordá-lo?

Não, seu instinto disse. *Deixe-o dormir.* Ele passou por tanto tumulto nos últimos dias. Ele merecia o máximo de descanso possível, livre das preocupações que enfrentavam.

— Mmm — ele murmurou, a sílaba solitária foi um resmungo grave de contentamento que a deixou consciente da presença dele.

Ele se espreguiçou, passando a mão sobre o peito nu, e seus olhos se abriram. Sua discussão consigo mesma era inútil. Ele acordou. E no instante em que seu olhar se fundiu com o azul-acinzentado, algo dentro dela remexeu. Consciência se transformou em desejo.

— Bom dia — ela disse, com a voz suave, de repente também sentindo-se tímida.

Não corria o risco de ser indecorosa, pois a colcha cobria seus seios. Não que isso importasse. Ele já tinha visto cada pedacinho dela. E beijado e lambido uma boa parte também.

A lembrança fez o calor se alastrar por dentro.

— Bom dia, Ellie — disse ele, dando-lhe um sorriso sonolento que transformou seu rosto de bonito para desleixadamente lindo.

Aqueles lábios. Eram tão minuciosamente desenhados. Perfeitos para beijar. Muito grandes e abundantes para um homem, como pensara antes. Mas agora, a observação era acompanhada pela certeza de que eram um convite ao pecado. Um pecado que ela recebia de bom grado.

— Como você dormiu? — ela perguntou, afugentando a rouquidão da garganta.

— Surpreendentemente bem. — Ele estendeu a mão, segurando sua bochecha na palma grande e quente. — Como está se sentindo?

Ele estava se referindo ao que acontecera entre eles, e ela não queria que ele pensasse que havia sofrido nem por um segundo. A dor era quase deliciosa.

— Maravilhosa — respondeu ela, dando-lhe um sorriso tímido.

Isso era novo para ela. Nunca tinha prestado atenção aos cavalheiros antes. Nunca tinha encontrado nenhum homem digno de sua distração. Nunca flertara, beijara ou fizera papel de coquete. E, no entanto, aqui estava ela com esse homem magnético com quem se casara, totalmente cativada.

Provavelmente, ela se arrependeria de seu fervor. O casamento deles era de conveniência. Não era para haver envolvimento do coração. Nunca.

Mas ela não tinha um pingo de arrependimento pelo que viveram até agora.

— Você se sente maravilhosa — disse ele, com ternura, o semblante ficando suave de uma nova maneira. — E você também está maravilhosa.

Ela se pegou sorrindo.

— Tenho certeza de que minha aparência é uma visão terrível, meu cabelo todo emaranhado e com os vincos do travesseiro na bochecha.

— Não vejo emaranhado nem vincos. Tudo o que vejo é uma mulher incrivelmente bonita e desejável com quem tive a sorte de me casar.

Ela virou a cabeça e deu um beijo na palma da mão dele.

— Você sabe como encantar muito bem.

— Estou sendo sincero — ele retrucou. — Como já lhe disse antes, você é inegavelmente adorável, Elysande.

Ela nunca se sentiu adorável antes, nem mesmo na ocasião anterior em que ele lhe dissera aquelas palavras. Na verdade, sua aparência nunca foi uma preocupação para ela.

— Sou completamente comum.

— Nada em você é comum. — Ele traçou os lábios dela com a ponta do polegar. — Tudo em você, do seu intelecto ao seu sorriso, é absolutamente extraordinário. Eu lhe juro.

Céus. Como ele sempre sabia o que dizer? Será que conseguiria proteger o coração desse homem? A resposta parecia cada vez mais um retumbante 'não'.

Ela se importava? Neste momento, decididamente não.

— Você é muito gentil — disse, certa de que estava enrubescendo dos pés à cabeça.

Ele tinha um jeito de olhar para ela, como se ela fosse a única mulher que ele desejava ver, que a deixava fora de prumo. E as palavras dele... como poderia se armar contra elas?

— Nunca duvide de si mesma. — Deslizou para perto dela, o corpo grande e seu calor, ambos bem-vindos. — Sou mesmo um homem de sorte por chamá-la de minha esposa.

Ela estendeu a mão para ele, sentindo-se atrevida. Passou os braços em volta do pescoço dele e, de repente, ela se viu corando, do peito ao quadril. Seus seios se espalharam na força musculosa dele, os mamilos endureceram, e quando o comprimento grosso roçou sua barriga, sentiu um calor aconchegante em seu abdômen com a evidência do desejo viril.

— Sinto o mesmo — ela conseguiu dizer, tropeçando um pouco nas palavras enquanto a maré de desejo crescia ainda mais.

— Droga — ele rosnou, esfregando a barba por fazer na bochecha dela. — Você me faz querer você a cada segundo de cada hora, de cada dia.

Não sabia muito bem como exercia tal poder sobre ele, mas isso a satisfazia, pois ele tinha o mesmo efeito sobre ela. Pelo menos nessa loucura, eram semelhantes.

— É apropriado fazer amor de manhã? — No momento em que fez a pergunta, corou com muita intensidade, ciente de como soou obscena. — Me perdoe. Não quis sugerir...

A boca dele na sua impediu com sucesso o restante da frase. Esse beijo era diferente do encontro frenético e inebriante de bocas de ontem à noite. Esse beijo foi demorado. Ele angulou os lábios aos dela, começando com movimentos leves e suaves. E então com um gemido, ele passou a língua por seus lábios. Ela abriu a boca, ávida e pronta para mais.

Mais tarde, talvez, ela o repreendesse por silenciá-la com um beijo. Por enquanto, estava se deleitando com o ataque sensual. Ele posicionou uma coxa entre as dela, os pelos ásperos da coxas musculosas causando uma nova sensação estranhamente agradável. Mais uma evidência da diferença entre eles e de como se encaixavam com perfeição, apesar de suas divergências. Ela se remexeu e a coxa grossa de Hudson se encontrou com sua carne interior mais sensível.

Uma onda de desejo começou em seu centro e se propagou. O atrito foi gostoso. Muito gostoso. E ele também era. Os lábios, o corpo, cada pedaço dele. Fazer amor com ele na noite anterior a despertou de uma nova maneira. Estava mais alerta do que nunca, viva e cheia de possibilidades.

E desejo. Isso também.

A languidez do beijo foi substituída por mais da mesma ferocidade da noite anterior. A pressão de seus lábios nos dela aumentou, e ele pegou todo seu lábio inferior por entre seus dentes e puxou com força. Um gemido ofegante fugiu de seus lábios enquanto ele a rolava suavemente de costas, o corpo grande se acomodando sobre o dela.

A ponta proeminente de seu pau pressionou a coxa macia e feminina. Ele a queria. A consciência disso gerou uma faísca como resposta ao seu núcleo, onde ela já estava molhada e latejando. No fundo, havia uma dor, uma sombra de dor, e mesmo essa nova dor era a fonte de tanta necessidade.

— Ellie — ele murmurou, em seus lábios, o olhar brilhante, a respiração resvalando sobre a boca úmida. — Meu Deus, Ellie.

Ela amava a maneira como ele a chamava de Ellie e, em seu delírio, decidiu que proibiria qualquer outra pessoa de usar o diminutivo novamente. Deveria pertencer apenas a ele, como ela pertencia. Pensamento estúpido. Ela tinha sido Ellie durante toda a sua vida. Como esse homem conseguiu transformar seu apelido não apenas em uma adulação, mas em uma sedução?

Ela não sabia, mas ele de alguma forma o fez.

A mão quente dele deslizou por sua cintura, seu quadril. Ele a beijou novamente e ela esqueceu de se preocupar com seu nome. Céus, esquecera até seu nome. Era somente um aglomerado de sensações, um monte de sentimentos torcidos com força, mergulhados na luz do sol e no desejo. Ele acariciou a parte interna de sua coxa, pedindo que se abrisse para ele, e então seus dedos substituíram a perna que havia colocado entre as dela. O toque viril permaneceu sobre o botão inchado.

— Tão macia e molhada — Hudson disse isso como se fosse o maior elogio, e ela o aceitou como tal. Seus beijos viajaram da mandíbula até a orelha, e ele mordeu suavemente o lóbulo. — Eu poderia devorar você.

Ellie inclinou a cabeça para trás no travesseiro enquanto ele descia por sua garganta.

Sim, por favor.

Ela não tinha certeza se disse as palavras em voz alta ou se elas só existiam em sua mente. A diferença nem teve importância quando ele chupou seu mamilo e dedilhou aquele botão delicadamente sensível escondido em suas dobras. Um dedo brincou na sua entrada, mostrando a evidência de seu próprio desejo nela.

Ele soltou seu mamilo.

— Sinta como você está molhada, amor.

Elysande rebolava os quadris agora. Procurando. Aquela sensação elusiva, tão maravilhosa que nunca fora totalmente capaz de imaginar, envolvente. Ela queria ser esticada e preenchida por ele. Queria o pau grosso fundo dentro dela. Ele chupou seu outro mamilo e a penetrou com o dedo, afundando-o lentamente em sua boceta.

— Você está dolorida? — ele perguntou com a voz suave, passando a língua no pico rígido de seu peito enquanto ao mesmo tempo mexia em seu botão e deslizava o dedo até a metade.

Não de uma forma que a impediria de fazer amor com ele de novo.

Ela moveu os quadris, tomando-o mais fundo.

— Não.

O duque empurrou o dedo para dentro e para fora e desenhou um círculo ao redor de seu mamilo com a língua. Mais um toque de seu polegar e o êxtase se apoderou dela. Ela se contraiu ao redor dele, faíscas disparando através de seu corpo enquanto se desmanchava.

Ele beijou sua boca, e então ficou completamente preso entre suas coxas, prendendo-a no lugar, o peso de seu corpo familiar e quente. Ela o segurou com força, as mãos delineando os contornos das costas másculas. Pele macia esticada com firmeza sobre tanto músculo. Tanta força mal reprimida. Seus lábios encontraram os dela, e ele a beijou com ternura, posicionando-se acima e apoiado em um antebraço enquanto os dedos ágeis continuavam seu trabalho, brincando com a carne gananciosa e fazendo-a tremer e se contorcer embaixo dele, desesperada por mais.

Quando achou que não aguentaria nem mais um segundo, seus dedos se foram, substituídos pela ponta lisa e redonda de seu membro. Como ontem à noite, ele se esfregou para cima e para baixo na abertura cálida, provocando-a enquanto revestia o pau com sua umidade. Um gemido escapuliu dos lábios de Elysande.

E então, ele estava em sua entrada. Ele remexeu os quadris. O comprimento grosso a penetrou com um movimento suave. Houve uma leve ardência à medida que seu corpo se acostumava a essa intrusão ainda nova, muito maior do que a anterior. Mas ela estava impaciente enquanto ele se mantinha imóvel, e ela impulsionava os quadris na direção dele. Com as mãos espalmando a bunda máscula, ela o puxou para mais perto.

Hudson afastou os lábios dos dela, beijou sua bochecha e cheirou sua garganta.

— Paciência, querida. Não quero te machucar.

Paciência? Ela não tinha nenhuma. Cada parte dela estava furiosa para que ele se mexesse. Para que fosse mais rápido. Mais fundo. Mais forte. Ele não estava sentindo essa mesma tortura excruciante?

Ela envolveu as pernas em volta dele, estimulando-o.

Finalmente, uma palavra lhe escapou.

— Mais.

Sim, era isso o que ela queria. *Mais*. Mais Hudson, mais beijos, mais fricção, mais prazer.

Ele gemeu e chupou sua garganta. Com outro empurrão, ele estava todo dentro, seu pau latejando fundo dentro dela. Como na noite passada, a sensação dele totalmente embainhado, seus corpos unidos, a encheu com uma combinação vertiginosa de fascinação e prazer. Era tão boa a sensação de senti-lo tão fundo, mas agora sabia que a única sensação melhor do que tê-lo dentro dela era quando o movimento começava. Era isso o que ela precisava, o que queria. Fazer amor.

Os quadris dela balançaram na direção dos dele como se tivessem vontade própria, estimulando-o em um ritmo. Ele lhe deu o que ela queria, entrando e saindo enquanto ela se apertava ao redor de seu pau. Ela se lembrou de como ele havia se separado dela quase antes, observando o lugar em que se conectaram, o desejo intenso em seu rosto quando fez isso. Esse acoplamento era diferente. Ele estava pesado sobre ela, seu corpo ancorando o dela na cama de uma maneira primitiva ao reivindicá-la completamente.

A pele de ambos estava úmida de suor, os corpos trabalhando em uníssono. Ele deslizou os dedos para o lugar onde se conectavam, encontrando aquele botão extremamente sensível e esfregando-o com movimentos rápidos e precisos. A explosão de prazer seguinte a pegou de surpresa, dominando-a depressa. Ela se agarrou a ele com força enquanto ele aumentava o ritmo, arremetendo contra ela repetidas vezes até seu corpo retesar, e ele se retirou.

Desta vez, ele gozou na roupa de cama ao lado dela, segurando o pau com força ao fechar os olhos e se render à força do próprio clímax. Suas respirações eram irregulares, e ela ficou lá deitada admirando-o, todos os ângulos e traços oblíquos e inclinados. A beleza sombria de seu rosto áspero e bonito.

E foi então que percebeu que já tinha perdido a oportunidade de proteger seu coração. Estava apaixonada pelo homem com quem se casou.

Quando Hudson era muito jovem, inventou um jogo para ocupar os pensamentos e o tempo. Nenhum dos irmãos tinha vivido o suficiente para poder brincar com ele, e muitas vezes ele passou muito tempo sozinho enquanto a mãe dormia ou a enfermeira estava distraída. O jogo envolvia a perseguição de um vilão astuto, que teria cometido algum tipo de delito, o que levava Hudson a perseguir o criminoso imaginário pela casa. Em uma dessas ocasiões, antes da morte da mãe, ele estava correndo na sala e quebrou o vaso favorito dela. A peça se partiu em dezenas de cacos no chão.

Ele tinha ido confessar, a culpa o comendo por dentro, os cacos enfiados nos bolsos. Ela ficou furiosa. O vaso pertencera à mãe dela.

Menino descuidado e estúpido, ela disse, e deu-lhe um tapa na orelha.

Foi a única vez que a mãe foi violenta com ele, e ele nunca esqueceu nem o momento em que o vaso caiu nem a reação da mãe.

Teve a premonição do mesmo erro naquela manhã, logo após o café, quando o mordomo informou Hudson que o inspetor-chefe O'Rourke havia chegado para vê-lo. Elysande queria acompanhá-lo no encontro, mas ele recusou. Esta era sua batalha particular.

Ontem à noite, foi imprudente.

Esta manhã, foi descuidado.

Fazer amor com Elysande era errado enquanto ele ainda não sabia o que aconteceria com a investigação sobre a morte de Maude. Embora não tivesse gozado dentro dela, havia um risco de gravidez, e ele não queria deixá-la com uma criança se fosse preso por assassinato. Precisava ser mais cuidadoso com suas ações. Para garantir que nada de mal acontecesse a ela.

Para protegê-la.

O'Rourke o esperava na pequena sala de recepção com tapete puído e janela com vista para a rua abaixo. Hudson preparou-se para a conversa adiante ao cruzar a porta.

Sargento que tinha sido promovido na sequência da saída de Hudson da Yard, O'Rourke estava ávido pelo desejo de provar sua capacidade. Hudson sabia disso, mas agora temia ter subestimado o homem.

— Espero não ter atrapalhado seu café da manhã, Vossa Graça — disse O'Rourke, com notória falsidade.

Seu lábio se curvou.

Hudson sabia muito bem que a mudança de seu status social causara desgosto e ressentimento a alguns de seus ex-colegas. Para eles, não importava que tivesse herdado dívidas vultosas e uma montanha de obrigações incessantes junto com o título. Havia se tornado um duque, e esse título estava fora do alcance da maioria dos homens em toda a Inglaterra, ainda mais para membros da Scotland Yard.

— Acabei de terminar — ele respondeu para O'Rourke com frieza, cuidando para manter uma expressão neutra.

Embora suas interações anteriores nunca o levaram a acreditar que O'Rourke era o inimigo, agora tinha motivos para pensar o contrário. Tinha levantado suspeitas.

— Você tem mais um pouco de tempo, então, para falar sobre a morte da Sra. Ainsley, acredito? — perguntou o inspetor.

Ele inclinou a cabeça.

— Sempre tenho tempo para ajudar nos esforços de resolver um crime. Posso ser o duque de Wycombe, mas é só isso o que mudou. Por favor, sente-se. Gostaria de café ou chá?

— Não, obrigado — recusou o inspetor-chefe O'Rourke, embora tenha aceitado o convite de Hudson para se sentar, acomodando-se em uma cadeira. — Tomei meu café esta manhã com a Sra. O'Rourke.

Hudson também se sentou, imaginando a respeito de que merda essa nova conversa poderia ser. Esticou as longas pernas diante de si, cruzando-as na altura dos tornozelos em uma pose indolente que esperava passar uma aura fingida de tédio confortável.

— Diga-me o que é que precisa de mim, inspetor.

— Gostaria de ter a gentileza de informá-lo que uma nova testemunha se apresentou, uma jovem que estava nas proximidades de seus aposentos no momento do assassinato da vítima.

Uma nova testemunha? Hudson franziu a testa, refletindo sobre essa revelação.

— Vários dias se passaram desde a morte da Sra. Ainsley. Por que a testemunha só se apresentaria agora?

— Como você sabe, o tempo pode ser longo entre a execução de um crime e a notícia se espalhar o suficiente até aqueles que podem ajudar na resolução. — O'Rourke deu-lhe um sorriso presunçoso. — Um dos meus casos mais desafiadores envolveu uma mulher que havia desaparecido por três meses antes de seu parente mais próximo, um irmão com quem tinha se desentendido, entrar em contato com a Scotland Yard. Ela foi estrangulada, o cadáver esquartejado deixado em sacos de batata espalhados por Londres inteira. Suponho que você não se lembrará do caso, sendo tão jovem.

As palavras afiadas do inspetor eram um lembrete de outra razão pela qual alguns colegas da Scotland Yard não gostavam dele. Ele subiu de posição muito rápido. Sua determinação e capacidade de resolver casos com eficiência e sem demora o guiaram a seu papel proeminente. Ele fora escolhido entre homens que eram membros há muito mais tempo.

Homens como O'Rourke.

Deu um sorriso discreto, perguntando-se se O'Rourke esperava que ele ficasse intimidado diante da menção do cadáver maltratado ou com raiva da condescendência pouco velada em relação à sua idade.

SCARLETT SCOTT

— Estou mais do que ciente das características de desdobramento de um caso. Minha surpresa nesta situação não vem da ignorância, mas, sim, do clamor público significativo que o assassinato da Sra. Ainsley gerou.

— A dama em questão estava circulando pela cidade desacompanhada — O'Rourke explicou, com um sorriso antipático. — Ela estava, infelizmente, envolvida em um caso de natureza um tanto escandalosa e com dificuldades para lidar com as consequências de revelar a mentira. Sua consciência venceu o desejo de impedir que o marido soubesse de suas aventuras noturnas.

Então, a dama em questão estava se encontrando com um amante. Não era de surpreender. Também não era de surpreender seu desejo de manter os pecados em segredo se seu marido não fosse do tipo que perdoava.

— E que novas pistas essa testemunha ofereceu? — ele perguntou, sabendo que havia uma razão para a visita de O'Rourke.

Uma razão também para o ar satisfeito que o inspetor exibia esta manhã, tão descarado quanto o casaco e o bigode bem aparado.

— Ela relata que viu um homem entrando em seus aposentos aproximadamente às dez horas da noite. — O'Rourke ergueu uma sobrancelha. — O homem que ela descreveu é alto e tem cabelo escuro, ombros largos e quadril estreito. Ele estava usando roupas muito bem-feitas e a mandíbula era quadrada e os olhos azuis ou verdes. Em suma, o homem se assemelha a você, Vossa Graça. Como você sabe, a autópsia indicou que a vítima morreu aproximadamente às dez e meia.

Ah.

Eis aqui.

O'Rourke acreditava ter obtido mais evidências que apontavam para a culpa de Hudson.

— Muitos detalhes para a dama relatar em uma noite escura — observou ele, em um tom calmo. — Principalmente considerando que a luz da rua perto do boticário não estava funcionando naquela noite. É de se perguntar como essa testemunha teria sido capaz de discernir a cor dos olhos.

Ele sabia disso por suas próprias investigações. A escuridão provavelmente tornara a fuga do assassino muito mais eficiente. Até onde Hudson sabia, nenhuma testemunha tinha visto alguém em seus aposentos além da própria Maude. E mesmo esse fato permanecia incerto com suspeitas e perguntas.

As narinas do inspetor se alargaram.

— A luz da lua estava forte naquela noite. Era quase lua cheia.

Hudson ficou mais irritado.

— Há outro problema com sua teoria, inspetor-chefe O'Rourke. Às dez horas da noite, eu estava no clube Black Souls com vários outros cavalheiros que ficarão mais do que satisfeitos em atestar minha presença lá.

Certamente o inspetor-chefe O'Rourke já teria interrogado os membros de seu clube se Hudson fosse de fato o principal suspeito. Negligenciar tal passo teria sido injustiça. Vaidade. Mas O'Rourke era um sujeito arrogante.

— Vou solicitar os nomes — disse o inspetor, num tom de voz inexpressivo. — Será necessário abrir um inquérito. No entanto, enquanto isso, gostaria que me acompanhasse à Scotland Yard para que a testemunha possa determinar se você era ou não o homem que ela viu naquela noite.

Ele percebeu a tática do inspetor. Mas não estava prestes a ser derrotado em seu próprio jogo.

— Não irei acompanhá-lo à Scotland Yard até que você fale com as testemunhas que podem confirmar que eu estava no Black Souls até depois da uma hora da manhã. — Na verdade, estava surpreso que O'Rourke ainda não tivesse feito isso para confirmar seu álibi.

— Vossa Graça, podemos fazer isso sem alarde para minimizar os danos à sua reputação, ou você pode causar um tumulto que irá alimentar as fofocas — disse O'Rourke, com frieza. — A escolha é sua. Recomendo que me acompanhe à Scotland Yard esta manhã.

— Inspetor-chefe O'Rourke, se eu não estiver errado, você está tentando me culpar pelo assassinato da Sra. Ainsley. — A indignação de Hudson era tanta que suas mãos estavam tremendo, e ele agarrou os braços da cadeira para impedir que o olhar ganancioso do inspetor detectasse.

O'Rourke inclinou a cabeça, sua expressão tensa e indecifrável.

— Não estou tentando nada, Vossa Graça. A evidência é objetiva e aponta na direção do criminoso responsável em todos os casos.

Provavelmente, ele deveria segurar a língua, mas estava se tornando cada vez mais evidente para Hudson que o Inspetor guardava algum tipo de rancor contra ele e estava usando esse rancor para retratar Hudson como o assassino.

— Não quando o investigador está olhando na maldita direção errada — rebateu, ríspido. — Eu lhe disse na noite do assassinato, assim como lhe disse em todas as ocasiões desde então, que sou inocente. Ninguém deseja que o monstro responsável pelo assassinato dela seja levado à justiça mais rapidamente do que eu. No entanto, não sou o assassino da Sra. Ainsley.

SCARLETT SCOTT

— A verdade dessa declaração ainda não foi provada — disse O'Rourke, o tom presunçoso.

Hudson não conseguia se livrar da sensação de que o homem diante dele estava orquestrando uma farsa, e ele já havia escalado todos para os papéis que escolhera para eles. Ele queria acreditar que Hudson havia assassinado a Sra. Ainsley e, portanto, estava em uma missão para fazer tudo ao seu alcance para provar seu argumento.

Hudson se levantou da cadeira, furioso demais para suportar mais um segundo na presença do inspetor.

— Saia da minha casa.

Ainda assim, o outro homem se recusou a levantar, um grave insulto à hierarquia. Até Hudson sabia dessa merda, e ele tinha noções vagas da legião de regras sem sentido que governavam a aristocracia e a alta sociedade.

— Você deve concordar em me acompanhar à Scotland Yard — O'Rourke insistiu —, ou isso não será bom para você. Seria de se esperar alguma humildade, ou talvez até gratidão de Vossa Graça, dado que estou disposto a fazer tal concessão por deferência à sua respeitável pessoa.

Que merda completa e absoluta.

O homem realmente esperava que ele acreditasse nisso?

— Mostre-me seu mandado, inspetor — ele exigiu, sabendo muito bem que o outro homem não possuía um.

Ele teria que ter muito mais provas do que alegou possuir para obter um mandado e, se tivesse conseguido um, ou por milagre ou por ter molhado a mão certa, O'Rourke teria começado esta conversa com ele e seu decreto unilateral de que Hudson não teria escolha a não ser obedecer.

Lentamente, o inspetor se levantou da cadeira, a calma superficial escapando por um momento para revelar o homem por baixo – amargo, irritado, arrogante.

— Não queria seguir esse caminho, Stone. Você era um de nós, e agora é um duque esnobe. Minha intenção era preservar sua dignidade. Mas já que se recusa a cooperar, me deixa sem escolha.

— Não sou mais Stone, sou Wycombe agora. — Seu lábio se curvou. — E me recuso a cooperar mesmo. Não volte à minha propriedade até que tenha um mandado, senhor.

Com esse aviso, ele deu as costas ao inspetor e saiu da sala, batendo a porta atrás de si.

CAPÍTULO 13

Elysande sabia que enviar o telegrama para sua família teria o potencial de incitar a ira do marido. Mas depois da visita do inspetor-chefe O'Rourke naquela manhã, o que deixou Hudson muito abalado, decidiu que precisava do apoio total daqueles que a amavam. A mãe e as irmãs logo chegariam a Londres de qualquer maneira para continuar planejando o casamento de Izzy com o Sr. Penhurst e a apresentação das gêmeas na corte. Eles poderiam simplesmente vir mais cedo do que o planejado anteriormente.

E quanto a revelar as circunstâncias da morte da Sra. Ainsley para eles após a sua chegada a Londres, a notícia iria alcançá-los em breve, se já não tivesse alcançado. Como aconteceu — e ela não deveria ter ficado surpresa, dada a relativa ausência de sua família da sociedade quando lhes agradava —, eles não tinham conhecimento do assassinato ou da especulação sem controle que perseguia cada passo de Hudson.

Foi por isso que, enquanto ela e o marido estavam desfrutando de um jantar silencioso e sério em geral, as portas duplas que levavam à sala de jantar, de repente, se abriram e sua mãe, pai e irmãos as atravessaram em uma cacofonia de vozes indignadas e com roupas de viagem. O pobre mordomo, já tendo sido encarregado de botar para fora um odioso inspetor da Scotland Yard mais cedo naquela manhã, vinha atrás, com a expressão impotente de resignação.

Hudson se levantou, e Elysande também o fez, bem a tempo de o pai agitar a bengala no ar tão descontroladamente que fez voar uma gelatina de carne e uma sopeira.

— Explique-se, Wycombe! — exigiu ele.

— Milorde — sua mãe repreendeu seu pai em voz baixa. — Eu te avisei para não fazer um espetáculo.

— Perdoe-me, Vossas Graças — o mordomo fez-se ouvir sobre o estrépito enquanto as irmãs e o irmão de Elysande começaram a falar todos de uma vez. — Eu pedi que esperassem, pois não eram esperados.

— Não eram esperados — Hudson falou devagar, num tom sério, lançando um olhar revelador na direção de Elysande. — De fato. Não precisa se preocupar, Williams. Lorde e Lady Leydon são da família, assim como todos os seus filhos acompanhantes.

Ele parecia calmo e satisfeito, mas certamente não estava feliz com essa interrupção e o caos resultante. Elysande se viu bastante irritada com eles, e foi ela quem telegrafou pedindo ajuda. Se soubesse que viajariam para Londres naquele mesmo dia e invadiriam seu jantar como anjos vingadores, ela teria reconsiderado.

O mordomo curvou-se e desapareceu da sala, deixando Hudson e Elysande sozinhos para enfrentar o turbilhão de Collingwood. Assim que a porta se fechou, seis vozes voltaram a gritar ao mesmo tempo, criando bastante furor.

— Se você me permitir explicar — Hudson estava dizendo, mas ninguém estava ouvindo.

— Eu confiei minha filha a você, e agora descubro que é suspeito de assassinato — seu pai esbravejou.

— Eu vou esmagar você feito um inseto — Royston ameaçou.

— Como ousa trazer tanta vergonha e escândalo para minha querida Ellie? — repreendeu Izzy. — Matar a amante enquanto forçava Ellie a viver no campo!

— Assassino! — gritou Criseyde.

— Porco! — Corliss berrou ao mesmo tempo.

Ah, meu Deus. Não era assim que ela tinha imaginado que a família viria a Londres oferecer apoio.

Elysande correu para frente, colocando-se entre Hudson e a família, as palmas erguidas em súplica.

— Por favor, não façam julgamentos precipitados!

Sua súplica foi ignorada.

— Canalha! — uma das gêmeas gritou.

Envergonhada, Elysande não conseguia discernir qual das duas tinha sido.

— Seu miserável — seu irmão estava dizendo, avançando, os punhos cerrados.

Em certa medida, ver Royston tão protetor encheu o coração de Elysande. Ela não sabia que ele era assim. No entanto, sua ira estava apontada na direção errada. Completamente errada.

Sua mãe cantarolava como um pardal, o pai falava atabalhoado e

Hudson estava impassível e quieto atrás dela, absorvendo todos os insultos como se os merecesse.

— Chega! — ela disse, a violência de sua explosão surpreendendo até mesmo Elysande. A sala ficou em silêncio, os olhos das irmãs, irmão e pais se arregalaram e se fixaram nela. — Claramente, vocês entenderam o telegrama errado. Pedi ajuda porque meu marido é inocente, não porque é culpado. A Sra. Ainsley não era amante dele. Também não era nada além de uma velha conhecida. Hudson nem estava em seus aposentos quando o assassinato ocorreu. Ele tem muitos bons amigos para atestar seu paradeiro na noite em questão. Ele voltou para casa e encontrou o corpo da Sra. Ainsley, e agora um detetive da Scotland Yard está determinado a vê-lo preso por um crime que não cometeu.

O silêncio na sala era quase ensurdecedor depois de tanto barulho quando ela completou o discurso apaixonado. Seu peito estava arfando, o coração batendo rápido. Ela se perguntou se parecia tão brava quanto se sentia. Provavelmente sim, pois sua família continuava olhando para ela como se ela tivesse professado um desejo fervoroso de ter asas e voar para o sol como Ícaro.

De repente, sentiu uma mão tranquilizante nas costas. E então o calor do braço de Hudson em torno de sua cintura ao dar um passo à frente e ficar ao seu lado.

— Ellie — disse ele, gentilmente, as palavras direcionadas apenas para ela —, você não precisa me defender.

— Vou defender você até meu último suspiro — ela retrucou, furiosa com a família por atacá-lo e mais furiosa consigo mesma por não ter previsto a maneira como interpretariam o telegrama. — Você é inocente e não vou ficar de braços cruzados enquanto é acusado e enviado para a prisão, sendo que o verdadeiro monstro responsável tem permissão para vagar livre e matar novamente.

A expressão dele era apenas para ela. Cheia de tanta ternura que doeu. O vínculo que desenvolveram nos últimos dias era inegável. Não apenas físico, mas emocional também. Não havia dúvida em seu coração de que ele era incapaz de cometer qualquer crime, muito menos um tão hediondo quanto o assassinato violento de uma mulher com quem havia jantado mais cedo naquela noite.

— Eu mereço a dúvida deles — disse ele, com calma.

— Não — rebateu ela, fervorosamente —, não merece.

SCARLETT SCOTT

— Talvez haja uma explicação — argumentou seu pai então, num tom severo.

Ainda o líder da família, embora Elysande tenha sido a primeira a abandonar o rebanho e começar a própria vida. Que pensamento estranho. Durante grande parte da vida, tinha sido filha e irmã. Agora ela era esposa. Tinha começado a própria família e uma nova vida com Hudson, e não tinha intenção de entregar nem sua vida nem ele para a Scotland Yard.

— Precisamos da sua ajuda, pai — disse ela ao pai. — Hudson e eu explicaremos tudo.

Ela lançou um olhar suplicante ao marido, esperando que ele não considerasse isso uma traição, mas que enxergasse a intenção com a qual entrara em contato com a família. Ele deu a ela um breve aceno de cabeça, sua única concessão.

Que grupo curioso era a família de Elysande.

Seria de se presumir que um conde, uma condessa e seus descendentes não ficariam tão intrigados com a investigação de um assassinato.

No entanto, estaria enganado quem pensasse assim.

Horas após a interrupção inesperada do jantar, e todos ainda estavam abrigados na sala de estar decadente, tagarelando como um bando de pássaros migrando. Estavam dando a Hudson uma maldita dor de cabeça, embora soubesse que não era a intenção deles. Não, a intenção deles era boa, assim como era a intenção de Elysande ao chamá-los. No entanto, não estava preparado para uma casa cheia de convidados, que era o que tinham agora. A casa de Leydon ainda não fora arrumada, já que a família não estava programada para retornar a Londres e havia fugido de Buckinghamshire por causa de um telegrama e por impulso.

Os eficientes mordomo e governanta entraram rapidamente em ação, supervisionando a arrumação dos quartos e muitas outras tarefas das quais Hudson sabia muito pouco. Como todo o resto que era novo para ele, ao, de repente, ver-se incumbido do peso de um ducado, receber convidados e administrar uma casa cheia de criados.

Leydon estava examinando as fotos que Hudson recebera mais cedo naquela tarde do fotógrafo que havia contratado.

— Parece haver uma impressão bastante clara de uma mão aqui na cabeceira.

Ele estava prestes a responder quando Elysande o fez primeiro.

— Ah, sim — disse ela, animada. — Hudson e eu achamos que a impressão foi provavelmente deixada pelo verdadeiro assassino. É menor do que a mão de Hudson, mas significativamente maior do que a da Sra. Ainsley.

— Esta impressão pode ser crucial para determinar quem cometeu o crime — disse Leydon. — Muitos anos atrás, li um texto publicado na *Nature* sobre esse mesmo assunto. Na época, fiquei tão intrigado que criei uma coleção de impressões digitais de todos em Talleyrand Park. Cada uma era única. Você se lembra, Lady Leydon?

A condessa assentiu.

— Lembro, sim. Foi nos anos 1880, se não me engano. Todos, desde o mordomo até a criada auxiliar de cozinha, passaram dias com as pontas dos dedos manchadas de tinta. Parecia que tinham trabalhado em uma mina de carvão.

O olhar que ela deu ao marido foi adorável, mas seu tom também tinha uma pontada de resignação por trás das palavras. O que ele sabia sobre Elysande e sua família estava começando a fazer sentido. Ela tinha claramente herdado a genialidade do pai. Por experiência, os indivíduos mais inteligentes que conhecia também tendiam a ser os mais excêntricos. Lorde Leydon certamente parecia se encaixar no molde.

Ele se viu intrigado com a possibilidade de encontrar um criminoso usando impressões de tal forma. A prática era totalmente desconhecida para ele. Se fosse verdade, no entanto, o impacto que teria sobre a capacidade de se resolver crimes poderia ser monumental.

Ele se inclinou para a frente em seu assento.

— Conte-me mais sobre essa prática, por favor, Leydon. O que você descobriu?

— Pelo que entendi, cada indivíduo tinha uma impressão única. Nenhuma das impressões das pessoas em Talleyrand Park apresentava as mesmas características exatamente nos mesmos padrões. O texto que li sugeria que as impressões digitais de cada pessoa são únicas. O cavalheiro que o redigiu o artigo descreveu ter usado esse sistema para detectar um ladrão que fugiu com uma garrafa de álcool do hospital.

Parecia impossível que Leydon soubesse do uso de impressões digitais para resolver crimes há seis anos e, no entanto, o próprio Hudson nunca

SCARLETT SCOTT

tinha ouvido uma palavra sobre o assunto. Sua mente estava dando cambalhotas, tentando entender tudo o que o pai de Elysande acabara de lhe dizer.

— A julgar pelo artigo que leu e sua própria experiência, impressões como a que descobrimos na cena do assassinato da Sra. Ainsley só poderiam pertencer a uma pessoa, então, o próprio assassino.

— Mas as impressões não estavam completamente visíveis — ressaltou Elysande, franzindo o cenho. — Elas estavam parcialmente apagadas. O melhor detalhe é encontrado na impressão da palma da mão. Pai, o artigo que você leu sugeria que as impressões da palma da mão podem ser examinadas da mesma maneira?

Leydon assentiu com entusiasmo.

— Houve outro exemplo citado na revista, no qual a impressão de uma palma foi descoberta na cena de um roubo. A impressão tinha sido feita com fuligem, e um potencial ladrão foi descartado por um exame minucioso das duas impressões.

E lá estava de novo, aquela tola e besta esperança crescendo. O que o conde estava sugerindo era pouco ortodoxo, não testado e novo. Mas se fosse preciso, poderia mudar o campo da resolução de crimes para sempre. Se não fosse pelo assassinato de Maude, seria por outros.

— Você acha que conseguiria comparar a impressão da minha palma da mão com a impressão na foto? — ele perguntou a Leydon.

— Se não conseguir pela foto, certamente pela própria impressão, caso esteja intacta — assegurou-lhe o conde.

— Isso certamente seria muito importante para provar que você não é o responsável pela morte da Sra. Ainsley — disse Elysande.

— E você diz que tem testemunhas que podem atestar sua presença em um clube privado — o irmão de Elysande, Lorde Royston, falou. — Isso deve reforçar qualquer evidência que o pai consiga produzir estudando as impressões. Essas suas testemunhas, qual o caráter delas?

— E de que tipo de clube você era cliente regular? — Lady Isolde perguntou, seus olhos se estreitando.

Ao contrário do resto da família, que parecia entusiasmada com a ideia de ajudar a resolver um assassinato, a irmã de Elysande deixou claro que ainda não confiava nele. Ela o considerava suspeito e garantiu que ele soubesse disso.

— O clube Black Souls é um clube de cavalheiros — explicou ele.

— É propriedade do Sr. Elijah Decker e os clientes são todos membros respeitáveis da sociedade.

Bem, com exceção de Barlowe, mas não havia necessidade de acrescentar essa parte. Não porque ele não fosse respeitável, mas porque ele era Barlowe, e isso explicava tudo.

O Black Souls era um clube privado e os clientes eram exclusivos. Os membros tinham que ser atestados pelos membros existentes, e o Sr. Decker mantinha o direito de excluir um associado com base em mau comportamento. O homem administrava seu clube da maneira como administrava seus muitos negócios, com precisão especializada e uma intolerância absoluta por canalhas.

— Ah, sim — disse Royston a Lady Isolde. — Eu também sou membro, Izzy, e posso atestar a qualidade do clube.

Sendo recém-apresentado ao clube desde sua chegada a Londres, Hudson não tinha conhecimento disso.

Lady Isolde fuzilou o irmão com um olhar mordaz.

— Se você é membro, isso só me faz questionar ainda mais o clube.

Royston sorriu e levou a mão ao peito como se tivesse sido ferido.

— Você me magoou.

Lady Isolde soltou um longo suspiro. Hudson estava começando a notar um padrão.

— Ah, silêncio, vocês dois — Elysande interrompeu os irmãos. — Parem de discutir. Será que os dois nunca vão parar de provocar um ao outro?

— Nunca — declarou Lady Isolde.

— E qual seria a graça disso? — Royston perguntou, fingindo seriedade.

Hudson observou essas trocas com grande interesse. Por um momento, quase esqueceu o motivo dessa reunião improvisada. Ele perdeu os pais e todos os irmãos e, de repente, se viu fascinado pela intimidade da família de Elysande. Era um lado deles que não tinha visto antes do casamento, e precisava admitir que a camaradagem descomplicada e o amor inegável uns pelos outros aqueceram seu coração e fizeram uma pontada de inveja perfurá-lo.

— Estamos aqui para ajudar meu marido — lembrou Elysande ao irmão e à irmã. — Suas brincadeiras podem esperar.

— É um assunto muito sério — concordou Lady Leydon, lançando um olhar fulminante para a filha e o filho. — Não há tempo para diversão até que tenhamos certeza do resultado dessa situação muito infeliz em que Wycombe está envolvido.

— Quero saber mais sobre o criminoso fugitivo — disse Lady Corliss. — O que você pode nos contar sobre ele?

— Ah, sim, conte — concordou Lady Cressida, batendo palmas de excitação.

Ou foi Lady Corliss que bateu palmas e Lady Cressida que perguntou sobre Reginald Croydon? Hudson não sabia dizer a diferença entre elas. Ambas eram loiras e de olhos castanhos, e com o mesmo nariz arrebitado coberto de sardas e a mesma covinha no queixo.

Onde estava um copo de conhaque quando ele precisava?

— Croydon era um dos três cabeças de uma elaborada rede de pessoas que recebiam grandes somas de dinheiro para cometer todos os tipos de crimes — explicou ele, fazendo o máximo para conter o velho ressentimento, sempre próximo à superfície toda vez que pensava naquele bastardo. — Falsificações de obras de arte, roubos, assassinatos e todo tipo de coisas. Ele se tornou ganancioso e decidiu que queria mais dinheiro para si mesmo, então matou os outros dois homens envolvidos. Ele escapou da prisão há pouco mais de um mês, e tenho feito o meu melhor para encontrá-lo.

— Mas você não é mais inspetor da Scotland Yard — disse Leydon, sem tirar os olhos das fotografias que continuava a analisar. — Os detetives não podem encontrá-lo?

— Nenhum deles o encontrou, milorde.

— Nem você — o pai de Elysande retrucou, e com razão.

Ele permanecia eternamente decepcionado consigo mesmo pelos fracassos a esse respeito. E agora, tinha mais sangue e culpa em sua alma na forma de Maude Ainsley.

Hudson inclinou a cabeça.

— Correto. O vilão demonstrou ser bastante evasivo. Mas esse é um assunto separado do assassinato da Sra. Ainsley.

— E se não for? — perguntou Elysande, os olhos arregalados.

Hudson podia ver a mente dela girando.

Uma sensação aterradora se apossou dele. Não o mesmo sentimento de premonição que sentira com a chegada do inspetor-chefe O'Rourke. Algo diferente. Mais forte. Mais feroz.

Analisou o rosto adorável da esposa, a percepção crescendo.

— Você acha que Croydon matou a Sra. Ainsley?

Ele já estava criando a possibilidade em sua mente, examinando-a de todos os ângulos. Por que não considerou a conexão mais cedo? Mas sabia a resposta para essa pergunta. Sua investigação sobre a fuga de Croydon sugeria que ele estava escondido em Londres ou Manchester, duas cidades díspares que representavam a falta de evidência conectando Reginald Croydon a qualquer coisa ou pessoa. O homem havia desaparecido no éter como um fantasma. Cada passo que o levou mais perto acabou em um beco sem saída.

— Talvez — Elysande estava dizendo. — Ou talvez não.

A resposta ambígua o fez franzir a testa.

— Qual você sugere, Ellie?

— Ah — exclamou Lady Isolde, os olhos brilhando. O cabelo dela era escuro como as asas de um corvo, e Hudson se viu intrigado com as enormes diferenças entre Elysande e os irmãos. — O que Ellie está sugerindo, acredito, é que a pessoa que matou a sua Sra. Ainsley pode estar de alguma forma ligada ao Sr. Croydon. Talvez ele até esteja usando o assassinato como uma distração.

— Ou uma oportunidade de culpar você pelo assassinato — acrescentou Royston —, deste modo, eliminando você como oponente.

Engenhoso.

A família Collingwood era excêntrica, com certeza. Mas eles também eram incrivelmente intuitivos. Cada um deles.

Como o próprio Hudson, tendo sido membro da Scotland Yard durante metade de sua vida, negligenciou considerar tal possibilidade? Teria sido o choque de encontrar Maude assassinada em sua cama? O medo de ser culpado pela morte dela? Ou será que simplesmente tinha ficado mais moderado e vulnerável durante o tempo em que não trabalhou como detetive? Talvez ter se tornado o próximo duque de Wycombe tenha apagado sua capacidade de resolver crimes, como um balde de água jogado em uma chama solitária.

— Acredito — disse ele, devagar — que vocês podem estar certos. De fato, pode haver uma conexão entre a fuga de Reginald Croydon e seu subsequente desaparecimento e o assassinato da Sra. Ainsley.

Mas se tudo isso fosse verdade, então havia outra conclusão, muito mais chocante e perturbadora, que ele tinha que seguir. Se alguém estava tentando retratá-lo como o assassino responsável pela morte de Maude, um homem mais do que qualquer outro lhe vinha à mente.

Inspetor-chefe O'Rourke.

E se O'Rourke estava realmente determinado a vê-lo acusado de assassinato, considerando que as suspeitas de Elysande e sua família estivessem corretas, isso significava...

SCARLETT SCOTT

Elysande ofegou ao seu lado.

— Hudson! Você acha que o inspetor-chefe O'Rourke poderia de alguma forma estar envolvido com Croydon?

Maldição.

Finalmente entendeu, e tudo fez sentido.

Um sentido terrível.

— Havia fontes dentro da Scotland Yard que estavam na folha de pagamento de Croydon. — Sua mente girava agora, tropeçando em si mesma. Cristo, como tinha sido estúpido. Cegado pela emoção humana. — Nunca fomos capazes de determinar se tínhamos prendido todos eles. É possível que O'Rourke estivesse envolvido.

Possível, e, quanto mais ele pensava sobre o assunto, mais provável.

— Se for esse o caso, Wycombe — disse Leydon, sério, finalmente levantando a cabeça de sua severa inspeção —, então você realmente precisa de nossa ajuda, como Ellie disse.

Hudson concordava plenamente, e uma onda de gratidão o atingiu. Sim, a família da esposa havia invadido a sala de jantar mais cedo, acreditando no pior dele. Mas porque amavam Elysande e estavam determinados a protegê-la a qualquer custo. Ele apreciava a lealdade elementar deles. Ela merecia seu amor inabalável.

— Estou de acordo, milorde — disse ele, se sentindo humilde por estarem dispostos a acreditar nele como Elysande acreditava. — Se O'Rourke está determinado a me ver julgado pelo assassinato da Sra. Ainsley, ele provavelmente será capaz de qualquer coisa para conseguir isso.

Percebeu o ofego rápido da esposa com sua franqueza. Sem olhar, Hudson procurou pela mão dela. Seus dedos se entrelaçaram e ele segurou firme, grato não apenas pela presença dela em sua vida, mas também pela família que possuía. Família dele agora também, pensou antes de se corrigir.

O pensamento o animou, e ele teve uma sensação nova de calor.

CAPÍTULO 14

Já era tarde quando Elysande se reuniu de novo com o marido na sala de banho compartilhada. Sua família estava instalada nos quartos de hóspedes, com exceção do irmão, que saiu para uma visita tardia ao clube.

Ela dispensou a criada pessoal pelo resto da noite depois de tirar o pesado vestido. Coberta por um robe, parou na porta da sala para admirar a forma forte e masculina do marido enquanto ele se movia com eficiência para encher a banheira com água morna. Vestido de modo semelhante com um robe escuro, ele estava elegante e bonito e — ela esperava — não muito irritado por causa da chegada repentina de sua família.

— Oi — disse ela, com a voz suave, perguntando-se se estava se intrometendo.

Ele havia deixado a porta aberta, e Elysande entendeu isso como um convite.

Seu olhar azul-acinzentado a avaliou com sincera apreciação, um sorriso acolhedor curvando aqueles lábios largos e sensuais.

— Oi, Ellie.

Com o dedão do pé nu, ela traçou a linha de reboco que separava os azulejos estampados no chão, a frieza da superfície contrastando com o vapor quente subindo do banho.

— Espero que não esteja aborrecido comigo. Eu sei que deveria ter dito que tinha chamado minha família, mas fiquei com receio de que não quisesse que eles viessem, teimoso como você é.

Ele ergueu uma sobrancelha.

— Assumo minha teimosia e, embora admita que a altercação durante o jantar não fosse exatamente a maneira pela qual eu pretendia terminar o dia, o apoio subsequente deles foi encorajador.

— Eles são protetores — disse ela. — Eu deveria ter fornecido mais informações no telegrama, mas não imaginei que chegariam tão enfurecidos e indignados. Eu esperava algum aviso, pelo menos.

Por outro lado, eles eram sua família. Rebeldes e desprendidos das regras comuns da sociedade. Eram leais e amorosos, mas bastante... únicos. Ela achava que não deveria ter se surpreendido com nada do que fizeram.

— Eles são excêntricos — disse ele, como se estivesse lendo seus pensamentos. — Eu ainda não tinha percebido o quanto até esta noite.

— Meu pai começou um incêndio uma vez na biblioteca quando estava tentando aperfeiçoar seu alarme contra roubo — admitiu ela, dando uma risada.

Hudson testou a temperatura da água com o dedo e depois fez alguns ajustes na torneira.

— Um incêndio na biblioteca? Lady Leydon deve ter ficado fora de si.

— Ficou — concordou Elysande, pensando nos gritos que ouvira naquele dia. — Sua indignação foi suficiente para persuadir meu pai a abandonar o desenvolvimento do alarme e começar um novo projeto.

— Seu pai é um homem sábio em vários sentidos — observou ele.

— Meu pai é brilhante. Sua mente é um mistério para todos nós, constantemente trabalhando e inquieta e procurando soluções. Fiquei agradecida por ele ter se lembrado do texto que leu sobre impressões digitais e das palmas das mãos. Se conseguirmos provar que a maldita impressão não é sua, não haverá provas para O'Rourke continuar a campanha contra você. E se formos capazes de provar que a impressão é dele...

Ela deixou as palavras desvanecerem, ciente de que estava ficando excessivamente animada. Nada havia sido provado ainda.

— Devemos moderar nosso entusiasmo — ele advertiu. — Existe a possibilidade de que a ciência não seja útil ou conclusiva, ou que a Scotland Yard se recuse a aceitá-la.

Ele tinha razão, e ela sabia. Mas era melhor ter esperança do que nada.

Ellie se abraçou, observando-o enquanto ele se movia pela sala com movimentos calmos e eficientes, como se a própria vida não estivesse potencialmente em perigo.

— Mas seus amigos podem garantir sua presença no clube.

— Podem, sim.

Ele não parecia tão otimista quanto ela queria que estivesse.

— Você não acha que a confirmação deles sobre seu paradeiro e as impressões digitais serão suficientes?

— Acho que se O'Rourke é realmente culpado de colaborar com Croydon, ele é um homem capaz de qualquer coisa. Ele já tentou moldar a prova para representar o cenário que mais lhe agrada.

Elysande sentiu arrepios.

— E o cenário que mais lhe agrada é você ser culpado do assassinato, não é?

— Isso é uma preocupação para outro dia, minha querida. — Hudson abriu um frasco e pingou algumas gotas de óleo perfumado na banheira antes de interromper o fluxo de água. — Por enquanto, pretendo agradar minha esposa esta noite. Estou retomando meu papel de criada pessoal.

O banho era para ela? Que atencioso e adorável da parte dele. Com tanta incerteza rondando Hudson, ele ainda pensava nela. Sentiu uma pontada no coração.

Ela olhou para a banheira com desejo.

— Você vai se juntar a mim?

O duque recolocou o frasco na prateleira e se virou para ela, um pouco da tensão se esvaindo dos ombros e do semblante.

— Não sei se vou caber.

Ela se arriscou a entrar no banheiro, grata por esse gesto à eficiência moderna. Os duques anteriores devem ter assaltado os cofres e esbanjado dinheiro até que nada restasse, mas esta conveniência era algo que ela não podia negar que gostava. Especialmente quando o marido estava entre estas quatro paredes em sua companhia.

Ela lhe deu um sorriso tímido.

— Tente.

— Tudo por você, meu amor. — Com o olhar fixo no dela, ele desamarrou o nó da faixa sem tirar o robe.

A faixa caiu nos tapetes macios, que foram colocados no cômodo depois do dia em que ela escorregou. O robe se abriu, revelando um pedaço de seu peito, o abdômen plano e definido, o lugar que acomodava suas cicatrizes, lembretes dos perigos que já enfrentara.

Os perigos que *ainda* enfrentava.

Ela foi até ele, mais atraída do que nunca. Embora desejasse beijá-lo, ainda não estava pronta para a distração que sua boca causava. Ainda tinham assuntos a discutir esta noite. Em vez disso, ela corajosamente tirou o robe de seus ombros, desfrutando da força calorosa dele.

— Entre, por favor — ela ordenou, gentilmente.

Hudson não discutiu, entrando na bacia profunda e imergindo na água com aroma adocicado. Ela observou cada centímetro bonito dele desaparecer sob a superfície. Ele era tão fácil de admirar. Tão vital e poderoso.

Mas não só bonito. Amado. De alguma forma, ela passou de querer três meses para se dedicar à sua mais recente invenção, para nunca mais querer sair do lado desse homem.

O olhar dele a incendiou.

— Agora é a sua vez.

Ela não se acanhou enquanto ele a observava se despir. A seda macia caiu sobre o robe dele no tapete, esquecida, enquanto ele estendia as mãos para a esposa. Elysande as agarrou, tomando cuidado para desviar das longas pernas dele ao entrar na banheira e se acomodar no calor convidativo. No instante em que suas nádegas encostaram na banheira de porcelana, água escoou pelas bordas, atingindo o chão com um *chuá*.

— Minha nossa. — Ela fechou a cara olhando para a bagunça que fizera ao redor deles. Os tapetes destinados a impedi-la de escorregar estavam encharcados, assim como os azulejos próximos.

Mas Hudson não se perturbou. Ele inclinou a cabeça para trás e gargalhou alto, apoiando os braços nas bordas da banheira. Ela gostou do som. Ele era muitas vezes um homem sério, e esse pequeno sinal de leviandade fez seu coração, de repente, ficar pleno. Na verdade, achava que nunca o ouvira dar uma risada tão genuína antes desse momento.

Estarem sozinhos, nus, dividindo a banheira, a agradou. Eles tinham se aproximado tanto desde o começo de sua união.

— Acredito que sou um fracasso como criada pessoal — ele brincou, sorrindo para ela.

— Para ser justa, minha criada normalmente não se junta a mim no banho — ela provocou, sentindo-se assanhada.

Ele pegou o pé dela e deu um leve puxão, fazendo-a deslizar pela banheira escorregadia até que ela também riu.

— É melhor eu ser o único que se junta a você no banho.

Ellie piscou, brincando, agitando os cílios, aliviada por esse pequeno momento de leveza em tanta escuridão.

— Eu não sei, senhor…

Ele passou a unha pela sola dela, provocando um grito de surpresa, seguido por uma gargalhada descontrolada.

— Cócegas, amor? Nunca imaginaria que você teria.

— Sim — ela respondeu, ofegante, tentando arrancar o pé de se agarre, mas só conseguindo fazer com que mais água se derramasse por sobre a borda da banheira. — Ah, seu miserável! Pare de faz…

Mais risadas se seguiram, porque ela era muito sensível em todos os pontos dos pés e mais ainda atrás dos joelhos. Mas não havia necessidade de contar isso para ele, ou ele simplesmente a torturaria mais.

— Você terá que dizer a palavra para eu parar — ele advertiu, fazendo cócegas em seu outro pé também. — Eu me pergunto onde mais você sente cócegas, amor.

— Você está tentando me distrair — acusou Ellie, sem irritação, ao finalmente se soltar dele e colocar os pés sob a bunda, sentada de pernas cruzadas.

A posição fez com que seus seios ficassem acima da superfície da água, que lambia os mamilos enrijecidos a cada leve movimento. Se tivesse alguma vergonha, ela se ajeitaria para ficar mais abaixo na água, mas gostava da maneira como o marido estava olhando para ela agora.

Como se quisesse devorá-la.

O olhar dele mergulhou em seus seios.

— Talvez eu estivesse apenas tentando melhorar a vista.

Com a mão em concha, ela enviou uma pequena onda de água na direção dele. Alcançou-o batendo contra o peito coberto de pelos.

— Muita safadeza da sua parte.

Ele ergueu uma sobrancelha, uma promessa sensual transbordando dele.

— Posso ser mais safado se você desejar.

Ah, ela sabia que ele podia mesmo.

Jogou mais água nele e se sentou de novo, dobrando os joelhos ao seu lado para manter os pés a salvo dos dedos traiçoeiros dele.

— Mas antes precisamos conversar.

— Mmm. — O desejo ardente em seu rosto bonito lhe disse que ele não estava tão preocupado com esses detalhes quanto ela. — Nós já conversamos.

— Mais — ela insistiu. — Quero saber o que planejou para amanhã com o meu pai.

Tensão rastejou de volta para sua mandíbula e ombros.

— Seu pai e seu irmão me acompanharão até meus aposentos ao amanhecer.

Elysande poderia ter se chutado por arruinar o momento, mas houve um instante em que a mãe e as irmãs insistiram em falar com ela *sem* os cavalheiros. Supostamente para interrogar Elysande e ter certeza de que ela confiava em Hudson e que realmente acreditava em sua inocência. Ela jurou que sim, sabendo que sua convicção provavelmente soava estranha. Ela dedicou a vida a aprender como peças mecânicas funcionavam e a descobrir novas maneiras de fazê-las funcionar com perfeição juntas. Nunca tinha sido uma romântica como as irmãs e a mãe. Pelo contrário, era como o pai.

E, no entanto, também como o pai, ela havia se apaixonado. Precisão, matemática, razão, lógica, ciência... agora sabia que perseguir essas paixões não a impedia de procurar outra. Hudson a ensinara isso. Esperava ter tranquilizado as irmãs e a mãe quanto a estar feliz no casamento e saber que o homem com quem se casara era honrado e bom.

— E o que mais? — ela perguntou, porque pretendia fazer parte de qualquer coisa que eles tinham em mente.

— Seu pai vai tentar comparar a impressão da minha mão com a outra. — Seu ar provocador havia desaparecido.

Ela se arrependeu de afugentá-lo, mas também sabia que precisava se concentrar na batalha que enfrentavam.

— Eu vou acompanhar vocês.

— Não, Ellie.

Seu tom foi gentil, mas ele a repeliu. Ela não gostou.

As costas de Elysande enrijeceram e ela se levantou, tomando cuidado para garantir que os seios permanecessem embaixo da água. Embora a água do banho fosse transparente, de alguma forma, permanecer abaixo da superfície apaziguava sua sensibilidade ofendida.

— Você não pode me dar ordens — ela retrucou, com firmeza.

— Eu nunca ousaria tentar isso. — Ele estendeu a mão para ela, pousando-a em seu joelho. — Estou sugerindo que não é um lugar para uma dama.

— Já estive lá — ela ressaltou.

— Uma vez foi o suficiente, e eu não deveria ter ousado levá-la lá da primeira vez também.

Ela cruzou os braços.

— Não sou uma flor frágil da sociedade, Hudson. Posso ter nascido dama, e posso ter aprendido todas as habilidades tolas, supostamente femininas, destinadas a me tornar a duquesa perfeita, mas também passei os últimos anos ao lado do meu pai em sua oficina. Aprendi como a eletricidade funciona. Eu tenho trabalhado com minhas mãos, tenho me sujado, e manchado de óleo as mãos e os vestidos. Você me disse uma vez que não é do meu círculo social, e isso pode até ser verdade, mas também não sou desse círculo. Nunca fui e nunca serei.

Estava bastante exaltada quando terminou o discurso, incerta de onde tudo aquilo saíra. Talvez da indignação reprimida de que vivia em um mundo que acreditava que as mulheres — independentemente de seu intelecto e paixões — deveriam seguir apenas os papéis tradicionalmente femininos atribuídos a elas, como esposa e mãe. Seu pai a amava, mas ela sabia que suas normas para que ela se casasse se baseavam nas mesmas noções antiquadas. Ele valorizava sua mente e sua assistência com as invenções e na oficina, mas também queria que ela fosse o que a sociedade esperava dela. Casar-se.

E ela o fizera para agradar a família e contribuir com a felicidade da irmã.

Os braços de Hudson estavam em volta de sua cintura, arrancando-a de seus pensamentos que giravam enlouquecidamente ao puxá-la para o colo dele. Ela foi sem resistir, se acomodando ao peito dele, mas ainda se sentindo bastante teimosa.

Ele beijou o topo de sua cabeça.

— Claro que você não é nada como as damas de seu círculo social. Na verdade, duvido que qualquer uma das mulheres da sua família seja. Valorizo seu intelecto e sei que você manchou vestidos de óleo.

Por causa dessa declaração, teve que interrompê-lo.

— Você sabe?

— Sei. — Outro beijo no topo de sua cabeça, este mais demorado. — Havia um odor nítido de óleo no dia em que fui resolver o contrato de casamento.

Ah. Então ele *sentiu* o cheiro. Mas não disse uma palavra. E fez a proposta para ela depois, fazendo aquela negociação com no terraço.

— Eu tinha derrubado uma lamparina na oficina pouco antes de você chegar — admitiu ela.

Ele a abraçou mais apertado.

— Maldição, mulher. Você tem sorte de não ter pegado fogo em você.

Elysande contraiu os lábios, mas reprimiu um sorriso, pois ainda estava irritada com ele.

— Não estava acesa.

— Graças a Deus — ele murmurou.

— Viu só? Eu não precisava de um protetor na época e não preciso de um agora — ela retrucou, satisfeita consigo mesma por traçar o paralelo. — Vou acompanhar você, meu pai e Royston ao amanhecer.

O duque suspirou.

— Foi seu pai quem sugeriu que você ficasse aqui com sua mãe e irmãs. Ele temia que uma segunda olhada em todas as... as evidências... seria muito angustiante. Não discordo dele, porque sei por experiência própria que, muitas vezes, a primeira vez que alguém é confrontado com o

SCARLETT SCOTT

resultado da violência, é normal ficar tão chocado que você não consegue perceber o que está vendo.

Ela não deveria ficar surpresa de que a ideia foi de seu pai, mas ainda assim não podia negar que a informação cravou em seu coração como uma farpa de mágoa. Ela contemplou a superfície brilhante da água, a claridade suave do cômodo refletida nela, seu corpo entrelaçado com o de Hudson. Ele a fazia se sentir tão protegida, segura e desejada. Exatamente como ela era. Exatamente como sempre desejou ser vista.

— Entendo meu pai — disse ela, devagar. — Ele quer me proteger e ainda está um pouco apegado aos velhos pensamentos sobre o papel da mulher. Mas não quero ser mimada, Hudson. Quero estar ao seu lado amanhã.

Os lábios dele roçaram sua orelha.

— Eu nunca sonharia em mimar você, amor. Eu só estava tentando tranquilizar seu pai e poupar você de mais angústia. Você não tem noção do quanto odeio envolvê-la nessa bagunça miserável.

— A culpa é minha tanto quanto sua. Eu queria tempo para aperfeiçoar minha frigideira elétrica, e tudo o que fiz foi afastar você — confessou, apressada, aliviada por se livrar da culpa que a consumia. — Se eu não tivesse pedido três meses, você nunca teria me deixado no Solar Brinton, e se você nunca tivesse saído do Solar Brinton, esse inspetor-chefe O'Rourke horrível nunca teria tentado vê-lo injustamente acusado de assassinato.

— Não. — Com a mão molhada ele segurou o rosto dela, virando-o para ele. — Você não tem nenhuma responsabilidade por isso, Ellie. Eu sou o único culpado. Se eu tivesse um pingo de juízo, teria ficado com você em Buckinghamshire. Mas em vez disso, segui um rastro de migalhas até minha própria ruína.

Não estava tão disposta a admitir a derrota.

— Esta não é sua ruína, Hudson. Você é um duque.

— Duques não estão protegidos da lei ou de acusações de assassinato. — Seu contra-argumento saiu com gentileza e baixinho, embora mergulhado em uma insinuação sutil de reprovação.

Estava lembrando a ela que ainda tinham que derrotar O'Rourke nesse jogo maligno que ele jogava. Que Reginald Croydon ainda estava solto. Que os perigos enfrentados pelo marido eram tão reais quanto as cicatrizes que marcavam seu abdômen. Mas ele havia sobrevivido a esse terrível ferimento, e sobreviveria a isso também.

— Você é um homem inocente, e vamos provar isso de todas as

maneiras que precisarmos — ela jurou, buscando todas as linhas e ângulos maravilhosos de seu rosto.

Em qualquer outro homem, suas feições teriam sido descritas como severas, e ainda assim havia algo em sua sensualidade intimidante, e talvez seus lábios carnudos aveludados, que suavizava o efeito. Ele a fascinava de uma maneira que ela nunca imaginou que alguém pudesse fazer.

Hudson a beijou na bochecha.

— Doce Ellie. Sua lealdade é uma deferência.

— Sou sua esposa. — Mas essa não era a única razão para sua lealdade. Ela o amava. O sentimento estava lá, ardente, brilhante e real.

Simplesmente estava *ali*.

Mas ela não estava preparada para confessar isso agora, o sentimento tão novo, juntamente com a incerteza de se seu amor seria ou não retribuído. Eles tinham o bastante para enfrentar no dia seguinte.

Como se sentisse a direção de seus pensamentos, ele beijou a ponta do nariz delicado.

— Está ficando tarde e começaremos cedo amanhã. Vamos terminar o banho e depois descansar um pouco.

Ela suspeitava que o descanso não seria facilmente alcançado.

Hudson acordou antes do amanhecer, na escuridão e no calor sedoso da esposa aconchegada nele. Seu coração batia forte no peito e ele sentiu um alívio repentino e rápido. O pesadelo que o agarrava em suas garras implacáveis não foi nada mais do que uma ilusão.

Mas então a realidade retornou com o presságio sombrio de uma sentença de morte.

Ele trocou um pesadelo por outro. Seu sonho estava cheio de sangue e salas das quais não havia escapatória. Havia gritos ao seu redor, ecoando em sua mente, e ele estava amarrado com corda nos pulsos e tornozelos, imóvel. Incapaz de salvar quem quer que estivesse gritando por sua ajuda. Encarcerado em uma prisão de outra pessoa. Sabendo que estava preso, contorcendo-se e debatendo-se e fazendo tudo ao seu alcance para se libertar, mas ainda incapaz de escapar.

Mas o silêncio da noite que o cercava não era muito diferente do pesadelo. Também era escuro como breu. E havia perigo além de seu alcance, esperando por ele. Não havia gritos na noite, e ele estava livre das cordas e travas que o subjugaram no sonho. Mas talvez estivesse do mesmo modo amarrado. O'Rourke não esperaria muito tempo para atacá-lo, e a consciência do fato o encheu de um pavor crescente.

Não conseguiu encontrar Reginald Croydon.

Não conseguiu impedir a morte de Maude Ainsley.

E agora, O'Rourke estava determinado a culpá-lo pelo assassinato dela.

Talvez sentindo sua inquietação, Elysande se mexeu, fazendo um ruído sonolento na garganta e procurando por ele. A palma da mão dela pousou em seu peito nu. Como sempre, o toque dela gerou uma faísca de pura eletricidade que o percorreu.

Ontem à noite, ambos estavam exaustos demais para fazer amor. Seu corpo o lembrava de sua omissão, o pênis enrijecendo devagar sob os lençóis. Seu coração batia com regularidade, acalmando-se agora que o medo que o infectou durante o pesadelo implacável diminuiu. Respirando fundo e calmamente, ele se forçou a se concentrar no peso reconfortante da palma da mão dela em seu peito.

Por um momento, talvez pudesse ficar aqui e fingir que não havia uma possibilidade muito real de ter que deixá-la. De que seria preso pelo assassinato de Maude. Mas por enquanto, neste intervalo de tempo, ela era dele e ele era dela. Não conseguia pensar em ninguém que preferisse ter ao seu lado em sua cama ou em sua vida.

Como teve sorte de se casar com ela.

Ela era inteligente, corajosa e leal. Destemida, persistente e boa. Era ousada e graciosa, tudo o que ele poderia querer em uma esposa e mais. Mas ela merecia mais do que ele podia oferecer. A verdade o atingiu ao pressionar a mão sobre a dela, guiando-a gentilmente até que repousasse sobre seu coração.

Ele estava apaixonado por Elysande.

O casamento de conveniência havia se transformado em uma união por amor. Cristo, ele não teria acreditado, apenas um mês atrás, que estaria de joelhos por qualquer mulher, muito menos ela. Mas sua atração por ela – inegável, pois era intensa –, acendeu as chamas que agora queimavam num fogo furioso. Ela se devotou de maneira abnegada a ajudá-lo como pudesse, e ele nunca seria capaz de agradecê-la o suficiente.

Há uma maneira de agradecer, ele percebeu, embora a ideia fosse como uma adaga nas entranhas, sensação com a qual estava mais do que familiarizado.

Divórcio.

Odiava a ideia de nunca mais poder abraçá-la, beijá-la ou tocá-la novamente. A ideia de ela não ser mais dele, mas de outro homem... Cristo, detestava isso. Mas sabia que teria que fazê-lo. Se não conseguisse provar sua inocência, e se O'Rourke o prendesse pelo assassinato de Maude, teria que fazer o que era certo e justo para o bem de Elysande.

— Você está acordado — ela sussurrou, rompendo o silêncio e o peso de seus pensamentos.

— Tive um pesadelo.

A admissão foi feita com facilidade, pois a intimidade deles era confortável. O inspetor-chefe Stone nunca teria confessado tal vulnerabilidade. O duque de Wycombe, no entanto, o fez. Não havia ninguém em quem confiasse mais do que Ellie. Se fosse forçado a deixá-la, lamentaria a perda até o dia de sua morte.

Um reconhecimento brutal para um homem que sempre acreditou ser como seu sobrenome, frio e duro como uma pedra.

— Você quer me contar? — ela perguntou, entendendo-o tão bem.

Outra dama teria exigido saber.

— Não — disse ele, entrelaçando os dedos aos dela. Ele havia trazido escuridão suficiente para a vida de sua jovem esposa. Não tornaria os demônios que o perseguiam mais um peso.

Ela se aproximou dele, os lábios encontrando seu ombro.

— Vamos nos levantar, então?

— Ainda não. — Ele se viu relutante em deixar o abrigo deste cômodo.

Era dela. Não se preocupou em se instalar nos aposentos privados do duque, pois sentia que pertencia mais a este cômodo do que qualquer outro lugar. O vínculo deles havia sido forjado não apenas nos votos que proferiram, mas nas provações que haviam enfrentado juntos. A disposição dela em confiar e acreditar nele ainda impressionava Hudson.

Mas ele não conseguia se livrar do pressentimento que o apertava como faixas das quais não se podia escapar, o medo de que assim que deixasse o conforto silencioso deste cômodo ao lado dela, nunca teria a chance de retornar.

No entanto, não deu voz a isso.

Não havia necessidade de preocupá-la.

Ele levou a palma da mão dela aos lábios, depositando um beijo no centro acetinado.

— Quero manter você aqui para sempre assim.

— Homem tolo. — Seus lábios estavam no ombro dele mais uma vez. — Você me possui para sempre.

Talvez não. Talvez eu só tenha você durante o minuto seguinte, a hora seguinte, o dia seguinte.

As palavras o abalaram. Não importava quanto tempo tivesse permanecido com ela, nunca seria suficiente. Nem mesmo uma eternidade seria suficiente.

Ele beijou a parte interna do pulso dela, que era maleável e macio, o padrão delicado de suas veias, vivas e pulsando contra seus lábios.

— Sou grato por você ser minha, Ellie.

Por enquanto.

Droga, como eles chegaram a este ponto? A culpa era dele. Seu orgulho maldito, pensando que seria ele quem encontraria Reginald Croydon e o mandaria de volta para a prisão onde ele pertencia.

— E eu sou grata por você ser meu também — ela murmurou.

Os lábios dela se moveram, encontrando o pescoço forte. E então a mordida afiada dos seus dentes arrancou um gemido dele.

— Droga, esposa. O que você está fazendo comigo?

— Me diga. — Suas palavras foram um som sussurrado em seu ouvido.

Maldição. Ela o estava seduzindo? Pouco antes do amanhecer, quando a manhã e o dia poderiam trazer uma tempestade de granizo?

Ela beijou sua orelha, depois sua mandíbula, e ele teve a resposta.

Sim. Ela estava.

E estava funcionando.

Ela puxou o pulso para se soltar dele e passou a mão por seu peito. Dois podiam jogar este jogo. Ele segurou a mão dela mais uma vez e guiou o toque cálido para baixo, botando fogo no despertar sensual. Quando ela alcançou sua ereção, deu um suspiro suave de apreciação e seus dedos o envolveram.

— Isso é o que você faz comigo, amor — disse ele, soltando-a enquanto ela acariciava seu membro rígido. — Você me deixa duro.

Você me faz amar você.

Mas essas eram palavras que ele guardou no coração, uma confissão que ainda não era sua. Se não pudesse provar sua inocência e enfrentasse a prisão, ou algo pior, essa declaração só tornaria a necessidade da despedida muito mais dolorosa. Então, em vez disso, fechou os olhos e se rendeu ao prazer.

Ao presente.

À mão experiente de Elysande. O polegar dela passou pela ponta dele, cobrindo-o com seu sêmen que vazava. Ele a queria tanto que mal conseguia respirar. Sim, desejo. Era nisso que ele precisava se concentrar. Nada além dela.

— Adoro tocar você — ela sussurrou, beijando o canto dos lábios dele.

Ele mergulhou os dedos no cabelo sedoso, segurando sua cabeça e levando-a para onde a queria. Seus lábios se encontraram em um beijo vigoroso e faminto. Ele queria ter sido gentil, mostrar o que sentia por ela no cuidado que tinha com seu corpo. Porém, agora que seus lábios estavam nos dele e ela estava acariciando seu pau, Hudson estava à beira da loucura.

Sua outra mão encontrou o caminho para o quadril dela – tão curvo e perfeitamente feminino –, depois deslizou sobre sua coxa para encontrar o centro, onde ela estava quente e molhada. Tão molhada. Ele abriu sua vagina, descobrindo o botão inchado de seu clitóris esperando por seus dedos ávidos. Sabendo como ela gostava de ser tocada, brincou com ela, sem colocar a pressão que sabia que ela ansiava.

Ellie emitiu um som de frustração e beliscou o lábio inferior dele.

Então, ela também o queria. Ótimo. Ele lhe daria ele mesmo. Dar a ela tudo o que tinha para dar. Se esta fosse a última vez que fariam amor, ele queria que ela se lembrasse.

Se lembrasse *dele*.

Mesmo seu coração protestando contra a impossibilidade de ser arrancado dela, sua mente reconhecia a possibilidade. Tudo o que ele tinha era o aqui e o agora.

Ele deslizou um dedo para dentro da boceta dela, satisfeito quando ela gemeu de novo e moveu os quadris, levando-o mais fundo. Sim, isso era com o que ele poderia lidar. Prazer. Puro, carnal e físico. Ele só podia controlar o que acontecia aqui e agora, entre eles.

Nada mais.

O aperto dela em seu dedo e os movimentos de sua mão em seu pau se tornaram suas únicas preocupações. Essas, e os murmúrios ofegantes de necessidade que ecoavam da garganta dela. Ele a fodia de leve, devagar, usando o polegar para mexer na pérola inchada. Ela estava molhada, mas ele a queria ainda mais encharcada. Ele queria arruiná-la para qualquer outro homem que pudesse vir depois dele, caso fosse para a prisão.

Era egoísta e ganancioso e queria ser o único homem. Faria tudo ao seu alcance para garantir que isso fosse possível. Mas parte dele permanecia cético. Ele testemunhara o lado feio da natureza humana, as profundezas do mal, muitas vezes. Nada era certo. Também não era garantido. Nem sua liberdade, nem esta mulher.

Inferno, nem mesmo sua próxima respiração.

A vida era um presente.

Ela era um presente.

E pretendia tratá-la como tal. A mão dela apertava mais conforme ganhava confiança, mas ele estava determinado a vencer essa batalha de sedução. Seu dedo médio se juntou ao outro, e ele foi recompensado por outra onda de umidade ao curvar os dedos da maneira que sabia que a deixava louca. Ao mesmo tempo, pressionou o polegar na carne macia.

Ela se contraiu ao redor, ofegando ao gozar, encharcando seus dedos. A umidade escorria dela aos montes, acumulando-se na roupa de cama. Ele queria lamber, mas ela não o soltara.

Por um momento, a esposa ficou parada, simplesmente segurando seu pau dolorido com força. Com tanta força, que ele temeu gozar na mão dela. Seu membro se contraiu e suas bolas pulsaram. A tensão crescente tão familiar começou, um nó se formando, reunindo-se em seu pau. Queimando sua coluna espinhal.

Não, não assim. Ele queria estar dentro dela. Pelo menos dar algumas estocadas dentro dela. Pelo tempo que aguentasse. Ele a queria de todas as formas que pudesse tê-la.

Ah, sim.

A ideia era uma semente, se agarrando e criando raízes. Não seria negada. Ele queria estar mais fundo do que nunca.

Ele a beijou quando as últimas ondas do clímax a fizeram estremecer, enfiando os dedos até o fundo, prolongando e dando-lhe prazer mesmo depois que o ápice do orgasmo diminuíra. Até ela estremecer e se contorcer embaixo dele, beijando-o como se quisesse consumi-lo.

Sim, meu amor. Perca o controle por mim. Seja selvagem por mim. Se é para ser nosso último, ou um dos nossos últimos encontros, vamos fazer com que ofusque todo o sofrimento que inevitavelmente está por vir.

— Ah, Hudson. — Ela afastou os lábios dos dele, ofegando quando teve outro súbito espasmo de prazer, a mão rodeando seu pau afrouxando.

Não importava. *Êxtase*. Era isso.

Deus, ele amava essa mulher. Esta mulher maravilhosa, leal, inteligente e destemida. Esta mulher brilhante que estava aperfeiçoando uma maldita frigideira elétrica ainda por cima. Que esteve ao seu lado em um quarto ensanguentado e acreditou nele. Que ainda lutava por ele. Ele lhe mostraria com atitudes, se não com palavras.

Finalmente retirou os dedos molhados dela, levando-os aos lábios e chupando-os. O gosto dela inundou sua boca, doce, almiscarado e meloso. A luz estava se infiltrando pelas frestas das cortinas agora, começando a banhar o cômodo com um brilho misterioso. Um lembrete indesejado de que o tempo deles era finito.

Mas pelo menos ela era mais do que sombras agora. Era uma perfeição cor de pêssego e rosada, curvas cheias e seios empinados com pequenos botões duros. Ele abaixou a cabeça e chupou um deles, incapaz de resistir.

Ela soltou outro gemido. Ele chupou o outro também, depois passou a língua ao redor. Com delicadeza, mordeu a parte inferior da colina abundante. Perfeita em todos os lugares – perfeita para ele. Eles se encaixam muito bem, como se tivessem sido feitos um para o outro. Como se tivessem sido predestinados.

Hudson não acreditava nessas tolices.

Pelo menos, achava que não. Mas talvez acreditasse agora.

Elysande o havia mudado de muitas maneiras.

Ele acariciou a curva da cintura dela, depois chupou o outro mamilo mais uma vez.

— De barriga para baixo, amor.

A confusão dela era evidente em sua expressão, contornada pela intrusão furtiva do sol nascente. Ela franziu a testa. Cristo, ela era adorável.

— De barriga? — perguntou ela, hesitante.

Como ela ainda era inocente. A dicotomia era erótica pra caralho, essa deliciosa esposa dele que havia chupado seu pau e ainda não entendia que o ato sexual podia assumir diversas formas.

Apertou suavemente a cintura dela.

— Sim. Vire-se, meu amor.

— Mas, como?

Sorrindo, ele beijou sua testa franzida.

— Curiosa querida. Você vai ver.

Como sempre acontecia com Elysande quando ela estava refletindo profundamente, ele quase podia ver sua mente funcionando, como as engrenagens de uma máquina bem-lubrificada. Ele beijou a pele macia acima de seu coração, que batia descontrolado, proclamando-a dele, enquanto ela hesitava.

SCARLETT SCOTT

— Você tem certeza? — ela perguntou.

Ele teria rido se seu pau não estivesse tão dolorosamente duro.

— Absoluta. Prometo que tudo será explicado.

— Talvez eu devesse ter lido alguns dos livros safados da Izzy, afinal — ela ponderou, deixando-o surpreso.

Ele mordeu o lábio para reprimir uma risada com medo de ferir seus sentimentos.

— Livros safados?

— Histórias obscenas — ela explicou. — Proibidas e difíceis de adquirir. Minha mãe e meu pai são muito excêntricos, como você sabe, mas até os livros da Izzy eram proibidos para nós. É preciso ter uma assinatura.

Caramba. Conversar sobre sua família não convencional não era exatamente o que ele tinha em mente. Embora estivesse se perguntando como a irmã mais nova dela conseguiu obter uma assinatura de uma revista obscena. Essa era uma preocupação para outra hora, caso ele tivesse a sorte de *ter* outro dia de liberdade. Porém, não havia tempo para pensamentos irrelevantes ou preocupações. Com o sol nascendo, o tempo deles juntos se esvaía, e ele ainda não tinha terminado com a esposa.

Ele mexeu os quadris, o pau dolorido cutucando a barriga dela.

— Se você não se importa, prefiro não pensar em sua mãe, pai e irmã agora.

— Ah. — Ela brincou com o lábio inferior ao fazer uma pausa, analisando-o sob os primeiros raios da manhã. — Me perdoe.

Com o pedido de desculpas feito, ela se afastou dele, virando de barriga para baixo e cruzando os braços sob a bochecha ao se virar para ele. Deus que o ajude, ela até deu uma empinada na bunda de um jeito delicioso.

— Assim é melhor, marido? — a atrevida ousou perguntar.

Esse lado dela – ousado, provocador e descaradamente erótico – ainda era novidade para ele. E ele adorava isso.

Ficou sem palavras, então contentou-se com o toque, deslizando a mão sob o emaranhado bagunçado de seu cabelo castanho. Ele começou pela nuca, onde ela exalava vitalidade e calor. O corpo de uma mulher nunca o fascinou com seus mistérios como o de Elysande. Ele pode ter dividido a cama com amantes antes dela, mas cada vez que tinha intimidade com Elysande, descobria novas maravilhas. A cavidade atrás do joelho, a pele sedosa da nuca, a curva suave dos ombros, a delicada saliência do osso do quadril, o arco do pé, a curva da bunda. A depressão da parte inferior da coluna, o desenho do lábio inferior, o arco do cupido da boca. E todos os outros lugares.

Então acariciou o declive das costas dela. Sua pele era tão lisa, macia e corada, da combinação de sono e paixão. Ele se moveu para se juntar a ela, sentando-se em seus quadris, absorvendo seu suspiro delicado. Sua vara se acomodou no sulco de sua bunda, e ela fez um ruído de surpresa com a nova sensação.

Hudson encostou o peito nas costas delgadas, permitindo que ela o sentisse da mesma forma que ele absorvia as ondulações de suas curvas femininas, os declives, cavidades e planos. Ela estava tão sedosa, o cheiro dos óleos que usaram no banho na noite anterior provocando seus sentidos, misturando-se com o belo almíscar do desejo dela. Ele se mexeu para que seu pau encontrasse seu lugar mais embaixo, deslizando em seus lábios molhados.

— Ah — disse ela. — Tem certeza de que isso vai funcionar, Hudson?

Desta vez, ele não conseguiu conter o riso. Escapou dele como um barulho grave ao beijar a orelha dela.

— Claro, amor.

— Mas essa posição parece excessivamente estranha, dada a mecânica do que deve acontecer a seguir...

Ele colocou um dedo em seus lábios, impedindo o restante de suas palavras.

— Shhh.

Sendo Elysande, ela mordeu o dedo indicador dele com os dentes afiados.

— Você me disse para ficar quieta?

Beijou sua bochecha, se apoiando sobre ela em seus antebraços, depois deu um beijo rápido em sua boca.

— Você está pensando demais. Diga a sua mente para ir para o inferno um pouco e me deixar te amar.

— Eu sempre penso demais — disse ela, seu tom cheio de arrependimento. — Temo que seja um defeito meu.

— Sua mente não é um defeito, mas uma qualidade — ele a tranquilizou, pois admirava muito sua inteligência. Ela era a mulher mais brilhante que ele já tinha conhecido, sem dúvida. Ninguém se comparava ao seu brilho. — No entanto, há ocasiões em que é necessário se permitir estar livre de preocupações e pensamentos.

— Sim — ela concordou, acenando com a cabeça. — Você me ensinou isso.

O fato de ter ensinado alguma coisa a esta mulher parecia um milagre. Ela tinha mais inteligência em seu dedo mindinho do que ele jamais poderia sonhar em acumular, isso era uma certeza. Mas era grato por sua franqueza. Grato por sua crença nele, por sua confiança, pela evidência tangível de seu corpo, relaxado e nu sob o dele.

— Quero fazer amor com você de um jeito diferente, Ellie — ele disse, beijando-a novamente com toda a ternura que tinha antes de ceder e arrastar os lábios para as nobres maçãs do rosto que tantas vezes admirou. Ele a beijou lá, depois em sua têmpora.

— Ah — ela murmurou, com a voz suave. E então a palavra mais bonita. — Sim.

Ele beijou sua orelha mais uma vez, depois passou a língua no lugar sensível atrás dela.

— Sim?

— Sim, por favor — ela confirmou, ofegante.

Com todo prazer.

Ele achava que não tinha dito as palavras em voz alta. Deve ter sido em sua cabeça. A combinação da submissão voluntária de Elysande, tão confiante e tentadora embaixo dele, junto com suas palavras, fez algo dentro dele romper.

A luxúria explodiu.

Mas o amor também.

Eles se misturaram, se fundiram, até que ele não conseguia discernir um do outro. Havia apenas tudo o que ele sentia pela esposa, que era amor, desejo, paixão, admiração e fascínio.

— Vai ser bom para você — ele prometeu, com a voz áspera, o desejo tornando a fala difícil. — Eu vou entrar fundo dentro de você.

— Mmm... — Foi a única resposta dela.

Ele a guiou para a posição, ajudando-a a inclinar os quadris e a bunda na direção dele, a virar o corpo na direção da cama. Enquanto ela se posicionava, ele não conseguiu resistir a adorar todas as partes do corpo dela que seus lábios puderam encontrar. Beijou a depressão da nuca, o pulso vibrante ao lado da garganta, a curva do ombro. Continuou o caminho beijando suas costas. Quando alcançou a curva madura da bunda perfeita, mordeu de leve uma nádega macia e redonda.

Mas não havia tempo suficiente para se demorar, porque sua necessidade estava se tornando mais aguda a cada segundo.

— Tão linda — ele murmurou, passando a mão por seu quadril, movendo-a com delicadeza para uma posição ainda melhor enquanto ele se ajoelhava.

Ele se permitiu um momento para admirar a visão dela no brilho da manhã, exposta e esperando que ele a possuísse. Entregando-se a ele com abandono arbitrário.

— Mais bela do que eu mereço — acrescentou.

E então, ele passou os dedos pelas dobras dela, certificando-se de que estava molhada e pronta. Ele espalhou a umidade sobre a entrada, e ela soltou um gemido rouco que detonou sua última gota de controle. Agarrando o pau, ele o guiou até a entrada dela e enfiou. Ela estava lisa e quente e se encaixava perfeitamente ao seu comprimento. Ela era Ellie e era tudo o que ele queria, agora e para sempre. Ela era o suficiente para levá-lo até a perdição, se necessário.

Ah, Cristo, ah, inferno, ah, maldição.

Não gozar dentro dela.

Ele achou que sua cabeça poderia explodir pelo puro prazer de estar enterrado dentro dela até o talo, a novidade deste ângulo de penetração à base dos milagres. Fazia muito tempo que não pegava uma mulher dessa maneira, mas não queria pensar nisso agora. Queria pensar apenas em Elysande e no doce aroma de óleo de laranja emanando de sua pele aveludada, na maneira receptiva como ela tensionava em torno dele, tomando-o ainda mais fundo.

O ar fugiu de seus pulmões. Ou talvez ele estivesse segurando a respiração. Mas, de repente, estava inspirando profundamente, como se tivesse acabado de correr uma grande distância. Ele se manteve meticulosamente imóvel, permitindo que o corpo dela se ajustasse. As necessidades dela precediam as dele.

Por ela, ele poderia ser gentil. Poderia ser brando, fraco e vulnerável. Poderia colocá-la em primeiro lugar sempre, e ele o faria.

— Você não vai se mexer? — ela perguntou, arqueando as costas e pressionando-o com mais firmeza.

A voz doce o interrompeu. Ele ficou consciente de si mesmo novamente com desejo de entrar e sair dela, de foder, assumir o controle. *Foder não*, disse a voz em sua cabeça. *Fazer amor. É diferente. É a Ellie.*

Sim, era diferente, e, sim, era ela.

Ele se retirou dela quase completamente com um movimento lento e controlado. O deslizamento de seu pau o forçou a cerrar os dentes. E então, não havia mais controle. A barragem se rompeu. Havia apenas a necessidade esmagadora de marcá-la como sua para sempre da única maneira que ele sabia.

Mais tarde, ficaria preocupado por ter sido uma besta no cio. Mas agora, era um homem dominado. Empurrou para dentro e para fora dela, segurando seus quadris, observando o pau deslizar para dentro e para fora da doce boceta dela. Mais e mais rápido, até ficar quase onde precisava ficar, o gozo iminente.

Ela gozou com força repentina, prendendo-se nele enquanto gritava no emaranhado de mantas, a voz abafada. Mais uma estocada, funda e com força, e ele se retirou completamente, segurando o pau enquanto se derramava na roupa de cama com o próprio gemido em resposta.

Ela estava tão gostosa enrolada em torno dele. Paraíso. Perfeição.

Com o coração batendo forte, desabou na cama ao lado dela, grato por ter retomado o controle para não gozar quando ainda estava enfiado fundo dentro dela, como desejava fazer. A possibilidade de uma criança seria muito injusta agora, a incerteza do futuro dele era muito cruel.

O brilho saciado que inevitavelmente se seguia ao orgasmo o banhou com o sol nascente. Por um tempo, não havia barulho entre eles, exceto por suas respirações irregulares e o solene tique-taque do relógio na lareira do outro lado do quarto. Todas as palavras que ele queria dizer percorreram sua mente, mas escaparam da língua.

— Você tinha razão — disse ela, ainda deitada de barriga para baixo, o rosto adorável voltado para o dele.

Ele passou a mão nas costas dela, acariciando-a.

— Sobre o quê?

Um sorriso travesso curvou seus lábios.

— Que seria bom para mim.

Ele afastou um fio de cabelo solto da bochecha dela.

— Fico feliz.

— *Você* é bom para mim, Hudson — ela acrescentou.

Ele queria dizer que ela estava errada. Que ele era horrível. Que tudo o que tinha trazido para ela eram cofres vazios e perigo. Mas ela estava olhando para ele com uma adoração tão absoluta em sua expressão, aqueles olhos castanhos incendiando os dele, que não conseguiu reunir forças para dizer.

— Você é boa para mim também, amor — disse ele, com sinceridade. — Eu estaria totalmente perdido sem você.

Ellie virou a cabeça e beijou a palma da mão dele.

— Felizmente, você nunca terá que ficar sem mim. Você está preso a mim.

Hudson esperava e rezava para que ela estivesse certa, mas sabia que faria o que fosse necessário para garantir a felicidade futura dela.

— Eu não mudaria nada.

Ele se permitiu mais alguns momentos de tranquilidade, deitado ali com ela, desfrutando de sua presença. Na doce intimidade de marido e mulher. Se soubesse que o casamento era tão maravilhoso, nunca teria aceitado com tanta hesitação. Que tolo tinha sido por acreditar que havia entrado em uma cilada ao herdar o título.

Quando se tornou o duque de Wycombe, recebeu o maior presente de sua vida. Agora, tinha que lutar para preservá-lo.

Eu te amo, Ellie.

Não, essas palavras não eram dele e não podia oferecê-las. Ele as manteria guardadas por enquanto. Trancadas cuidadosamente, aguardando o dia em que poderia finalmente estar livre dessa sombra que o perseguia a cada passo.

— Amanheceu — disse ela, a expressão entristecendo. — Suponho que devemos nos levantar e nos vestir.

— Acho que devemos. — Hudson permitiu-se mais um beijo, e então saiu da cama com grande relutância.

Era impossível saber o que o dia reservava.

CAPÍTULO 15

Para um dia que começara promissor, definitivamente azedou numa velocidade alarmante. Elysande fez cara feia à mesa do café da manhã para o pai e o irmão que determinaram que ela não os acompanharia aos antigos aposentos de Hudson e tinha acabado de informá-la de comum acordo e de maneira autoritária.

— Vocês sabem que já estive lá, não é? — perguntou, tentando manter a indignação sob controle.

— Uma vez foi o suficiente — disse o pai, num tom brando. — Tal cena não é lugar para uma dama.

Uma *dama*. Durante toda a sua vida, tinha sido tratada de forma diferente porque tinha nascido filha e não filho. Ah, seu pai fez o máximo para permitir liberdade a todos os filhos. Em Talleyrand Park, todos eram encorajados a deixar as obrigações da sociedade de lado e simplesmente se comportar como desejassem. No entanto, uma diferença eterna que ele nunca dispensou restava: ela e as irmãs eram mulheres e, em última análise, eram governadas por um conjunto muito diferente de limites e regras.

— Sou a mesma dama que trabalhou incansavelmente ao seu lado em sua oficina — ela lembrou ao pai.

A mesa ficou em silêncio, exceto pelo tilintar familiar de talheres.

Seu pai franziu o cenho em sua direção.

— Uma oficina é um lugar muito diferente de um lugar onde o assassinato de uma mulher ocorreu, Elysande. Há uma diferença gritante.

— Você nem deveria ter ido lá antes — acrescentou o irmão, uma reprimenda velada a Hudson.

Ao lado dela, a postura já firme do marido se tornou ainda mais rígida.

— Sem dúvida, você tem razão, Royston — disse ele. — Eu estava pensando na mente superior de Ellie quando ela me acompanhou anteriormente. No entanto, minha esposa é totalmente capaz de falar por si mesma. Não preciso falar por ela, e nem eu nem ninguém tomará decisões em seu lugar.

O amante apaixonado que lhe dera tanto prazer ao amanhecer tinha pouca semelhança com o Hudson de agora. Ora, ele parecia e soava tão... ducal. E a defendia de uma maneira que ela nunca imaginou.

Se já não estivesse apaixonada por ele, teria ficado ali mesmo. Assim, ele entrou ainda mais fundo em seu coração.

— Vou acompanhá-los esta manhã — acrescentou. — Não vou ficar aqui como se fosse de alguma forma submissa apenas porque sou mulher.

— Ninguém está chamando você de submissa, Ellie — disse o irmão, falando no tom apaziguador que ela imaginou que ele usaria com uma criança. — Estamos apenas tendo cuidado com sua sensibilidade delicada.

O desejo de arremessar geleia de morango na direção dele foi intenso, mas ela de alguma forma se agarrou à moderação.

— E quanto à *sua* sensibilidade delicada? — ela retrucou.

Ela amava Royston, de verdade. Mas sua interferência, embora bem-intencionada, era definitivamente indesejada.

Ele deu o sorriso presunçoso de um canalha que não tinha o mínimo de remorso.

— Todo mundo sabe que não tenho nenhuma.

Seu pai bufou.

— Graças a Deus, sua mãe não está presente à mesa do café da manhã. Ela iria perder a esperança com vocês.

A mãe e as irmãs estavam realmente na cama, que era o lugar lógico para se estar a essa hora angustiante da manhã. De fato, havia apenas uma razão pela qual a própria Elysande estava acordada, e era porque tinha total intenção de ficar ao lado do marido. Hoje e todos os dias até terem certeza de que ele não seria acusado pelo assassinato da Sra. Ainsley. Talvez fosse por causa da maneira como sua mente funcionava, mas ela não conseguia se livrar da sensação de que, se não estivesse presente, havia a possibilidade muito real de que algo que ela notaria fosse ignorado.

— Talvez, em vez de falar com ela, devêssemos perguntar à minha esposa sua opinião sobre o assunto — Hudson sugeriu gentilmente.

Deve-se reconhecer que ele estava navegando pelas águas traiçoeiras de sua família com desenvoltura. Ela lhe deu um sorriso breve de gratidão.

— Obrigada. Minha opinião é que estou perfeitamente disposta e capaz de acompanhá-los esta manhã ao lugar onde a Sra. Ainsley encontrou seu fim.

— Onde ela foi *morta*, você quer dizer — o irmão a corrigiu, seu tom tão teimoso quanto sua expressão.

Tristan não gostava de ser contestado. Elysande e o irmão entravam em conflito com frequência. Ambos tinham opiniões resolutas e firmes. Mas enquanto ela se interessava pela ciência de fazer as coisas funcionarem, Tristan provou ser um engenheiro ruim. Ele não tinha interesse na oficina do pai. As irmãs também não.

— Onde ela foi morta — concordou, olhando fixamente para ele. — Sou mais forte do que pensa. Você já deveria ter aprendido isso.

— Ah, não questiono você, Ellie. Apenas sei que é terrível em reconhecer os próprios limites. — Seu irmão tomou um gole de café, olhando-a com um olhar maléfico antes de se voltar para Hudson. — Uma vez ela quebrou um dedo em vez de admitir que errou no projeto de uma armadilha para capturar roedores de cozinha sem machucá-los. Acredito que ela não tenha lhe dado o prazer de contar essa história, sem trocadilhos.

Elysande quase se esquecera daquele infeliz incidente. Como era mortificante saber que Royston não tinha esquecido.

— Eu era uma menina — ela se defendeu.

— Sim — disse seu, irmão num tom agradável. — Uma menina com caprichos tolos que permitia que a desviassem do caminho. Eu avisei que seu projeto estava errado, não avisei? E você, orgulhosa demais para admitir sua besteira, me disse que mostraria que sua armadilha era inofensiva. Não foi inofensivo para o seu mindinho, foi?

Ela se contraiu, lembrando-se da dor da armadilha se fechando sobre ela, o estalo do osso. Até hoje, sentia uma dor ocasional naquela articulação sempre que o clima esfriava, e o dedo permanecia torto como se fosse uma provocação. No entanto, muitas vezes ela se esquecia de como o dedo tinha quebrado, lembrando apenas que havia sido fraturado.

— A mola era um pouco forte demais — reconheceu. — Mas acabei aperfeiçoando a armadilha.

— Claro que aperfeiçoou — seu pai interrompeu. — Você só fica satisfeita quando aperfeiçoa um projeto. Você sempre foi teimosa e determinada.

— Nada mudou — ela o informou.

— E permaneço firme no assunto — Hudson interrompeu a conversa, seu tom barítono grave fazendo um calor desencadear dentro dela. — A escolha, se Ellie nos acompanha ou não, é dela. Ela conhece sua mente e suas habilidades.

Embaixo da mesa, a mão direita dele encontrou a esquerda dela, os dedos emaranhando-se, o polegar fazendo um carinho no mindinho dela como se dissesse: *este é o dedo*. E ele estava certo. Era mesmo. E, assim, um dos segredos dela era dele. Ela se perguntou que outros ela revelaria ao longo de sua união. Estranhamente, o pensamento só a encheu de esperança. Compartilhar até mesmo os fracassos com esse homem seria um privilégio.

Ele deu um aperto leve e reconfortante em sua mão. Uma demonstração de solidariedade que ela apreciou tanto quanto suas palavras.

— Vou acompanhar vocês — disse ela, com firmeza, grata por Hudson novamente.

De alguma forma, ele havia resolvido o cerne do conflito que ela inevitavelmente tinha com a família. Ela amava muito o pai e era feliz por ter amadurecido sendo encorajada e elogiada por ele. Enquanto outras meninas estavam se apresentando para a corte, ela estava atolada em livros e no aprendizado, os dedos ásperos com calos por causa das ferramentas, óleo e sujeira sob as unhas que deixavam a mãe desesperada. Sua estreia na sociedade fora adiada e, como resultado, também foram suas perspectivas conjugais. Nunca teve importância até que *teve*.

Um dia, Izzy declarou a intenção de se casar com o Sr. Penhurst, o terceiro filho do melhor e mais antigo amigo de seu pai, o visconde Leeland. E naquele dia, toda a generosa indulgência que o pai havia destinado em relação ao futuro de Elysande começou a se deteriorar sistematicamente. Como pedras sendo removidas da fundação de uma antiga muralha de um castelo, uma a uma, suas liberdades foram tomadas. Sua vida mudou. Por fim, o que tinha sobrado desmoronou. O pai decidiu que ela precisava se encaixar nos moldes da sociedade para o benefício do resto dos irmãos.

E ela amava Izzy e todo o resto o suficiente para aceitar a decisão.

No entanto, nunca aceitou o motivo – apesar de toda a recusa do pai em aderir aos ditames sociais, quando se tratava das filhas, estava disposto a fazer um sacrifício. Mesmo que isso colocasse a felicidade de Elysande em risco. Ela, Izzy e as gêmeas sempre seriam tratadas de forma diferente, obrigadas a seguir regras diferentes, simplesmente por terem nascido mulheres e não homens.

Seu pai tamborilava os dedos na mesa agora, tirando Elysande de seus pensamentos. Era um hábito antigo dele, algo que fazia sempre que estava prestes a projetar sua próxima invenção. Isso invariavelmente distraía sua mãe.

— Não é adequado você estar lá — seu irmão resmungou em sua direção. — Eu só estou tentando te proteger, Ellie.

— Não preciso da sua proteção — ela retrucou. — Sou mais forte do que você imagina.

SCARLETT SCOTT

Hudson apertou a mão dela mais uma vez.

— Minha esposa é mais forte do que qualquer um que conheço, e mais sábia também. Sugiro que aceitemos a decisão dela e levemos o dia adiante.

Se o corpo de uma pessoa fosse capaz de brilhar como a luz elétrica, Elysande tinha certeza de que o dela estaria brilhando agora. Radiante e zumbindo e muito iluminado. Como era bom ser a destinatária do elogio de Hudson. Como era maravilhoso se sentar ao seu lado e se sentir apreciada de uma maneira que sempre sentiu falta. Só que nunca notara o lapso evidente até que ele entrasse em sua vida de maneira inesperada.

Mas agora que ele havia chegado, ela pretendia fazer tudo ao seu alcance para mantê-lo ali.

A viagem aos antigos aposentos de Hudson foi melhor do que ele esperava. Quase perfeita, na verdade. Leydon e Royston, depois de terem sido persuadidos de que Elysande deveria, de fato, acompanhá-los se assim quisesse, não se opuseram mais à ideia. Ele ficou aliviado, pois tê-la por perto era mais reconfortante do que a frágil esperança de que o método de seu pai de comparar sua mão com a impressão de sangue na cabeceira da cama do antigo quarto levaria à sua exoneração.

Ainda assim, apesar da progressão do dia, a chama da preocupação ainda tinha que ser extinguida. Sua experiência como detetive lhe mostrou que seus instintos quase nunca estavam equivocados, e se o nó em seu estômago fosse alguma indicação, a promessa inicial da manhã logo levaria ao inferno completo e absoluto.

Era assim que funcionava uma investigação. Para cada pista promissora, havia uma contraprova igualmente condenatória. A avaliação preliminar de Leydon da impressão de Hudson, juntamente com a impressão deixada pelo assassino de Maude, sugeria que havia diferenças entre elas óbvias demais para serem negadas. O que significava, é claro, que a segunda visita que precisavam fazer prosseguiria tão mal quanto um navio com vazamento no casco em meio a um redemoinho.

Sua suspeita foi confirmada quando chegaram à casa de Barlowe e encontraram um grupo bastante inesperado na sala de visitas. Ele deveria saber que não seria uma boa ideia procurar Barlowe sem aviso prévio, reconheceu esse fato ao se encontrar ladeado pela esposa, cunhado e sogro à porta do cômodo elegantemente mobiliado.

Também deveria ter encorajado uma visita ao marquês de Greymoor, que também poderia atestar a presença de Hudson no Black Souls. Ou talvez até ao próprio dono do clube. Mas quando a porta da residência de Barlowe, em Mayfair, se abriu e eles foram recebidos por um mordomo que parecia estar de porre, Hudson decidiu permanecer e tentar fazer a visita.

Da próxima vez, não seria tão tolo.

— Esta é sua maldita testemunha? — Royston sibilou, baixinho, enquanto os quatro ficaram lá, horrorizados, testemunhando a homenagem ao prazer.

Ele não podia culpar o irmão de Elysande pela repulsa em sua voz, mesmo que o visconde fosse aparentemente uma espécie de imprestável, considerando que os comentários de Ellie valessem de indicação. Não, de fato. Ele estava tão atordoado quanto qualquer um deles.

Havia todas as indicações de que os presentes no cômodo estavam bebendo desde a noite anterior e ainda não haviam encontrado suas camas. Era quase meio-dia, e a folia não mostrava sinais de encerramento iminente. À verdadeira moda Barlowe, havia mulheres por toda parte. Damas em vestidos de festa, mangas escorregando nos ombros, penteados desfeitos. Garrafas de vinho na mão, pés sem chinelos. Cristo, um peito nu à sua esquerda, próximo à janela. Desviou o olhar. Mas lá, perto do sofá, havia membros femininos em exibição. Estavam desprovidos de meias e roupas íntimas, acompanhados de um vislumbre da boceta daquela infeliz dama bêbada.

Ela ria descontroladamente, uma bagunça de cachos loiros caindo ao redor do rosto.

— Querida, preciso de mais vinho — ela falou, enrolando a língua. — Minha garrafa está mui… bem… muito vazia. Vaziazinha. Meio vazia. Meu Deus, estou falando latim? *Et tu, Brute?* Faz tanto tempo…

A fala enrolada foi pontuada por um soluço. E depois outro.

— As damas não são minhas testemunhas — ele conseguiu dizer.

Maldição, ele sabia que Barlowe tinha uma natureza selvagem e um completo desprezo pela alta sociedade, mas esta era uma festa etílica que parecia mais uma ode a Baco, ou – pelo amor de Deus – mais uma *orgia* do que qualquer outra coisa. Não imaginava que o amigo seria capaz de tal espetáculo. Já não eram mais jovens e, apesar de Barlowe ser um rebelde maldito, andava mais sério nos últimos tempos. Calmo e sóbrio o suficiente para Hudson confiar a própria esposa a ele!

Que foi uma decisão que ele se arrependia cada vez mais a cada momento...

E onde diabos estava Barlowe, afinal?

O duque vasculhou a sala e viu mais mamilos, tornozelos e joelhos, junto com alguns beijos lascivos entre um cavalheiro e uma dama claramente bêbados. Por fim, viu o amigo no canto, uma garrafa de vinho pela metade na mão, uma mulher no colo. A dama estava sentada nele com uma perna para cada lado, chupando seu pescoço. A gravata de Barlowe estava frouxa e pendendo sobre um ombro, o casaco havia sido tirado em algum momento, o colete estava desaparecido. Os poucos botões superiores da camisa estavam abertos, e o cabelo loiro estava como se todas as damas presentes tivessem passado as mãos por ele.

Mas que porra era essa?

— Hudson! — Barlowe chamou, sem se levantar ou se preocupar em tirar a mulher do colo. — Venha!

Ela riu e mordeu a orelha dele. Por acaso, o corpete dela estava abaixado e o espartilho aberto? Ela se mexeu, e Hudson foi presenteado com a visão infeliz de um mamilo, confirmando suas suspeitas.

Meu Senhor do céu.

— Talvez vocês três queiram me esperar na carruagem — disse ele a Elysande, seu pai e irmão com o máximo de calma que conseguia demonstrar.

Na verdade, a visão do amigo de confiança completamente bêbado, cercado por mulheres de moral questionável e roupas escassas, o abalou. Sim, Barlowe era de fato sua testemunha mais confiável. Seu *amigo* mais confiável também. Eles se encontraram por acaso uma noite, quando Barlowe estava totalmente embriagado e quase foi roubado e esfaqueado com uma lâmina por suas tentativas de se defender do ladrão que tinha a intenção de enriquecer.

Hudson o defendeu e, embora Barlowe fosse membro da aristocracia, ele só ficou sabendo disso depois de vários anos de amizade. Eles se encontraram para tomar cerveja em tabernas, se reuniram em churrascarias e em qualquer outro lugar que conseguissem. Nenhum deles havia feito perguntas ao outro e, por algum tempo, sua amizade foi anônima. Barlowe não sabia que Hudson era detetive da Scotland Yard, e ele não sabia que Barlowe era irmão de um conde, terceiro na linha de sucessão. Não teria feito diferença, mas o tempo que ambos levaram para compartilhar seus verdadeiros nomes e trajetórias solidificou a amizade.

Certamente para Hudson, isso fortalecera sua confiança em Barlowe.

Confiança que estava começando a se perguntar se, dado o estado atual da vida do amigo, fora mal depositada.

A mão da esposa estava em seu cotovelo, seu aperto firme.

— Hudson?

Como explicar? Havia uma cena diante deles que ele não havia previsto. Cena que não entendia. Barlowe não era do tipo de sucumbir ao excesso de forma tão escandalosa. Pelo menos, Hudson não acreditava que ele fosse.

— Vá para a carruagem — ele insistiu com ela. — Eu mesmo falarei com Barlowe.

— Há algo errado — disse ela, ecoando seus pensamentos.

— Com certeza, sim — Leydon falou, num tom incisivo. — Se esse homem é indicativo da qualidade do seu álibi, eu estaria desesperado se fosse você, Wycombe.

— Venha, Ellie — Royston estava dizendo a Elysande, tentando afastá-la do hedonismo em exibição diante deles.

Mas era tarde demais, e sua esposa não era o tipo de dama que aceitava o decreto de ninguém. Principalmente do irmão ou do pai. Ele não a culpava. Na verdade, admirava sua persistência, sua força. Inferno, ele a admirava. Ponto final.

— O Sr. Barlowe parece atormentado — disse Elysande.

— Ele não é mais Sr. Barlowe, amor — gritou a loira que estava exibindo suas partes inferiores sem um pingo de vergonha. — Ele é Lorde Anglesey agora.

— Anglesey? — Hudson franziu a testa, aquela sensação crescente de pavor perfurando mais fundo.

Não podia ser. O amigo tinha dois irmãos mais velhos, um dos quais era o conde atual.

— Você ouviu — disse Barlowe, erguendo a garrafa de vinho. — Meus irmãos morreram em um acidente de barco ontem de manhã. Uma corrida de iates estúpida, vento ruim, uma batida em outro barco e eles afundaram. Ou foi dois dias antes de ontem? Cristo, esqueci. Mas ambos estão mortos. Você está olhando para o atual conde de Anglesey.

Hudson viu a cena de esbanjamento diante de si com uma nova clareza. Barlowe – ou melhor, Anglesey – tinha se afastado dos irmãos mais velhos. Apesar disso, a morte repentina dos dois deve ter sido um tremendo choque.

SCARLETT SCOTT

— Sinto muito — disse ele ao amigo. — Se houver alguma maneira em que eu possa ser útil, por favor, me avise.

— Tudo o que quero fazer neste momento é ficar ainda mais embriagado — anunciou o amigo, semicerrando os olhos. — Mas que merda, quantos de vocês estão aqui?

— Aposto que você já está embriagado o suficiente — disse ele, num tom sério.

— Devemos nos despedir — Leydon estava dizendo, o tom de reprovação.

— Pobre Sr. Barlowe — disse Elysande ao seu lado. — Perder dois irmãos ao mesmo tempo deve ser um choque.

O amigo apenas tomou outro gole diretamente da garrafa de vinho. Um choque, de fato. Mas dado seu estado atual e suas companhias, não havia nada que Hudson pudesse fazer pelo amigo agora.

— Falarei com ele mais tarde — decidiu Hudson. — Por enquanto, talvez seja melhor procurar Greymoor.

— A morte parece segui-lo, senhor — observou Royston enquanto os quatro retornavam apressadamente para a carruagem.

Hudson o teria corrigido, mas ficou alarmado ao admitir que o cunhado não estava errado.

CAPÍTULO 16

Elysande estava na sala de visitas com as irmãs e a mãe quando o inspetor-chefe O'Rourke chegou. O retorno do homem era inevitável, mas isso não impediu a suspeita amarga embrulhando seu estômago com a presença aduladora. Ele bajulou sua mãe e irmãs e a ela mesma muito bem. Ela supôs que ele reservava o desprezo e a desconfiança para Hudson.

Mas por quê?

Uma coisa era certa: ela não confiava nele.

— Meu marido não está em casa, inspetor-chefe O'Rourke — ela falou, quando as gentilezas terminaram.

Hudson, seu pai e seu irmão haviam visitado o Clube Black Souls para investigar mais depois que a conversa que tiveram mais cedo com o marquês de Greymoor revelou que o inspetor-chefe O'Rourke não o questionara para confirmar o paradeiro de Hudson na noite do assassinato. A omissão foi tão esclarecedora quanto preocupante.

— Felizmente para mim. É com a senhora que eu gostaria de falar, não com o duque — disse ele, dirigindo-se a ela num tom adulador. — Perdoe-me pela intromissão, Vossa Graça. Eu gostaria de saber se seria possível ter uma palavra com a senhora em particular.

Ela não queria ficar sozinha com o homem.

— Certamente qualquer coisa que queira dizer pode ser dita livremente diante de minha mãe e irmãs, inspetor.

Ele deu a ela um sorriso condescendente que não chegou aos olhos.

— Infelizmente, é costume que todos os interrogatórios da Scotland Yard sejam conduzidos de forma individual. Por mais que eu deseje honrar vosso pedido, no interesse de preservar a integridade do caso, não posso atendê-la.

Um interrogatório? O que é que o inspetor-chefe O'Rourke pensava que ela tinha a oferecer no caso do assassinato da Sra. Ainsley? Ela nem estava em Londres na época. Hesitou em sua resposta, olhando para a mãe, Izzy e as gêmeas.

— Já que o inspetor exige confidencialidade, então suas irmãs e eu ficaremos felizes em sair — decidiu sua mãe. — Esperaremos você e Wycombe para jantar esta noite.

Ela queria protestar contra a partida delas, mas também não queria dar ao inspetor nenhuma munição. Como a casa de seu pai havia sido arrumada na cidade, Elysande não estava mais interpretando o papel de anfitriã, e não havia razão para a mãe e as irmãs permanecerem.

— Claro — disse ela, fingindo serenidade.

Izzy olhou para ela, dando-lhe um olhar revelador enquanto saíam. Elysande encolheu os ombros de leve. O que mais deveria fazer? Se ela se recusasse, provavelmente só aumentaria as suspeitas do inspetor. Não tinha nada a esconder, e nem Hudson.

Ele era inocente.

Lembrando-se desse fato importante, encarou o inspetor-chefe O'Rourke depois que a mãe e as irmãs se retiraram da sala de visitas.

— Você gostaria de um chá, senhor? — ela perguntou, com a voz calma, como se ele estivesse fazendo uma visita social.

— Não, obrigado, Vossa Graça — negou o inspetor-chefe O'Rourke. — No entanto, a senhora talvez queira se sentar para esta conversa.

— Prefiro ficar de pé, senhor — disse ela, porque a ideia de se sentar perto dele como se ele fosse um visitante bem-vindo era odiosa.

Este homem estava tentando acusar Hudson de assassinato, ela se lembrou.

Além disso, ele corrompeu a investigação sobre a morte da Sra. Ainsley de modo irremediável. Ele já estava decidido a respeito da identidade do assassino, e permanecia determinado a provar sua teoria, mesmo estando completamente errado.

— Como desejar, Vossa Graça. — Ele inclinou a cabeça, a fisionomia ficando séria. — Sem dúvida, você está ciente da testemunha que ofereceu o depoimento dela em relação à presença do duque de Wycombe na cena do assassinato.

O *testemunho dela?*

Algo dentro de Elysande congelou.

— Uma testemunha mulher? Eu só tinha conhecimento do Sr. Seward, o aprendiz do boticário, que foi o responsável por permitir que a Sra. Ainsley entrasse nos aposentos naquela noite.

— Ah. — Sua expressão agora era de pena. — Acredito que Sua Graça não lhe contou o motivo da minha visita anterior, então.

Ela engoliu em seco a onda de suspeita. Ele estava jogando, pensou. Alimentando-a de informações em pequenas doses, observando sua reação com atenção. Hudson falhou ao não mencionar uma testemunha adicional, mas ela não tinha certeza se o inspetor-chefe O'Rourke estava mentindo para atraí-la, nem se suas palavras eram verdadeiras. E mesmo que fossem verdadeiras, e se de fato houvesse outra testemunha naquela noite, Hudson tinha muitos amigos que podiam testemunhar que ele estivera na presença deles durante a maior parte da noite.

Um desses amigos estava de porre esta manhã, por ter tido a notícia da morte dos irmãos. Mas ela tinha esperança de que o marquês de Greymoor estivesse em um estado de espírito mais lúcido.

Ela se certificou de manter a expressão cuidadosamente impassível.

— Talvez você devesse ser mais claro sobre o motivo da visita de hoje, inspetor-chefe O'Rourke. Confesso que não sei ao certo por que o senhor está aqui.

— Porque a Sra. Adelaide Lamson foi encontrada morta, Vossa Graça — disse o inspetor, um tom agudo na voz que não estava presente antes.

Confusão, juntamente com uma nova apreensão, a perfuraram.

— Quem é a Sra. Lamson, inspetor?

— Ela é a mulher cujo testemunho juramentado implica seu marido no assassinato da Sra. Maude Ainsley — disse O'Rourke. — E agora, ela também está morta. Um curioso conjunto de circunstâncias, a senhora não concorda, Vossa Graça?

Mantenha a calma, Elysande.

Não permita que ele veja um pingo de emoção.

Ela conhecia Hudson. O homem que amava era inocente dos dois crimes. Mas o homem diante dela estava fazendo tudo ao seu alcance para provar o contrário.

— Bastante curiosa — ela concordou, agarrando-se a cada pitada de compostura que tinha. — Ainda não consigo ver o que isso tem a ver comigo. Por que veio, inspetor-chefe O'Rourke? O que o senhor esperava obter com essa visita?

— Ah, não é óbvio? — Ele balançou a cabeça, o semblante quase triste. — Seu marido é um assassino, duquesa. Ele assassinou a amante, Sra. Ainsley. Dada a violência do assassinato, é quase certo que foi uma briga. Ele estava bravo com ela por algum motivo. Pegou uma faca e a apunhalou com ela. Repetidas vezes.

Enquanto falava, o inspetor ergueu a mão como se estivesse segurando uma lâmina invisível, golpeando o ar com gestos firmes. A parte racional dela sabia que ele estava fazendo um espetáculo sombrio, tentando ao máximo chocá-la e abalá-la. Mas ela manteria a pose.

— Ele não fez nada disso, inspetor-chefe O'Rourke — ela negou, com calma. — Ele tem amigos que podem confirmar sua presença no Clube Black Souls na noite da morte da Sra. Ainsley. Você os interrogou, não é mesmo?

— Naturalmente, todas as facetas deste caso foram examinadas com atenção — disse o inspetor.

Ela sabia que era uma mentira, e as informações que ela tinha a encorajaram.

— Estranho, então, que o marquês de Greymoor tenha relatado que ninguém falou com ele sobre a noite em questão.

Os lábios de O'Rourke se curvaram em um sorriso sarcástico, parcialmente escondido sob o bigode.

— Entendo sua lealdade ao seu marido. No entanto, ele é um homem perigoso. É provável que a Sra. Lamson tenha sido envenenada. Ela foi encontrada se contorcendo e agonizando ontem à noite e morreu hoje ao amanhecer no hospital. Não tenho dúvidas de que a autópsia confirmará minhas suspeitas. Assim como a Sra. Ainsley, a Sra. Lamson foi vista na presença de um cavalheiro parecido com o duque.

Nada na história do inspetor fazia sentido. Sua mente girava, se esforçando para compreender, mas ainda assim ela se agarrou a um detalhe importante.

— Quando? — ela perguntou.

O inspetor franziu a testa.

— Perdão?

— Quando a Sra. Lamson foi vista na presença de alguém parecido com meu marido, inspetor-chefe O'Rourke? — ela perguntou, reformulando a pergunta.

— Ontem à noite, Vossa Graça. — Havia uma tom presunçoso de satisfação em sua voz, como se acreditasse que finalmente a convencera.

Na verdade, ele tinha acabado de provar que Hudson não poderia ter sido responsável pela morte da outra mulher.

— Então é impossível que meu marido tenha sido visto com a Sra. Lamson, senhor. Sua Graça esteve comigo a noite toda. Ele não saiu do meu lado até uma hora atrás.

O inspetor cerrou a mandíbula.

— Disseram-me que ele tinha ido ao clube ontem à noite.

— Quem lhe disse?

— Um dos nossos sargentos tem vigiado sua casa. Um cavalheiro foi visto entrando em uma carruagem que foi trazida dos estábulos, e ele foi seguido até o Clube Black Souls, quando o sargento foi chamado para atender outro crime e tive que sair. Supostamente durante a ausência do meu homem, o duque aproveitou a oportunidade para encontrar a próxima vítima.

O inspetor-chefe O'Rourke estava dissimulando mais uma vez. Era a única explicação para suas palavras, pois Hudson não havia saído ontem à noite. Entre a chegada de sua família e o tempo que passaram juntos, não houve absolutamente nenhuma oportunidade para ele ter pegado uma carruagem em lugar nenhum...

Sua família!

Ela então compreendeu e constatou um sentimento florescente de justiça.

— Meu irmão, Lorde Royston, pegou uma carruagem para o clube ontem à noite, inspetor-chefe Rourke — disse ela, lembrando a saída tardia de Tristan. — Minha família chegou a Londres ontem e passou a noite como nossos convidados, já que a casa deles ainda não estava arrumada. Se o seu sargento realmente viu alguém sair ontem à noite, foi Royston, e não Wycombe. Como eu disse, meu marido não saiu do meu lado.

O'Rourke empalideceu.

— É impossível. Não acredito que meu sargento pode ter se enganado tanto.

Era perfeitamente possível, como o inspetor sem dúvida sabia. Na escuridão da noite e no brilho das lâmpadas da rua, confundir um cavalheiro alto e de cabelo escuro com outro seria muito fácil. O sargento acreditava que estava vigiando Hudson, mas, na verdade, estava seguindo o irmão dela.

— Contudo, ele se enganou — disse ela. — Naturalmente, estou disposta a oferecer meu testemunho de que meu marido esteve ao meu lado durante toda a noite e até o amanhecer, quando acordamos e nos juntamos à minha família para o café da manhã. Se a infeliz Sra. Lamson foi realmente envenenada, sugiro que estenda sua investigação para outro lugar, porque não pode ter sido o duque.

As narinas do inspetor se abriram.

— Vou precisar falar com o meu sargento e Lorde Royston separadamente. Onde está seu irmão agora, Vossa Graça?

Ela deu um sorriso bondoso.

— Não sei dizer, senhor. Ele pode estar em qualquer lugar. Royston faz o que quer. Se isso for tudo, tenho alguns assuntos a tratar.

Ele assentiu e fez uma reverência breve.

— Claro, Sua Graça. Vou me retirar.

Ela o observou partir, alívio se misturando com uma sensação pungente de inquietação. Ela não confiava no inspetor-chefe O'Rourke, e a terrível sensação de suspeita lhe embrulhando o estômago dizia que essa não era a última vez que o veria.

Hudson estava exausto quando voltou para casa para se arrumar para o jantar. Só queria mergulhar na banheira quente e ir para a cama com a esposa ao seu lado. Entrou pela porta dos fundos dos estábulos, ainda desacostumado a descer da carruagem com formalidade e entrar na casa como um duque.

Mas ele ainda não era um duque propriamente dito, era?

Duvidava que um dia fosse ser um.

Encontrou Elysande no salão principal conversando com a governanta. Ela já estava vestida para o jantar com um vestido de noite escarlate ousado que realçava o cabelo castanho e os traços suaves e bonitos.

Quando o viu, pediu licença e correu para cumprimentá-lo. Uma onda de amor, tão profunda e avassaladora que ele sentiu nos joelhos, atingiu Hudson.

— Você chegou — disse ela. — Preciso falar com você imediatamente.

Sua urgência o pegou de surpresa.

— Tudo bem.

Ela segurou a mão dele.

— Venha.

Não era do feitio de Elysande arrastá-lo pela casa. Sua atitude, combinada com a expressão em seu rosto, o deixaram mais preocupado. Ele a seguiu até o cômodo mais próximo, que era a biblioteca.

Quando a porta se fechou, garantindo a privacidade deles, ele se virou para ela.

— O que há de errado, Ellie?

— Ah, Hudson! O inspetor-chefe O'Rourke fez uma visita hoje — disse ela, os olhos arregalados e balançando a cabeça. — Ele veio me contar sobre uma testemunha que alegou ter visto você entrando em seus aposentos com a Sra. Ainsley na noite do assassinato.

Cristo. Ele não havia contado a Elysande sobre a alegação impossível que O'Rourke havia feito a respeito de uma testemunha do sexo feminino que se apresentara convenientemente tarde. A omissão foi em grande parte porque não queria causar preocupação desnecessária. Mas também porque estava desesperado para conservar o apoio dela durante este inferno. Se perdesse sua confiança, sua crença nele, não sabia o que seria dele. Ela se tornara absolutamente essencial para ele em muito pouco tempo.

Necessária. Era isso era o que ela era. Tão vital quanto as batidas de seu coração.

Tentou passar a mão no cabelo e só então percebeu que ainda estava de chapéu, que tirou imediatamente. Estava tão distraído que não lhe ocorrera tirar o casaco e acessórios.

Ele tirou a cartola de seda preta, um chapéu elegante que jamais sonhou ter, apertando a aba com uma força dilacerante.

— Ele me contou uma história semelhante quando me visitou anteriormente e me interrogou. Eu não queria te contar por vários motivos.

Com seu jeito inconfundível, Elysande assentiu como se entendesse completamente o raciocínio dele antes mesmo que ele o explicasse.

— Muito provavelmente você não quis me causar mais preocupação.

Caramba, além de ser mais importante para ele do que jamais sonhara que alguém pudesse ser, ela também o conhecia. Conhecia-o muito bem.

— Claro que não queria deixá-la aflita. Esta investigação é um fardo que *eu* devo suportar, não você. — Ele fez uma pausa, tentando encontrar a melhor maneira de se explicar. — Mas também, não havia como outra testemunha ter me visto naqueles aposentos no instante em que O'Rourke alega. Essa testemunha não só se apresentou tarde, como seus motivos são suspeitos. De fato, acho muito curioso que o inspetor tenha conseguido essa testemunha milagrosa enquanto ainda não tinha entrevistado nenhum dos indivíduos que podem provar que eu estava presente no Clube Black Souls no momento em que o assassinato foi cometido.

Ela se aproximou dele, o semblante refletindo sua angústia. Ele teria dado qualquer coisa – sua alma – para impedi-la de sofrer. Ele só tinha trazido morte e perigo para ela. Preocupação e medo. Dívida e casas arruinadas. E ainda assim ela permanecia firme e leal, um anjo entre as mulheres.

A mão dela pousou em seu braço, um gesto revigorante.

— Essa não foi a única razão pela qual o inspetor-chefe O'Rourke esteve aqui.

— O que mais ele queria? Eu disse a ele para não voltar a menos que tivesse um mandado para minha prisão.

Os olhos dela se arregalaram, e ele sentiu a pontada aguda de arrependimento por sua fala tão incisiva.

— É tão ruim assim, Hudson?

— Não deveria ser — ele respondeu, com sinceridade. — Sou inocente, entretanto parece que outros estão trabalhando contra mim a cada passo por razões que não consigo entender.

— A testemunha de quem ele falou, uma Sra. Lamson, foi assassinada ontem à noite — disse ela, num sussurro. — Ele veio me dizer que ela foi encontrada se contorcendo, agonizando, quando alguém a encontrou logo depois de ter sido vista com um homem com sua descrição. Ela foi levada para o hospital, mas já era tarde demais. Ela morreu. O inspetor-chefe O'Rourke alega que ela foi envenenada.

Seu sangue gelou.

— Mas que diabos?

— É realmente um trabalho do diabo, suspeito. — O tom dela era solene, tão pesaroso quanto alguém velando um leito de morte. — Acredito que o inspetor-chefe O'Rourke veio para me convencer de sua culpa, e para prender você. No entanto, eu disse a ele que você esteve comigo a noite e a manhã toda.

Um rubor rosado cobriu as bochechas dela e, mesmo com o peso do pavor no estômago, ele não conseguiu evitar admirar sua beleza natural.

— Você acredita que sou inocente, Ellie? — ele perguntou, porque tinha que fazer isso.

Precisava ouvir a resposta dos lábios dela. Inferno, se ela dissesse que não, dificilmente a culparia. A observação de seu irmão sobre a morte o seguir parecia se tornar cada vez mais adequada.

— Claro que acredito — ela o tranquilizou, o olhar inabalável. — Você nunca deve duvidar disso, Hudson. O'Rourke inicialmente não acreditou em mim quando eu disse que você estava comigo durante a noite inteira. Aparentemente, um sargento tem seguido você, e esse homem viu meu irmão chamar a carruagem e ir ao Black Souls ontem à noite. O sargento confundiu Royston com você. Depois que O'Rourke saiu, descobri que ele havia interrogado o cavalariço para confirmar o que eu disse a ele. Ele saiu com muita raiva, se é que se pode acreditar na palavra de Gosnell.

— Droga. — Isso era muito pior do que ele imaginava. — Se esta Sra.

Lamson foi realmente envenenada, significa que alguém queria silenciá-la. Ela já estava mentindo sobre ter me visto entrando nos aposentos enquanto eu estava no Clube Black Souls.

A mão de Elysande apertou seu braço.

— Você acha que alguém pediu a ela para mentir sobre o que tinha visto?

— Eu gostaria de ter certeza. Por experiência, às vezes testemunhas mentem para receber recompensas ou ganhar notoriedade. Outros mentem para proteger os outros. A Sra. Lamson poderia estar tentando proteger o verdadeiro assassino, quem quer que seja.

Elysande assentiu, os olhos arregalados.

— Ah, sim! Se ela estava mentindo para atrapalhar a investigação e desviar a atenção do verdadeiro assassino, então o responsável pelo assassinato da Sra. Ainsley também pode ter envenenado a Sra. Lamson.

Ele assentiu, sentindo um súbito calor com o casaco. *Maldição*, sua testa estava suando. Num ímpeto, ele se afastou dela e foi em direção à escassa mobília da biblioteca. Jogou o chapéu em uma mesa e tirou o casaco, pendurando-o nas costas de uma cadeira.

Mas ela o seguiu. Claro que seguiu, trazendo consigo o suave aroma de lírio-do-vale e a doce bênção de sua presença e apoio.

— Hudson? — A mão dela estava nas costas dele. Gentil e generosa. Oferecendo consolo.

De repente, ele sentiu como se estivesse queimando vivo. Lentamente, inspirou, depois expirou, buscando alívio, um pouco de calma.

— Passei muitos anos resolvendo casos. Nunca imaginei que estaria envolvido neles de tal maneira... Como suspeito não de apenas um assassinato, mas de dois.

— Algo está terrivelmente errado com esta investigação. — A palma da mão dela deslizou por suas costas, chegando lentamente em seu ombro. — Essas histórias, nenhuma delas faz sentido. Nem a insistência do inspetor-chefe O'Rourke em considerar você culpado.

O'Rourke queria vê-lo na prisão pelo assassinato de Maude. Não havia dúvida disso. Todos os eventos que se desenrolaram desde a morte dela comprovavam essa verdade inegável. No entanto, qual era o motivo de O'Rourke? Era vingança? Ele se ressentia de Hudson ter herdado um ducado e deixado a Scotland Yard para trás? Ele teria ficado irritado com a determinação de Hudson em perseguir Reginald Croydon? Ou, como eles haviam se perguntado antes, ele estava realmente de alguma forma envolvido com o próprio Croydon?

SCARLETT SCOTT

Durante o tempo na Scotland Yard, o ciúmes corria solto. A Yard também não era imune à corrupção. Os escritórios decadentes com arquivos de casos empilhados desordenados, acessíveis a quase qualquer pessoa, não ajudavam em nada.

— Sinto muito por ter arrastado você para essa bagunça, Ellie — ele falou, com a voz áspera, baixando a cabeça com uma onda de culpa.

Ele não a merecia.

Nunca mereceu.

Nunca mereceria.

O toque da esposa se moveu para seu outro ombro, e então sua outra mão se juntou à primeira. Seus dedos hábeis encontraram todos os nós de tensão em seus ombros e começaram a apertar, trabalhando para soltá-los.

— Sou sua esposa — disse ela. — Não existe isso de me arrastar para nada. Estamos juntos.

Ele baixou a cabeça, permitindo que ela massageasse seus ombros enquanto sua mente tentava freneticamente entender todas as informações que circulavam nela. Ele era como o mar na maré alta, açoitando em um frenesi, espumando e arrebentando com selvageria. Ele precisava recuperar o controle de si mesmo.

— Sabemos que a Sra. Lamson estava mentindo — disse ele, declarando fatos. — Não sabemos o motivo da dissimulação, mas ela certamente não estava dizendo a verdade quando alegou ter me visto em meus aposentos com a Sra. Ainsley no início da noite. O próprio testemunho do Sr. Seward corrobora minha presença no Clube Black Souls. Ele foi muito claro ao afirmar que viu a Sra. Ainsley sozinha e que foi ele quem permitiu a entrada dela nos aposentos.

— Além disso, como sabemos que a Sra. Lamson não estava dizendo a verdade, e ela agora foi envenenada — disse Elysande, devagar, enquanto trabalhava seus músculos tensos —, pode-se razoavelmente supor que ela estava mentindo para proteger o verdadeiro assassino. Ou que talvez tenha recebido algum tipo de benefício para mentir. De qualquer forma, a única pessoa que teria dado tal motivo seria o assassino da Sra. Ainsley, o que significa que ele deve ter envenenado a Sra. Lamson também. Mas por quê?

Meu Deus. Hudson foi inundado pela compreensão, fria e chocante e completamente entorpecente ao mesmo tempo. Por que diabos não chegara à inevitável conclusão antes?

— Para ter certeza de que eu seria acusado do segundo crime assim como do primeiro — disse ele, enrijecendo e se virando para encarar a esposa. — Na noite em que Croydon escapou de Dunsworth, uma mulher identificada apenas como Sra. L. foi vista fazendo um alvoroço do lado de fora da prisão.

Elysande era uma visão em escarlate e bege, a pele pálida e o cabelo escuro, olhos castanhos calorosos focados nos seus. A composição de vermelho e marfim o levou de volta àquela noite terrível quando encontrou Maude morta em sua cama. Seu estômago se revirou com a lembrança.

— Alguém está tentando retratar você como o assassino — disse Elysande, baixinho, entendendo a direção dos pensamentos dele. — Para encobrir o envolvimento na fuga de Reginald Croydon.

— E este mesmo homem está tão desesperado que foi capaz de matar a mulher que ele mesmo usou para confirmar suas mentiras me colocando na cena do assassinato da Sra. Ainsley — acrescentou ele, quase vendo a mente hábil de Elysande girando com a sua. — O mesmo homem que acreditou que eu estava fora de casa ontem à noite. Ele se certificou de que um sargento me viu sair daqui e ir para o Black Souls. Então, ele deve ter sabiamente arranjado para que o sargento fosse direcionado para outro lugar, ciente de que o homem só testemunharia o retorno para casa.

— Mas ele não sabia que o sargento confundiu meu irmão com você. — A expressão de Elysande era de aflição. — Inspetor-chefe O'Rourke, então?

Uma certeza sombria tomou conta de Hudson.

— Logo quando cheguei em Londres e soube que o inspetor-chefe O'Rourke era o encarregado do caso da fuga de Croydon, ele me garantiu que minha ajuda não era apenas desnecessária, mas também inútil. Ele alegou ter provas de que Croydon havia saído do país. A única conclusão razoável que se pode ter é que o inspetor está conspirando com Croydon de alguma forma.

E quanto mais ele pensava sobre esse cenário provável, mais percebia que fazia sentido. Croydon usou as conexões dentro da Scotland Yard em muitas ocasiões, inclusive para matar um de seus próprios parceiros. Se O'Rourke fosse a conexão, isso significava que ele também teria dado uma mãozinha para Croydon escapar de Dunsworth.

— Você acha que o inspetor-chefe O'Rourke está escondendo Croydon? — Elysande perguntou. — Se ele estiver, pode ser por isso que ele descartou a ideia de encontrá-lo e devolvê-lo à prisão. Ele iria querer que ele permanecesse livre. E se ele quisesse que o criminoso permanecesse livre e temesse que você estivesse chegando perto de achar Croydon, então ou o inspetor-chefe O'Rourke ou o próprio Croydon devem ter assassinado a Sra. Ainsley na tentativa de culpar você pelo assassinato.

— E quando O'Rourke viu que não tinha provas suficientes contra mim, decidiu fabricá-las com a ajuda da Sra. Lamson — concluiu Hudson. — Até decidir que a dama em questão era mais útil morta do que viva.

— Meu Deus, Hudson. Temos que encontrar uma maneira de acabar com essa loucura antes que mais alguém seja ferido ou morto.

Uma determinação sombria o dominou.

— Vou acabar com isso.

CAPÍTULO 17

— De jeito nenhum. — Elysande cruzou os braços e fixou o olhar em Hudson. — Você não pode achar que vou permitir que faça isso sozinho.

Hudson cerrou a mandíbula, mas continuou os atos metódicos, verificando o cano da pistola.

— Não vou colocá-la em perigo.

Ele estava de camisa e calça no quarto dela, mais parecendo um guerreiro prestes a ir para a batalha do que um duque pronto para um jantar do qual não iria participar. Desde o momento em que ele anunciou o plano para confrontar o inspetor-chefe O'Rourke, ela estava determinada a acompanhá-lo. Estava com medo, com a certeza implacável de que ele não voltaria vivo para ela.

Ellie balançou a cabeça.

— Não posso ficar parada enquanto você enfrenta o inspetor-chefe O'Rourke por conta própria. Se tudo o que suspeitamos sobre ele for verdade, então ele pode ser capaz de qualquer coisa. Além disso, se ele estiver realmente conspirando com Croydon, você vai enfrentar dois vilões, não um só.

Porém, Hudson permaneceu sério e indiferente a suas tentativas de convencê-lo. Calmamente, enfiou a pistola em um bolso oculto por dentro do colete.

— Estou ciente das possibilidades. Vou deixar você com sua família para jantar como conversamos. Você vai ficar lá até eu voltar. Se eu não voltar…

Ela soltou um grito sufocado de incredulidade com suas palavras. A ideia de qualquer coisa acontecendo com ele era um abominação. Ele era tão vital e forte, tão amado por ela.

— Você tem que voltar — conseguiu dizer, lágrimas obstruindo a garganta e fazendo os olhos arderem enquanto piscava furiosamente para evitá-las. — Não vou suportar se algo acontecer com você.

— Se eu não voltar — continuou ele, como se ela não tivesse falado —, você deve pedir a seu pai e irmão para irem à Scotland Yard com todas as evidências que coletamos. A comparação das impressões do assassino da Sra. Ainsley, as conversas com as testemunhas que atestaram minha presença nos momentos de ambos os assassinatos, as suspeitas que temos sobre O'Rourke.

Se eu não voltar.

Essas palavras a encheram de medo, pois ela sabia o que ele realmente queria dizer. Se ele fosse morto. Assassinado tão cruelmente quanto a Sra. Ainsley e a Sra. Lamson.

Desta vez, as lágrimas não puderam ser contidas. Elas nublaram sua visão e rolaram pelas bochechas enquanto ela tentava afugentá-las.

— Hudson, por favor. Não entendo por que você mesmo não vai à Scotland Yard com as evidências. É muito mais seguro.

— O'Rourke é muito astuto. Só há uma maneira de pôr fim às maquinações dele. — A voz de Hudson era grave e sombria.

Letal.

— Você não pode matá-lo com suas próprias mãos.

— Preciso detê-lo antes que ele machuque mais alguém, Ellie. — Seu olhar era sinistro.

— E quanto a você?

— Não dou a mínima para mim mesmo. — Ele vestiu o casaco, escondendo a saliência reveladora da pistola. — Minha principal preocupação é com você. É possível que ele vá atrás de você a seguir. Eu daria minha vida pela sua com o maior prazer.

— Mas não quero isso. — Ela foi até ele então, agarrando as lapelas, frustrada, desesperada e aterrorizada com o que estava por vir. — Quero você aqui comigo. Preciso de você. Eu amo você.

Não pretendia fazer essa revelação dessa maneira, mas não se arrependeu da confissão. Se ele tinha a intenção de enfrentar um louco – talvez até dois – esta noite, queria que ele soubesse o quanto era amado. Que soubesse que o coração dela pertence a ele.

Ele enlaçou o corpo delgado, de repente, abraçando-a com força.

— Eu também te amo, Ellie. Tanto que nem consigo expressar direito.

Em qualquer outra noite, essas palavras a teriam deixado extremamente feliz. Mas esta noite estava repleta de esperanças fraturadas, cheia de medo e incerteza. A possibilidade muito real de que ela poderia perdê-lo a sufocou.

Elysande respondeu da única maneira que pôde, ficando na ponta dos pés e pressionando os lábios aos dele. O beijo foi frenético e ríspido, misturado com o sal de suas lágrimas.

Fique comigo, disse a ele com os lábios.

Não me deixe nunca.

Leve esses homens maléficos à justiça de alguma outra maneira.

Quando ele ergueu a cabeça, rompendo a conexão, um soluço trêmulo a rasgou por dentro.

— Por favor, Hudson. Eu te imploro. Não faça isso. Eu te amo demais para te perder.

— Não chore, meu amor. — Ele passou os lábios por sua bochecha, colhendo as lágrimas que caíam. — É simplesmente assim que deve ser feito. Eu arrastei você para este inferno sem que fosse da minha vontade, mas que eu seja amaldiçoado se permitir que você se machuque por causa disso.

Ela o agarrou, sabendo que estava amassando as lapelas, mas não se importava com isso.

— Volte para mim. Preciso que prometa que vai voltar.

A boca dele encontrou a dela mais uma vez, o beijo agressivo e rápido.

— Prometo que farei tudo o que puder para voltar para você, doce Ellie.

— Que espetaculozinho encantador. Perdoem minha intromissão.

A voz familiar a congelou, a respiração ficando presa em seus pulmões.

Hudson reagiu rapidamente, compensando seu choque paralisante ao puxá-la para trás de si, colocando-se entre ela e o inspetor-chefe O'Rourke.

— O'Rourke — ele falou, num tom ríspido. — O que diabos você está fazendo aí?

— Sou um oficial da lei, Vossa Graça — disse ele, num tom calmo e presunçoso. — Ao contrário de outros que são meros pretendentes, desempenhando o papel que uma vez ocuparam.

Com o coração acelerado, Elysande ousou dar uma espiada por sobre a forma alta e protetora de Hudson. O'Rourke estava no limiar da porta fechada, a pistola apontada diretamente para o coração de Hudson. Sua boca ficou seca.

— Você é uma abominação para a lei — retrucou Hudson, a voz firme com uma fúria mal contida. — Você ajudou um assassino condenado a escapar da prisão.

— Não fiz nada disso. — O'Rourke abriu um sorriso calmo, enfiando a mão no bolso e tirando uma lâmina manchada de sangue. — Imagine meu choque ao descobrir a arma do crime usada para matar sua amante, Maude Ainsley, aqui em seu quarto.

Ele jogou a faca no chão ao seu lado.

Meu Deus. Que loucura ele estava tramando agora?

Fúria se misturava com terror dentro dela quando saiu detrás de Hudson, recusando-se a se esconder atrás dele.

— Você é um monstro mentiroso e vil!

— Ellie, fique atrás de mim. — Hudson ordenou, a voz era como o estalo de um chicote.

— Não se mexa — O'Rourke ameaçou. — Vocês dois.

— Atrás de mim, Ellie — Hudson repetiu, calmamente.

— Vou enfrentá-lo ao seu lado — disse ela, a mente girando tentando pensar em como poderiam deter este louco.

Como poderiam se salvar?

Hudson se moveu um pouco, aproximando-se dela.

— Eu disse para não se mexer — O'Rourke falou, com os dentes cerrados. — Imagine o horror ao encontrar o duque assassino depois de ele ter acabado de matar a duquesa. Os jornais ficarão sedentos pela história.

— Não a machuque — disse Hudson. — Ela é inocente e não merece morrer em suas mãos como a Sra. Ainsley ou a Sra. Lamson. Você as matou, não foi? Foi você ou foi Croydon?

O'Rourke sorriu.

— Homens mortos não podem cometer crimes.

Meu Deus. A revelação invadiu o cômodo.

— Você matou Croydon também? — Hudson perguntou, movendo-se na direção dela um pouco mais de novo.

O suficiente para que seus dedos roçassem.

Aquele toque a confortou, mesmo que fosse singelo.

— O canalha estúpido estava me ameaçando. Tinha que ser feito — disse O'Rourke.

— Por isso você tinha tanta certeza de que ele não seria encontrado. — Mais um pequeno passo.

Ocorreu-lhe que Hudson estava tentando distrair o inspetor. Talvez tivesse um plano.

— Infelizmente, o Sr. Croydon não desfrutou da liberdade por muito tempo. — A expressão de O'Rourke se tornou sinistra. — Eu não podia me dar ao luxo de deixar que ele revelasse meu envolvimento em seu bando. Estou galgando cargos mais altos. E então você tinha que aparecer, incansável na determinação de encontrá-lo. Eu não podia permitir que isso acontecesse. Mas por mais que eu me esforçasse para garantir que você parasse e voltasse a brincar de duque, você era um maldito cachorro nos meus calcanhares. Comecei a segui-lo pela cidade. Você estava chegando perto. Perto demais. Quando vi a mulher entrar em seus aposentos, eu sabia o que tinha que ser feito.

— Você matou Maude Ainsley — disse Hudson.

— Ela era uma prostituta bêbada — disse O'Rourke, com desdém. — Merecia o que aconteceu com ela. Tudo estava se encaixando perfeitamente, exceto as testemunhas que atestavam sua presença naquele maldito clube.

— Então você inventou uma nova testemunha — adivinhou Elysande. — Sra. Lamson.

O lábio de O'Rourke se curvou, mexendo o bigode.

— Outra prostituta. Ela queria mais dinheiro de mim depois de eu já ter pagado vinte libras pela história e mais dez pelo tumulto em Dunsworth quando Croydon escapou. Mas ela superestimou seu valor. Além disso, vocês ficam frustrando meus planos, não é? Isso acaba hoje. — Apontou a pistola para Elysande. — Duquesa, chegue mais perto. Devagar.

— Não vá — disse Hudson, mantendo a voz baixa. — Fique onde está.

O inspetor suspirou.

— Talvez eu deva matá-la agora e acabar logo com isso.

— Não há necessidade do envolvimento dela — disse Hudson, a voz surpreendentemente calma. — Sou eu quem você quer. Leve-me. Ela não vai dizer uma palavra do seu envolvimento a ninguém. Não vai, não é, Ellie?

Ah, não. Ela não permitiria que o marido se sacrificasse para salvá-la. Se este fosse o fim deles, enfrentariam isso juntos.

Ela olhou para O'Rourke, levantando o queixo.

— Direi ao mundo inteiro o mentiroso, assassino, manipulador e canalha sem alma que você é.

— Ellie — Hudson rosnou, um tom de advertência em sua voz.

— Faça o que estou dizendo ou será pior para você — O'Rourke grunhiu. — Ande na minha direção devagar. Um passo de cada vez. Mantenha as mãos à frente com as palmas para cima.

Não havia escolha a não ser fazer o que o inspetor exigia. Se ela permanecesse ao lado de Hudson, era muito provável que ele atirasse em um deles ou nos dois. Ela precisava de mais tempo. *Eles* precisavam de mais tempo. Ela se recusava a acreditar que esse seria o destino deles.

Que eles se conheceram e se apaixonaram apenas para serem assassinados por essa criatura vil.

SCARLETT SCOTT

— Sente-se na cadeira — O'Rourke ordenou, gesticulando para uma poltrona estofada perto da lareira.

Ainda se movendo lentamente, ela fez o que ele pediu. Quando se acomodou no assento, a lamparina a óleo queimando em uma mesa ao lado chamou sua atenção. Pensou no dia em que estava trabalhando na oficina do pai e quebrou uma delas.

Você tem sorte de não ter pegado fogo em você, disse Hudson.

Aquela lamparina não estava acesa. Esta, no entanto...

Esta poderia causar a distração de que eles precisavam. Derrubá-la seria perigoso de diversas maneiras. Era muito provável que O'Rourke atirasse nela. Havia também a possibilidade de que as chamas se espalhassem com rapidez. No entanto, era certo que O'Rourke não tinha entrado no cômodo a tempo de ver Hudson escondendo a pistola. Se ela conseguisse causar distração suficiente, era possível que Hudson pudesse pegar a arma e atirar no inspetor.

— Agora, tenho dois comprimidos para você engolir, Duquesa — O'Rourke estava dizendo, tomando cuidado para manter a pistola apontada para Hudson, que permanecia parado e ereto onde ela o havia deixado. — Prometo que será indolor.

Como se ela acreditasse em suas promessas. Aí estava o homem que admitiu ter assassinado cruelmente outras três pessoas. Ela olhou para Hudson. A angústia no rosto do marido era palpável. O'Rourke pretendia envená-la e, em seguida, colocar a culpa de sua morte em Hudson ou matá-lo também. Ele balançou a cabeça.

— Não, Elysande. Não faça isso — implorou ele.

— Cale a boca — O'Rourke retrucou, enfiando a mão na jaqueta, provavelmente para pegar as pílulas envenenadas.

Agora era a chance dela.

Elysande esticou o braço, atingindo a lamparina e empurrando-a da mesa.

— Droga, sua vadia estúpida! — O'Rourke gritou.

O que aconteceu a seguir pareceu se desenrolar de uma só vez e, ainda assim, em um torpor sobrenatural. A base de vidro quebrou no chão aos pés de O'Rourke, fazendo as chamas se alastrarem pelo tapete e incendiando a perna da calça dele.

Ele xingou e sacudiu a perna, abaixando a pistola com o choque das chamas chamuscando a pele. No momento seguinte, o estampido agudo de uma pistola ecoou no cômodo e a cor carmesim brotou do peito de O'Rourke.

Surpreso, ele levou a mão à ferida, a própria pistola escorregando dos dedos para o chão.

— Corra, Ellie! — Hudson gritou.

O'Rourke caiu no chão, sangue escorrendo da boca, os olhos arregalados e apáticos.

Acabou. O'Rourke estava morto. Não podia mais machucar ninguém agora. Mas o fogo estava se espalhando sobre o tapete, fumaça e labaredas crescendo.

— Ellie, saia daqui! — Hudson gritou, jogando um jarro de água nas chamas.

Ela se sacudiu para sair do estupor que a dominara e se levantou da cadeira, passando pela forma caída do inspetor ao correr, as longas saias se arrastando pelas chamas crescentes. Com um movimento rápido, Hudson estava sobre ela, apagando as chamas e arrastando-a para fora do cômodo.

— Você está segura agora, Ellie — disse ele, envolvendo-a em seus braços. — Está tudo bem.

— Olhe para o outro lado, meu amor.

Hudson deu um beijo em sua têmpora e passou o braço por sua cintura de forma protetora.

Ela fez o que ele pediu, sabendo que os detetives da Scotland Yard estavam removendo o corpo do inspetor-chefe O'Rourke. Passaram-se horas desde que o incêndio foi contido e a polícia chamada. Ela ainda estava com o vestido escarlate chamuscado, mais cansada do que nunca, e perplexa por causa dos eventos da noite, mas ela e Hudson estavam vivos e um monstro havia sido detido. Era o mais importante.

— Você tem mais alguma pergunta para nós, Chance? — Hudson perguntou ao sargento que estava trabalhando nos detalhes dos crimes de O'Rourke. — Minha esposa está ficando cansada e eu gostaria de afastá-la deste caos logo.

O homem mais jovem era magro como um palito e claramente tinha muita consideração pelo marido de Ellie.

— Perdoe-me por tomar tanto do seu tempo, Inspetor-chefe… hã, duque. Imagino que esteja exausto depois deste tormento. Só mais algumas perguntas, por favor. O inspetor-chefe O'Rourke admitiu ter matado Reginald Croydon, correto?

— Sim — respondeu Hudson, apertando suavemente a cintura de Elysande. — Ele confessou que era uma das conexões de Croydon na Scotland Yard, mas que antes da fuga planejada de Croydon de Dunsworth, ele começou a ameaçar O'Rourke, dizendo que revelaria a natureza da associação deles. Acredito que O'Rourke planejou a fuga. Pouco depois de Croydon ser libertado, O'Rourke deve tê-lo matado.

— Ele disse que Croydon não desfrutou da liberdade por muito tempo — lembrou Elysande, estremecendo ao lembrar-se mais uma vez de ficar à mercê do inspetor.

— Quando comecei a investigar a fuga de Croydon, O'Rourke ficou desesperado — acrescentou Hudson. — Matou a Sra. Ainsley na esperança de que o assassinato dela fosse suficiente para me desviar do meu curso. Mas ele não podia me prender pelo crime, porque eu tinha testemunhas provando que eu não estava presente no momento do assassinato. Quando isso falhou, ele pagou à Sra. Lamson vinte libras para se apresentar como uma nova testemunha alegando que tinha me visto.

O'Rourke era terrivelmente desonesto.

— Ele trouxe a faca que usou para matar a Sra. Ainsley também, com a intenção de sugerir que ele a havia encontrado na posse do meu marido — acrescentou Elysande. — Você conseguiu encontrá-la?

— Sim, madame. — O sargento Chance pigarreou. — Vossa Graça.

— Se houver impressões digitais na faca, talvez seja possível compará-las com as impressões digitais de onde a Sra. Ainsley foi assassinada — acrescentou Hudson. — O pai da minha esposa, Lorde Leydon, documentou as características das impressões digitais da cena do crime. Sem dúvida, elas devem coincidir com as impressões de O'Rourke.

— Você disse impressões digitais? — Chance estava franzindo a testa. — Nunca ouvi falar sobre serem usadas para identificar um criminoso antes.

— É uma ciência relativamente nova — explicou Hudson. — Com o tempo, acredito que se tornará um dos melhores meios de resolução de crimes. Forneceremos as evidências que Leydon reuniu sobre o assassinato da Sra. Ainsley de bom grado. Você poderá estudá-las à vontade para tirar as próprias conclusões.

Elysande se aninhou à robustez do marido, deixando a mente viajar enquanto Hudson terminava de conversar com o sargento Chance. O choque estava começando a passar, e ela estava ficando aos poucos mais consciente do que eles tinham acabado de sofrer. Quão perto estiveram da morte.

Fraca, cambaleou e Hudson a envolveu com os dois braços, impedindo-a de cair no chão.

— Você está exausta, meu amor — ele murmurou, em seu ouvido.

A duquesa assentiu, sentindo-se entorpecida e esgotada.

— Estou.

— Obrigado pelo seu tempo, Vossa Graça — disse Chance, fazendo uma reverência esquisita. — Não irei mantê-los aqui por mais tempo. Acredito que temos todas as informações que precisamos.

— Estamos em dívida com você, Chance — disse Hudson.

Os minutos seguintes foram muito tumultuados para Elysande. Os criados colocaram alguns de seus pertences em uma bagagem. Hudson a enfiou em uma carruagem e logo estavam sacolejando pelas estradas durante a madrugada, por Londres, a caminho de um hotel que Hudson havia providenciado para eles.

— Poderíamos ter ido para a casa dos meus pais — disse ela, sentada no colo do marido, onde ele a colocou confortavelmente antes que a carruagem entrasse em movimento.

Ela ouvia a batida firme e reconfortante do coração de Hudson, o abraço apertado, como se ele temesse perdê-la se não a segurasse como seu bem mais precioso.

— Mandei uma mensagem dizendo que você está segura e que está tudo bem, mas não queria ser um fardo ou visita esta noite — disse ele, beijando sua cabeça. — Esta noite, queria apenas nós dois. Cristo, quando penso em como cheguei perto de perder você...

Sua voz falhou de emoção antes de completar a frase.

Ela inclinou a cabeça para trás, procurando seu belo semblante entre as sombras formadas pelo feixe solitário da lamparina da carruagem.

— Você não me perdeu, Hudson. Estou bem aqui.

— Graças a Deus. Você é tudo para mim, Ellie. — Havia um amor tão puro e sincero em seu rosto, em sua voz.

— Você salvou a minha vida esta noite — disse ela, maravilhada com a rapidez com que ele agiu eliminando a ameaça de O'Rourke. — Se você não estivesse lá comigo, ele teria me matado. Tenho certeza.

Hudson acariciou sua bochecha.

— Não subestime seu valor, meu amor. Você salvou nossas vidas com seu pensamento rápido em relação à lamparina.

— Foi um risco calculado. Um de nós tinha que causar uma distração, e você era o único com uma pistola. — Ela deu um beijo na palma da mão quente e áspera dele. — Além disso, se eu não tivesse derrubado uma lamparina dessas recentemente, duvido que a ideia teria me ocorrido.

Ele sorriu.

— Sei que teria. Sua mente está sempre me surpreendendo, Ellie. Quando voltarmos ao Solar Brinton, quero ver a frigideira elétrica.

Céus, ela tinha quase esquecido completamente do protótipo. Ficou tão envolvida na tentativa de resolver o assassinato da Sra. Ainsley, que mal tinha dedicado tempo para isso. Todos os seus pensamentos estavam direcionados ao marido, seu amor. Cada dia tinha sido uma corrida contra o mal desconhecido que enfrentavam.

Até hoje, quando o mal os encarou com uma arma carregada.

Ela estremeceu novamente, cerrando os dentes quando outra onda de choque a invadiu.

— Frio? — ele perguntou, imediatamente.

— Não. — Inspirou, trêmula. — Simplesmente perturbada. Terei prazer em aborrecê-lo com minha frigideira. Mas ainda não terminei o projeto. Não é funcional.

E havia a possibilidade de que permanecesse em seu estado atual, de que não a terminaria a tempo de vê-la entrar na exposição da Sociedade de Eletricidade, afinal de contas. Mas considerando o que ela e Hudson tinham acabado de passar juntos, a invenção era o que menos a preocupava.

Eles estavam vivos. Como era gloriosa essa sensação. Nunca tinha realmente percebido o quanto subestimava o viver cotidiano até esta noite. Nunca mais. A partir de hoje, apreciaria cada segundo, cada minuto, cada hora. Eram presentes valiosos, e finitos.

Hudson acariciou sua bochecha com o polegar.

— Você nunca vai me aborrecer, e tenho certeza de que vai deixá-la funcional em breve. Você é a mulher mais determinada que já conheci, e te amo ainda mais por sua perseverança.

Ela fechou os olhos por um momento, deleitando-se com as palavras *te amo* expressas no tom barítono grave e sonoro do marido.

— Diga de novo, Hudson.

— O quê? — Seu tom se tornou provocador ao dar um beijo na ponta do nariz dela. — Que você nunca vai me aborrecer? Certamente já sabe disso. Desde o momento em que nos conhecemos, fiquei encantado com você.

— Quando visitei você com minha mãe e Izzy? — Ela pensou naquele dia, que parecia ter acontecido há uma vida. O quanto ela havia mudado; o quanto ambos mudaram desde então. — Você parecia muito irritado com a minha falta de preocupação com a fonte.

Ele era intimidante e sombrio, ela lembrou. E bonito também. Ela tinha pensado que ele seria o marido perfeito, e não havia percebido como estava certa, mas por razões completamente diferentes. A velha Elysande nunca teria imaginado como seu casamento mudaria tudo o que ela achava que sabia sobre si mesma.

Como se viu, seu interesse por cavalheiros não era inexistente. Nem seu coração era endurecido demais para o amor. Ela só precisava encontrar a pessoa certa, ter os muros derrubados por um duque muito improvável.

— Eu não estava irritado com você — disse Hudson, beijando seu queixo, depois o canto dos lábios. — Estava irritado com as minhas circunstâncias. Eu tinha sido forçado a abandonar a vida que conhecia e o trabalho ao qual tinha me dedicado, tudo para carregar o fardo das dívidas e um título e responsabilidades que nunca quis. Fui mal-educado naquele dia e peço desculpas.

— Você não foi mal-educado — ela negou, com sinceridade. — Você não é mal-educado. Estava apenas intimidante e arredio. Achei você muito bonito e intrigante, mas estava determinada a levar adiante nosso casamento por conveniência e que você iria para Londres enquanto eu me dedicava à oficina.

— Você me achou bonito e intrigante? — Ele sorriu. — Você nunca me disse isso.

Ela se pegou sorrindo de volta para ele, aliviada por estar sendo distraída por seu charme juvenil e a conversa tranquila. Depois do que enfrentaram mais cedo e sobreviveram, esse passeio despretensioso de carruagem parecia um milagre.

— Você nunca perguntou — respondeu, com delicadeza.

— Droga, Ellie. — Ele abaixou a cabeça e encostou a testa na dela. — Minha intenção não era transformar nossa união numa confusão tão grande.

Ela se virou, apoiando as pernas no banco ao lado dele para ficar de frente para ele, e passou os braços em volta de seu pescoço.

— Você não fez nada disso. Nós nos casamos como pessoas diferentes por diferentes razões. Mas nos aproximamos da melhor maneira, e não tenho um pingo de arrependimento de qualquer coisa que tenha acontecido.

— Você não pode estar falando a verdade, amor. Depois do que aconteceu com O'Rourke...

— Shhh... — Ela colocou um dedo nos lábios dele, silenciando-o. — Tudo o que aconteceu, o bom, o doloroso, o terrível, nos fez chegar até aqui. E no fim, estamos aqui juntos nesta carruagem. Estamos seguros, e um homem terrível encontrou seu destino. Ele nunca mais vai poder machucar alguém e sou muito grata por isso.

Hudson apoiou a cabeça no encosto soltando um suspiro pesado.

— Passei por algumas situações perigosas ao longo dos anos na Scotland Yard. Quando fiquei entre ele ou você, não tive outra escolha.

— Você fez o que era certo — ela o tranquilizou. — Você é um homem bom e honrado. Sei disso desde o início. Nada, nem o que aconteceu esta noite, nem qualquer outra coisa, pode mudar isso.

O olhar dele procurou o dela.

— Sua fé em mim nunca se abalou. Não posso agradecer o suficiente por você estar ao meu lado, mesmo quando os indícios contra mim se acumulavam. Qualquer outra mulher teria virado as costas para mim num piscar de olhos.

— Sempre estarei ao seu lado, Hudson. Eu te amo.

— Ah, Ellie. Minha doce, inteligente e hábil Ellie. Eu também te amo. — Ele abaixou a cabeça, os lábios perigosamente perto dos dela mais uma vez. — Sou o homem mais afortunado de toda a Inglaterra.

Ela sorriu com a boca encostada na dele.

— E eu sou a dama mais afortunada.

Eles se beijaram até que a carruagem chegou ao hotel. Então, entraram de braços dados.

CAPÍTULO 18

O Hotel Argent era surpreendentemente luxuoso, abençoado por uma ostentação que envergonhava até mesmo o tremendo espetáculo que era Talleyrand Park. Hudson acordou de madrugada, satisfeito com a decisão sábia de pegar o quarto aqui depois do ataque de O'Rourke. Era moderno em todos os sentidos, o primeiro hotel a ser totalmente equipado com eletricidade. O fato de ter recentemente se tornado amigo do proprietário do hotel, o marquês de Greymoor, o beneficiou muito para conseguir hospedagem tão tarde da noite.

A maravilha das luzes elétricas em todos os corredores e quartos distraiu Elysande na noite anterior. Assim como o banheiro adjacente, conectado à suíte deles. Eles mergulharam juntos na banheira enorme e adormeceram abraçados na cama macia, exaustos e gratos por estarem vivos.

A gratidão ainda zumbia através dele enquanto observava a esposa dormir. Tinha tomado o cuidado de não a acordar ao se levantar e se vestir com a ideia de conseguir um café da manhã para eles. Mas quando chegou a hora de sair, ele se viu relutante em deixá-la. Suas pernas tinham vontade própria e o levaram para uma cadeira na sala de estar de onde podia ver Elysande.

Tolo, ele sabia.

Não era como se ela fosse desaparecer se ele a deixasse por dez minutos.

Mas ainda assim, não conseguiu se separar dela. Ontem à noite, quase a perdeu. Impossível de acreditar. Em sua vida de escuridão e morte, ela tinha se tornado a luz do sol, que O'Rourke teria extinguido. As pílulas que ele estava determinado a dar a Elysande provavelmente continham estricnina. De acordo com Chance, a autópsia revelara esse veneno em particular como a causa da morte da Sra. Lamson.

Sua esposa vibrante, inteligente e bela.

Apesar dos muitos anos como detetive, independentemente das ocasiões angustiantes que enfrentou no passado, perseguindo assassinos e outros criminosos, ele se viu completamente congelado quando O'Rourke

SCARLETT SCOTT

apareceu em seu quarto, tendo, aparentemente, entrado na casa pela entrada dos criados. Seu primeiro instinto foi sacar a própria arma, mas não o fez por medo de que O'Rourke atirasse e ferisse Elysande.

Ele foi pego de surpresa em uma armadilha orquestrada por um louco.

Havia um estranho ardor em seus olhos. Ele quase a perdeu ontem à noite. A sagacidade e bravura dela salvaram os dois. Uma pressão cresceu em seu peito. *Não pode ser?*

Lágrimas.

Sim, as bochechas estavam molhadas, os ombros tremiam. E para seu tormento, um soluço escapou, o som ecoando no silêncio do quarto. Na cama, Elysande se mexeu, esticou o braço nu para o lugar onde ele havia dormido ao seu lado.

— Hudson? — Ela deu um tapinha no travesseiro abandonado dele, a sonolência na voz dando lugar a uma urgência maior, quase frenética. — Hudson?

— Estou aqui, meu amor — ele a tranquilizou, levantando-se da cadeira e indo até ela.

Cachos castanhos sedosos caíam em seus ombros ao se sentar segurando a roupa de cama na altura dos seios. Os olhos arregalados, o olhar um pouco perturbado ao pousar nele.

— Você está aqui. Graças a Deus. Eu tive um sonho terrível. O'Rourke estava aqui e me forçou a tomar o veneno, e então ele... ele atirou em você.

Ele se sentou na cama e a puxou para si com uma pontada no coração por causa do terror em sua voz.

— Ele está morto, Ellie. Nunca mais poderá machucar você ou qualquer outra pessoa de novo.

Ela passou os braços por sua cintura e apertou, e ele sentiu o beijo quente de sua respiração no pescoço quando ela expirou.

— Você estava chorando.

Ah, ela viu suas bochechas molhadas, então. Tinha esperança de que ela não notasse. Ele escondeu o rosto entre os fio de seu cabelo, os cachos embaraçados sedosos exalando o aroma doce como o dela. Lírio-do-vale e Elysande. Amor, promessa e esperança. O que ele faria se a tivesse perdido?

Não suportava pensar nisso agora. Ela estava aqui, macia e quente e maravilhosa em seus braços. Ela era dele, e ele era dela.

— Eu estava me sentindo um pouco abalado esta manhã — ele admitiu, pela primeira vez sem vergonha de sua vulnerabilidade. — Observei você dormir e pensei que é um presente estarmos aqui juntos.

Vivos.

Não disse a última palavra. Não era necessário.

Ela passou os lábios pelo pescoço dele e, pela primeira vez desde a terrível aventura da noite anterior, seu pau se agitou.

— Juntos — ela repetiu, com a boca em sua pele ávida.

A onda de necessidade trovejando por ele o pegou de surpresa. De repente, ele ficou faminto por ela. Por que diabos ele se vestiu? Por que chegou a pensar em café e malditos ovos?

Tudo o que queria era se deitar nessa cama com essa mulher, segurá-la nos braços, deslizar para dentro dela. Ficar ali para sempre, se pudesse.

Como sempre acontecia com Elysande, ela pareceu saber o que ele precisava antes dele. Puxou o casaco dele, e ele se afastou um pouco para tirá-lo. Ele queria – precisava – que não houvesse barreiras entre eles.

Seus dedos se atrapalharam com os botões do colete.

— Droga.

Ele estava tremendo com o furor de suas emoções. Tudo o que conseguiu conter na noite passada se soltava agora, uma cachoeira furiosa.

— É... — ela disse. — Por que você está vestindo tanta roupa?

— Não faço ideia. — O café da manhã nunca pareceu tão supérfluo diante da bela esposa acordada e deliciosamente amarrotada na cama. Quando ele se juntasse a ela ali.

— Deixa eu dar um jeito nisso. — Ela largou a roupa de cama e pegou os botões dele, afastando seus dedos inúteis.

Ele teve vislumbre tentador de seus seios, pálidos, cheios e de pontas rosadas, os cachos castanhos se arrastando sobre as curvas deliciosas. Mas ela estava ocupada. O colete se abriu, depois desapareceu, jogado com pressa por cima de seu ombro. Ela se inclinou na direção dele, beijando seu rosto.

Qual deles era o sedutor e o seduzido? Não sabia dizer. Não tinha a menor importância. Nada importava além dela.

Ele rasgou a camisa, sentindo-se mais vivo do que nunca. E desesperado. Mas Elysande estava ali, com seus movimentos calmos e precisos. Com os lábios rosados curvados em um sorriso experiente.

Palavras nunca foram mais inadequadas, mas sentiu que deveria dizer algo. Para se explicar, para que essa demonstração inglória não a alarmasse de alguma forma. Ele normalmente não era uma besta tão voraz.

— Ellie. — O nome dela, uma oração arrancada dele enquanto ela

SCARLETT SCOTT

abria mais botões até abrir a camisa. — Eu preciso de você mais do que o ar que respiro.

Um exagero, mas era a verdade. Ele sentia isso até os ossos, esse desejo avassalador por ela. Nada jamais foi tão forte. Tão perfeito. Tão real. Ele quase a perdeu. O lembrete estava lá, uma chama queimando constantemente sob a superfície.

Ele quase perdeu esta mulher incrível.

Engoliu em seco. A camisa tinha desaparecido, e então ele se levantou da cama para tirar a calça também. Para sua surpresa, ela se juntou a ele, as curvas pálidas e elegantes. A cintura delgada era o lugar perfeito para suas mãos, e ele as colocou lá, acariciando o calor sedoso enquanto ela abria a calça e a deslizava para baixo. A roupa íntima foi em seguida, amontoando no chão.

Ele se desvencilhou das roupas, o pau se erguendo ainda mais.

Elysande ficou de joelhos.

— Você não precisa… — As palavras terminaram em um gemido enquanto a língua dela passou por seu comprimento.

— Preciso, sim — disse ela, olhando para ele com um sorriso atrevido ao agarrá-lo pela base.

A mão pequena o envolveu e o movimento da língua dela na cabeça de seu pau foi o suficiente para fazer seus joelhos quase cederem. Ele agarrou um punhado de cachos castanhos de aroma doce querendo segurá-la ali, enfiar o pau na garganta dela, mas tinha que ser gentil. Para permitir que ela fizesse o que queria com ele.

E foi o que ela fez. Aqueles lábios rosados perfeitos se abriram, e ela o levou para a boca.

— Ah, meu Deus, Ellie.

Calor e umidade o engoliram. Ela fixou o olhar nele enquanto chupava suavemente. Amor. Ele viu nos olhos dela. Despudorado e ardente. Ela o adorava com o corpo, com a boca. Ele cerrou a mandíbula e ficou imóvel, mantendo um movimento suave dos quadris. Pequenos empurrões.

A visão daquela boca esticada e cheia com seu pau era suficiente para fazer suas bolas tensionarem. Ela murmurava ao redor dele, a vibração arrancando um gemido dele. O prazer era tão intenso que ele não tinha certeza quanto mais poderia aguentar. Ela estava ficando mais ousada, alternando entre enfiá-lo fundo na garganta e deixá-lo maluco com a língua habilidosa.

Finalmente, ele não aguentou mais.

— Chega — ele falou, com a voz áspera, segurando os braços dela e a levantando com gentileza. — Preciso estar dentro de você.

Os lábios dela brilhavam, a bela tonalidade rosada escurecida em vermelho por causa de suas empreitadas. Ele não resistiu a levar aquela boca para a dele. Provou a si mesmo no beijo, e isso o deixou ainda mais duro.

Ele a guiou até a cama, afastando os lençóis para que ela ficasse desimpedida, nua e linda. Ele se ajoelhou no colchão. O sol estava mais alto sobre Londres, banhando-a com um brilho adorável. Ele admirou-a por um momento, como uma deusa grega.

Minha.

Sem dizer nada, ela abriu as pernas em um convite.

Convite que ele aceitou avidamente. O íntimo dela, rosa e brilhante, o chamava. Ele abaixou a cabeça e lambeu o clitóris, depois desceu pelas dobras até lambê-la por dentro. Ela estava tão lisa e quente, como a melhor seda em sua língua. Este era o café da manhã que ele queria. Apenas Ellie, molhada e pronta para ele.

Ela gemeu quando enfiou a língua dentro de sua cavidade repetidas vezes, reivindicando-a dessa maneira. Reivindicando-a de todas as formas que podia. Ele queria fazê-la gritar. Fazê-la se estilhaçar em mil pedacinhos que ele colocaria juntos novamente. Era disso que ele precisava.

Espalmou a bunda deliciosa e a ergueu mais alto, devorando a boceta doce até ela gritar. Pés apoiados na cama, quadris mexendo enquanto pulsava e tremia e se agarrava sem piedade ao rosto dele. Os sucos dela jorraram em sua língua, e ele os sugou como se fossem mel. Dele, assim como ela inteira.

Hudson não ia durar muito. Subiu pelo corpo dela, depositando beijos, parando para chupar um mamilo. Ela se contorceu e soltou o gemido de desejo mais indecente que ele já ouvira. Pura necessidade feminina.

Sim, ah, sim.

Mais.

Ele agarrou o pau, se alinhando à entrada encharcada de sua mulher. Estava ali, tudo o que ele queria. Ela estava ali. Avançou, embainhando-se com facilidade. Ela se apertou ao redor dele, o corpo ondulando, receptivo. Ele se apoiou nos antebraços e ficou parado por um momento, desfrutando do calor líquido da boceta acolhedora.

Tão bom. Bom demais.

Ele beijou a curva suave do ombro dela.

SCARLETT SCOTT

— Eu te amo.

Isso era o mais importante. O único pensamento coerente que conseguia ter neste momento.

Era o suficiente. As mãos suaves estavam em suas costas, carinhosas e confiantes. Elas o encheram de fogo. Ter as mãos dela em seu corpo para sempre — era isso que ele queria. O que ansiava. Seu toque, seu amor, esta mulher. Ela o mudara. Quando se tornou o duque de Wycombe, nunca imaginou como sua vida mudaria sobremaneira. Que nem toda mudança seria um sacrifício. Pela primeira vez em muito tempo, ele não se sentia mais sozinho. Livre do espectro de Croydon e O'Rourke, ele poderia amá--la como ela merecia.

— Ah, Hudson — ela murmurou, movimentando os dedos hábeis e travessos para cima e para baixo em sua coluna espinhal. — Eu te amo tanto...

Ele precisava se mexer. As emoções eram tão intensas quanto as sensações que fluíam por seu corpo. Ele entrava e saía, os corpos trabalhando juntos num ritmo natural. *Para sempre, meu amor.* Ele havia falado em voz alta ou as palavras estavam apenas em sua cabeça? Ele não sabia. Nada importava quando deslizou a mão entre os dois, encontrando o clitóris mais uma vez. Passou o dedo em círculos sobre aquele botão ávido, querendo que ela se desmanchasse novamente.

Ela enrijeceu e gritou, o gozo a fez apertar seu pau com tanta força que ele praguejou e começou a se retirar. Mas ela o agarrou com força, passando as pernas em volta de seus quadris.

— Fique — ela murmurou, um apelo e uma ordem ao mesmo tempo. — Por favor.

— Se eu gozar dentro de você — ele começou, apenas para quase perder o controle quando ela levantou a bunda da cama, tomando-o mais fundo. — Cristo, Ellie...

— Eu sei — disse ela. — Fique.

Permissão.

Ele aceitou. Outra estocada e ele perdeu o controle, esvaziando-se nela. A onda de prazer o fez cerrar os dentes. Ele pulsou dentro dela, se agarrando ao êxtase do gozo pelo máximo de tempo possível, seus movimentos diminuindo, ficando mais rasos até que ele se retirou completamente do corpo dela.

O duque permaneceu onde estava, em cima dela, prendendo-a na cama, absorvendo seu calor, o coração batendo com fúria. Provavelmente, ele a estava esmagando. Tinha que se mover, mas sua cabeça estava flutuando acima do corpo e a mente estava cheia de luz. Ele nunca havia experimentado um orgasmo tão potente e poderoso na vida, e isso havia drenado toda sua energia.

Ele se moveria em breve.

Mas precisava mesmo?

Cristo, ele deveria. Não queria machucá-la. No entanto, ela acariciou seu cabelo, segurando-o quando ele tentou se mover.

— Ainda não — disse ela. — Gosto da sensação. É como se fôssemos um.

— Porque *somos* um, Ellie. — Beijou sua bochecha, bebendo a visão corada e tão adorável. — Para sempre, meu amor.

Desta vez, teve certeza de que disse as palavras em voz alta.

— Para sempre — ela repetiu, e puxou a boca dele para a dela.

SCARLETT SCOTT

EPÍLOGO

Um ano depois...

O dia finalmente chegara.

Elysande estava diante de seus utensílios elétricos em exibição na exposição da Sociedade de Eletricidade de Londres, Hudson, como esperado, ao seu lado. Seus olhos ardiam com lágrimas de euforia que ela se recusava a derramar. Piscou com força, consternada quando a visão começou a embaçar.

— Como vocês podem ver, não é necessário fogo para cozinhar desta maneira — disse a Sra. Rose à multidão reunida. — Todas as horas gastas trabalhando sobre o fogo da cozinha ou do fogão em breve pertencerão ao passado.

Sussurros surpresos de animação surgiram da multidão.

Elysande tinha a mulher mais apta para conduzir a exibição. Quando ela e Hudson retornaram a Buckinghamshire, após a morte do inspetor-chefe O'Rourke e do encerramento dos casos da Sra. Ainsley, de Reginald Croydon e da Sra. Lamson, ela mergulhou no trabalho. Da mesma forma, Hudson se dedicou ao trabalho de restaurar o Solar Brinton à sua antiga glória, com Saunders ao seu lado. Ela finalmente descobriu a solução para criar uma corrente elétrica uniforme usando uma mistura precisa de fios de platina e cimento.

O resultado foi uma frigideira elétrica que fritava um ovo perfeitamente em menos de dois minutos. A descoberta foi feita tarde demais para a exposição do ano anterior, o que foi bom, pois ela logo se viu esperando um bebê. Felizmente, a gravidez foi tranquila e ela pôde continuar o trabalho. Durante o confinamento, conseguiu aplicar os mesmos princípios de projeto a uma chaleira e um ferro de passar roupa.

Recebeu as patentes e, com a perspicácia para os negócios do amigo de Hudson, o marquês de Greymoor para ajudá-la, criou a própria empresa, a *Better Electric Company*. Começou a contratar mulheres que compartilhavam do seu interesse em engenharia e negócios para ajudá-la a florescer e crescer.

Esta exposição era o primeiro passo para ganhar a confiança do público em uma maneira revolucionária de cozinhar.

E agora...

— Aqui estamos — disse Hudson, num tom gentil. — Diante do fruto de todo o seu trabalho. Estou tão orgulhoso de você, Ellie. Nossa doce Margaret tem a sorte de ter uma mãe como você para chamar de mamãe.

Ela sentia tanto amor.

Elysande fungou.

— Ela tem a mesma sorte de ter você como pai.

Hudson se encontrou no Solar Brinton, mas se destacou como pai e marido. Ele era uma fonte constante de apoio. Um abraço reconfortante sempre que ela precisava. Vê-lo com a filha nos braços, a maneira carinhosa como ele a segurava e a maneira como a ninava quando ela chorava, embalando e cantando para ela até ela se acalmar, sempre derretia o coração de Elysande. Ele não havia cortado totalmente os laços com a Scotland Yard.

O corpo de Reginald Croydon foi encontrado enterrado em uma cova rasa atrás da residência de O'Rourke. O escândalo resultante mostrou que a Scotland Yard tinha a necessidade urgente de uma reforma. Hudson estava trabalhando com o ex-sargento – agora inspetor – Chance para eliminar a corrupção e desenvolver as habilidades investigativas da Yard. Parte desse trabalho envolveu a introdução lenta e contínua dos métodos de identificação de impressões digitais de seu pai. Até hoje, o duque detetive, como havia sido apelidado, ainda era notícia nos jornais, mas com todo o respeito que lhe era devido. Sem mais sombras de suspeita.

Sem mais morte e perigo.

Apenas felicidade, amor e esperança.

— A panela aquece uniformemente — a Sra. Rose estava dizendo à multidão — e com rapidez. A omelete perfeita é possível dentro de um minuto e quarenta e cinco segundos.

— De onde vem o calor? — perguntou um cavalheiro espantado. — Não vejo nenhuma chama.

— Porque não há nenhuma — a Sra. Rose o informou, sorrindo ao quebrar um ovo na panela aquecida. — Todo o calor é gerado pela eletricidade. Este é o futuro da cozinha, senhor.

— O sabor dos ovos é afetado? — uma dama indagou. — Um gosto anormal deve acompanhar a carga elétrica. É seguro?

— É totalmente higiênico — a Sra. Rose tranquilizou a dama. — Não há nenhum sabor desagradável. De fato, se você experimentar ovos feitos em uma frigideira da *Better Electric Company*, não tenho dúvidas de que achará o sabor bastante superior.

— Incrível — disse outra dama, balançando a cabeça.

— Espere até ver a chaleira elétrica — disse a Sra. Rose, com um sorriso alegre.

Hudson deu um tapinha amoroso na mão de Elysande.

— É um sucesso retumbante, querida, assim como eu sabia que seria.

Era demais. O sonho que Elysande almejava era dela. Mais lágrimas de felicidade surgiram e ela piscou, mas elas desceram pelas bochechas mesmo assim. Hudson percebeu e pegou uma na ponta com o dedo enluvado.

— Já vi o que queria ver — disse ela, sorrindo no meio do surto tolo de lágrimas. — Estou pronta para ir para casa para nossa querida menina.

— Talvez devêssemos ver o gerador eletrostático de seu pai primeiro — sugeriu Hudson.

Céus, que filha terrível ela era... tão envolvida em seus próprios triunfos que quase se esqueceu do último sucesso do pai.

— Claro, tem toda a razão — ela concordou, conforme ele a conduzia pela multidão de convidados examinando as várias maravilhas elétricas em exibição. — Ele ficaria bastante ofendido se esquecêssemos.

A nova máquina era capaz de gerar eletricidade usando indução e produzia uma tensão impressionantemente alta. Não havia atualmente nenhum projeto como este disponível.

— Especialmente porque ele não incendiou nenhuma das dependências de Talleyrand Park durante a construção — disse Hudson, o tom irônico.

Ela riu.

— Desta vez não.

Hudson ergueu a sobrancelha, a expressão impassível.

— Há sempre uma próxima vez.

— Você é incorrigível, Vossa Graça. — Ela sorriu para ele, o amor por ele crescendo como uma maré, forte e elementar.

Ele deu uma piscadela.

— Mas você gosta, meu amor.

Nossa, ele estava lindo. Aqueles olhos azuis-acinzentados cintilavam e ela teve que se controlar para não suspirar.

— Você tem toda a razão, meu querido marido — disse ela.

Ansiava por beijar aqueles lábios pecaminosos dele, mas sabia que estavam em público, cercados por uma audiência ávida que, sem dúvida, ficaria muito satisfeita em relatar o duque detetive beijando a duquesa sem motivo nenhum no meio da exposição elétrica.

Não, os beijos teriam que esperar o retorno para casa na carruagem.

A não ser que…

Seu olhar se fixou em uma alcova protegida no outro extremo da fila de exibições que estavam atravessando. Será que ela se atreveria a sugerir um beijo furtivo no interior escuro do abrigo?

— Talvez um pequeno desvio seja necessário — disse o marido, parecendo ler seus pensamentos.

— Gosto do jeito que você pensa — ela disse, ao se dirigirem para a alcova.

Hudson entrelaçou os dedos aos da esposa, dando um aperto suave.

— Bom, porque eu *amo* muito o jeito que você pensa. Sua mente é um dos seus atributos que mais gosto.

— Só a minha mente? — ela provocou, sentindo-se ousada.

— Deus, não — disse ele, a voz grave e travessa, causando diversas coisas safadas com ela em todos os lugares. — Também amo seus quadris. Sua boca atrevida. Seus seios deliciosos. A curva da sua cintura. A pinta que você tem na parte interna da coxa direita que sempre me distrai. Seu queixo teimoso, o cabelo sedoso. Mencionei os tornozelos? Ou sua boceta, sempre tão perfeita e molhada para mim. Devo continuar?

— Não — murmurou ela, sem forças e ofegante. — Acho que já está bom.

Quando chegaram à alcova e entraram, ela estava praticamente latejando de necessidade. Ele a puxou para os braços dele e Ellie agarrou as lapelas, puxando a boca carnuda para a dela. Ela beijou seus lábios sorridentes, o coração transbordando.

SCARLETT SCOTT

Obrigada por acompanhar o 'felizes para sempre' de Hudson e Elysande. Espero que tenha gostado da história deles e, se estiver se perguntando o que está acontecendo com Barlowe, agora que ele se tornou um conde, não poderá perder sua história, *O Nobre Galanteadorl*. A história do duque de Northwich está em *Lady Brazen* (um romance escaldante sobre segundas chances). Ou, você pode começar com o Livro 1 dessa série, *Lady Ruthless*, um conto ardente sobre inimigos que se tornam amantes. Agora, continue lendo para dar uma espiada na história de Zachary Barlowe e Lady Isolde, *O Nobre Galanteador...*

O NOBRE GALANTEADOR

Lordes Inesperados
Livro Dois

O futuro de Lady Isolde Collingwood estava alegremente assegurado até que o homem com quem pretendia se casar a trocou por outra mulher. De coração partido e traída, ela está decidida a não obedecer às regras em Londres e deixar a alta sociedade chocada. Mas quando ela se envolve em um escândalo com um conde assanhado, só há uma maneira de resolver seu último dilema se quiser proteger as irmãs: casamento.

Como terceiro filho desnecessário, Zachary Barlowe gostava muito de viver a vida do próprio jeito, acumulando fortuna, viajando pelo mundo e fazendo o que bem entendia. Embora as mortes prematuras dos irmãos tenham o transformado no novo conde de Anglesey, ele está determinado a fazer com que a descendência morra com ele. Porém, depois de involuntariamente arruinar a inocente Lady Isolde, ele não tem escolha a não ser torná-la sua esposa.

Um libertino encantador como Anglesey é o último homem que Izzy teria escolhido para se casar. Entretanto, como ele lhe oferece um acordo irrecusável, ela se vê dividida entre velhos e novos desejos. E quanto mais tempo Zachary passa ajudando a inesperada esposa em sua busca por vingança, mais ele percebe que a quer. Não apenas por uma noite, mas para sempre.

SCARLETT SCOTT

CAPÍTULO 1

Outono, 1886

Izzy supôs que era apropriado que, depois de dois anos de intermináveis cartas de amor trocadas entre ela e o honorável Sr. Arthur Penhurst, que ele tivesse escolhido terminar o noivado da mesma maneira que conduzira grande parte de seu cortejo. Mas a familiaridade com seu rabisco masculino, inclinado na página com caligrafia calculada e precisa, proporcionou pouco consolo. Na verdade, muitas das cartas foram fatalmente destruídas pela profusão de lágrimas que choveram sobre a tinta nas últimas semanas desde que a recebeu. No entanto, muitas das frases terríveis e torturantes permaneceram perfeitamente intactas.

Querida Isolde,

Lamento dizer que fui atraído para outra direção. Parece que o tempo de preparação para o nosso casamento, considerado muito longo por você, foi, ao contrário, uma benção. Pois me concedeu a oportunidade de perceber que nutro sentimentos pela Srta. Harcourt que não posso, em sã consciência, negar ou ignorar...

Srta. Alice Harcourt.

Uma herdeira americana que estava participando da regata *Cowes Week*, onde Arthur também estava passando tempo. Ele estava respirando o ar marítimo para ajudar com a saúde de seus pulmões a pedido de seu médico. E, aparentemente, frequentando bailes. E se apaixonando por outra pessoa.

Traindo-a.

A reticência em relação ao casamento tomou um significado amargo e terrível quando agosto chegou ao fim, e então setembro também, e ele não fez nenhum esforço para voltar. Em vez disso, escreveu para ela, sugerindo que adiassem as núpcias até quase a celebração do Divino Espírito Santo.

Agora, ela sabia o porquê.

Tornava pior o fato de que se referiu a ela como sua querida na saudação? Claro que sim. Ele poderia tê-la chamado de qualquer outra coisa. *Cara* teria bastado. Um simples *Lady Isolde* também teria sido adequado.

— Ah, Izzy, você não está lendo aquela carta desprezível de novo, está?

Isolde teve um sobressalto de culpa e enfiou a odiada correspondência dentro do livro que estava fingindo ler antes de fechá-lo. Ergueu os olhos e viu a amada irmã Ellie, agora duquesa de Wycombe, atravessando a porta com uma expressão sagaz no rosto.

As irmãs sempre sentiam a tristeza umas das outras. Izzy tinha certeza de que era uma habilidade inata com a qual haviam nascido.

— Claro que não — mentiu, forçando um sorriso agradável para o bem de Ellie. — Estava apenas lendo um pouco de Shakespeare.

— Hmm. Parece mais um compêndio do periódico da Sociedade de Eletricidade de Londres do ano de 1884 — ressaltou Ellie, astuta.

Izzy olhou para o volume encadernado em couro e descobriu que a irmã estava certa. *Droga*. De todos os livros que poderia ter tirado da prateleira, fingir interesse nessa escolha malfeita certamente a entregou. Era o tipo de absurdo que apenas Ellie, com seu amor pela engenharia e eletricidade, leria.

— Ah, sim! — Izzy tentou dizer num tom animado e alegre, mas era realmente difícil quando seu coração estava partido em um milhão de fragmentos irrecuperáveis e discretamente fungando para evitar que o muco escorresse do nariz.

A visão estava embaçada.

Ela piscou com força para afugentar a nova onda de lágrimas teimosas que se acumulavam nos olhos. Lágrimas que não derramaria. Já tinha derramado o bastante por Arthur Penhurst. Não permitiria que outra…

A gota deslizou pela bochecha, quente e rápida, e pousou com um ruído no dorso de sua mão.

— Isso foi uma lágrima — Ellie observou, sentando-se ao seu lado no divã. — E seu nariz está bem vermelho, meu amor.

— Que terrível você notar — ela murmurou.

— Também está pingando.

— Meu nariz não pinga — negou.

Mas o muco que estava tentando ao máximo conter fez dela uma mentirosa, escapando da narina esquerda e deslizando pelo vão acima do lábio superior. Foi ao mesmo tempo humilhante e nojento.

Ellie pegou um lenço e esfregou o nariz e a boca de Izzy de maneira maternal, secando os sinais detestáveis de sua fraqueza. Seu olhar era de compaixão, e era tudo o que Izzy podia fazer para ficar parada para o serviço da irmã. Ela queria fugir e se esconder. Enfiar-se debaixo das cobertas na cama de hóspedes e nunca mais sair.

— Você estava lendo a carta de novo e estava chorando — disse Ellie, baixinho.

— Estava — ela admitiu, pois não fazia sentido continuar com a farsa.

— Nem a carta nem o Sr. Penhurst valem seu tempo, suas lágrimas ou seu sofrimento.

Ah, Arthur. Como você pôde fazer isso comigo? Com a gente?

Izzy lutou contra mais lágrimas iminentes.

— Diga isso ao meu coração.

Neste exato momento, ela deveria estar em Paris, visitando a *House of Worth*, escolhendo o modelo e os enfeites do vestido de noiva. Em vez disso, estava na biblioteca da irmã em Londres, tentando desesperadamente se distrair de sua miséria perdendo-se no turbilhão social da temporada.

Tarefa quase impossível quando, aonde quer que fosse, sussurros e olhares piedosos, juntamente com as ocasionais risadinhas ocultas por trás de um leque, a perseguiam. Todos sabiam que havia sido abandonada. Assim como todos sabiam que Arthur se casaria com a Srta. Harcourt dali a dois meses. O casamento do ano, os jornais alardeavam com alegria. Uma princesa americana agarrou o filho mais novo do conde de Leeland, que já havia sido prometido a Lady Isolde Collingwood. As fofocas estavam ansiosas pelo espetáculo que se desenrolaria. Detalhes já estavam sendo relatados, incluindo o tamanho diminuto da cintura da Srta. Harcourt: impossíveis, ínfimos cinquenta centímetros.

Ellie terminou de limpar o nariz de Izzy e a observou, com seriedade:

— Venha ao baile de Lady Greymoor hoje à noite, mantenha a cabeça erguida e mostre a esse canalha miserável que você é muito mais forte do que ele imaginava. Você não precisa dele. Na verdade, está muito mais feliz *sem* ele. Ele é um canalha sem coração e um covarde por lhe enviar uma carta alegando que a trocou por outra. Sinceramente, você deveria queimar essa carta, querida.

Ela suspirou, medo e preocupação dando nós em seu estômago.

— Você sabe que não posso ir, Ellie. Arthur estará lá, e a Srta. Harcourt também.

Seria a primeira vez que cruzaria com Arthur desde o abandono e a primeira ocasião em que veria a tal dama. Em seu íntimo, Izzy esperava que a mulher fosse maior do que uma vaca leiteira velha – mesmo que os relatos de sua cintura sugerissem o contrário – e que ela tivesse uma pinta peluda no queixo e zurrasse como um burro quando risse. Izzy sabia que tais pensamentos não eram de seu feitio, que deveria perdoar Arthur, seguir com sua vida.

Mas desde o primeiro momento em que colocou os olhos em Arthur Penhurst, soube em seu coração que ele estava destinado a ser dela. O pai dele era o amigo mais antigo e querido de seu pai. Izzy e Arthur se encontraram em festas à medida que cresciam. Ela tinha 12 anos quando Arthur tirou uma mecha de cabelo de sua bochecha quando estavam subindo em uma pereira em Talleyrand Park, e ela se apaixonou.

Arthur, dois anos mais velho, demorou mais para chegar à mesma conclusão. Somente quando ela chegou aos 18, foi que ele começou a enxergá-la como mulher. Mesmo assim, ele precisou de mais tempo para procurá-la como pretendente. Eles passaram dois anos entre momentos roubados e uma enxurrada de cartas trocadas enquanto ela esperava a vez de se casar. A irmã mais velha, Ellie, se casou primeiro, assegurando o duque de Wycombe como marido, mais por necessidade do que por desejo. No entanto, a ironia era que o casamento de Ellie se transformara em uma história de amor, enquanto a história de amor de Izzy se transformara em traição e um coração despedaçado.

— Bobagem — Ellie estava dizendo agora, colocando um braço reconfortante sobre os ombros de Izzy. — Claro que você pode ir ao baile. Você acha que gosto desses espetáculos tolos? Naturalmente não, mas todos devemos suportar o que não gostamos para o bem maior de vez em quando. Há apenas uma maneira de deter as línguas venenosas, e é mostrando a todos que você não está tão devastada pelo abandono do Sr. Penhurst como supõem.

Se fosse verdade…

— Mas estou, Ellie. — O lábio inferior tremia com o presságio ameaçador de mais lágrimas. — Estou completa e totalmente arruinada. Eu o amava desesperadamente. Não sei como serei feliz de novo.

Para sua vergonha, sua voz falhou na última revelação. Por que continuar fingindo que não estava totalmente miserável sendo que a irmã desvendou sua estratégia com tanta facilidade? Não estava sob o teto de Ellie e do marido nem há uma noite – o resto da família havia retornado a Buckinghamshire por um curto período para que o pai pudesse terminar o gerador eletrostático e as gêmeas pudessem começar os preparativos para sua apresentação –, e ela já havia revelado suas mãos. Por isso nunca jogou cartas.

— Você não está arruinada de forma alguma. Está apenas com o coração partido, como seria de esperar quando o homem que você ama a abandona por outra mulher enquanto você está planejando o casamento — Ellie corrigiu com firmeza. — Mas não há maneira melhor de superar a dor do que enfrentar seus medos. Você vai agradecer no final, e será capaz de ir além do dano que o Sr. Penhurst causou. Um dia, você vai amar novamente. Eu prometo.

Nunca.

Izzy *nunca* poderia amar alguém do jeito que amara Arthur: plena e completamente, como se ele fosse sua outra metade que estava faltando. Mas não aguentaria falar essas palavras em voz alta por medo de se dissolver em lágrimas mais uma vez.

Em vez disso, engoliu o nó de desespero que subia pela garganta. Iria ao baile, mas só porque Ellie queria que ela fosse.

— Tudo bem — ela cedeu. — Eu irei.

Lady Isolde Collingwood estava completamente embriagada.

De seu lugar nas sombras do salão azul de seu amigo Greymoor, Zachary Barlowe, o relutante novo conde de Anglesey, observou-a sair do salão de baile e não teve dúvida. Ela inclinou para a esquerda, depois tropeçou para a direita, e então tropeçou na bainha e quase se esparramou no tapete. No último momento, ela se endireitou e, com um soluço e uma gargalhada, que soou um pouco histérica, atravessou a porta e a fechou.

Ele reprimiu um suspiro, não queria revelar sua presença ainda. Não queria revelar-se de jeito nenhum, se possível. Observar bêbados inocentes decididamente não era uma de suas inclinações. Havia apenas uma porcaria de razão para ele ter ido a esse maldito desperdício de tempo, e era porque a mãe de Greymoor havia pedido que ele fosse. Nenhuma alma diria *não* àquele monstro de mulher. Nem mesmo Zachary. O marquês certamente não, que era quem estava oferecendo este elaborado evento apenas por causa dela.

É verdade que também havia a presença da companheira preferida de Zachary no momento, Lady Falstone. Letitia era a dama que deveria se juntar a ele para um encontro rápido e proibido, não Lady Isolde. Ela dissera que o encontraria aqui em quinze minutos. Dado seu estado de *tédio* induzido pelo baile, a perspectiva de seus lábios exuberantes em torno de seu pau enquanto os colegas foliões bebiam champanhe e dançavam a quadrilha do outro lado do corredor tinha sido positivamente terapêutica. Não perdeu tempo em se dirigir para cá e se acomodar em uma cadeira num canto.

Para dizer o mínimo, a intromissão de Lady Isolde era indesejada. Irritante, na verdade. Ele já estava meio duro na ânsia de...

Ah, Deus. Esse som ecoando do lado oposto da sala era de choro feminino?

Porra, pior que era.

Com grande relutância, ele se levantou, tirando um lenço do casaco. Embora tivesse feito o possível para manter uma má reputação, não era totalmente sem coração. Uma mulher soluçando não era bom em nenhuma circunstância, principalmente quando uma amante ávida o encontraria aqui em aproximadamente dez minutos.

Lady Isolde estava de costas para ele, e estava tão dominada por o que quer que a estivesse deprimindo que não ouviu sua aproximação. Seu cabelo de cor ébano estava torcido num tipo de coque, os ombros sacudiam. Seu soluço era alto, grave e lamurioso. Isso era muito desagradável. Será que ela era o tipo de mulher que ficava bêbada e depois se tornava toda sentimental? Será que tinha enlouquecido?

Quando ele a alcançou, uma lembrança ínfima o atingiu. Ela tinha sido abandonada recentemente, não tinha? Por algum filho caçula insignificante que ia se casar com uma herdeira americana. Ah, isso. Ele se lembrou agora. A herdeira estava presente esta noite, gotejando pedras preciosas e sendo o centro das atenções como se fosse uma rainha.

Gentilmente, ele colocou a mão no cotovelo de Lady Isolde.

Ela se virou arfando, com a mão no coração.

— Meu Deus, senhor! O que está fazendo aqui? Eu... eu achei que estava sozinha.

Lágrimas brilhavam em suas bochechas e se acumulavam nos cílios escuros. Apesar do brilho fraco de uma lâmpada solitária, ele conseguiu discernir um tom rosado manchando a garganta pálida. O nariz também estava vermelho.

Ele ofereceu o lenço a ela.

— Talvez você precise disso, Lady Isolde.

— Eu não estou... — As palavras se esvaíram quando ela soluçou. — Chorando.

SCARLETT SCOTT

Desmentindo as palavras, outra lágrima gorda escorregou por sua bochecha.

— Claro que não está — ele concordou, pegando a lágrima com o pedaço de linho.

A jovem bateu na mão dele como se fosse uma abelha errante, zumbindo em torno de sua cabeça.

— Por favor, me deixe em paz.

Ele enfiou o lenço úmido de volta no casaco. Não poderia deixá-la sozinha. Letitia logo estaria aqui. Ainda estava muito ansioso para que as promessas safadas que ela havia sussurrado em seu ouvido fossem cumpridas.

— Devo buscar sua irmã? — ofereceu, tentando ser prestativo. — Talvez uma saída discreta deste evento seja necessária.

— Por que eu deveria querer fugir como se tivesse feito algo errado? — ela perguntou, cambaleando para a esquerda.

Ele estendeu as mãos apressado, pousando-as na cintura dela e impedindo que caísse de lado em uma mesa com um busto de mármore e outras quinquilharias.

— Calma, milady. Parece que você exagerou no champanhe. Não precisa ter vergonha. Já fiz isso em mais ocasiões do que deveria.

A mais recente foi no dia em que soube que os dois irmãos mais velhos haviam se afogado no mesmo dia, tornando-o conde de Anglesey. Seu estupor bebum durou três dias inteiros.

— Ouso dizer que sim, milorde. Sua reputação o impede. — Ela piscou, uma expressão adorável de perplexidade no semblante. — Hã, o *precede*.

— Tenho certeza que sim.

Ele fez uma pausa, se esforçando para pensar em qual passo, se algum, deveria dar a seguir.

Provavelmente, deveria afastar as mãos dela. Esta era a cunhada de seu bom amigo, o duque de Wycombe, pelo amor de Deus. E, no entanto, as curvas quentes sob suas mãos eram estranhamente agradáveis.

Vagamente, ele percebeu o motivo. Os contornos flexíveis estavam livres de armação. Lady Isolde não estava usando espartilho. Escandaloso. Mas talvez isso também explicasse o caimento desajeitado de seu vestido, que era uma seda num tom muito infeliz de amarelo, adornado por uma abundância de margaridas e outras flores. Ela parecia ter entrado em um prado e rolado por ele.

— Sua reputação — disse ela, os olhos arregalados, pontuando as duas palavras com mais um soluço. — Sim, é exatamente disso que preciso.

Ela precisava da reputação dele?

O que diabos ela estava...

Antes que pudesse completar o pensamento, os lábios de Lady Isolde estavam nos dele.

Quer mais? Aguarde pela continuação com o livro O Nobre Galanteador

SCARLETT SCOTT

NOTA DA AUTORA SOBRE A PRECISÃO HISTÓRICA

Utensílios elétricos, incluindo frigideiras e chaleiras, foram desenvolvidos pelo engenheiro eletricista Gustav Binswanger e foram exibidos na Exposição Elétrica do Palácio de Cristal de 1891. Usei de licença criativa para permitir que Elysande inventasse o próprio protótipo. A Sociedade de Eletricidade de Londres mencionada em *O Duque Detetive*, assim como a exposição da sociedade, foram criadas por mim para este livro, bem como a ligeira mudança na linha do tempo. Também me inspirei em Katharine, Lady Parsons, que fundou a Sociedade de Engenharia de Mulheres no início do século XX.

Sobre as impressões digitais: Henry Faulds foi um médico escocês que escreveu uma carta à *Nature* em 1880 sugerindo que as impressões digitais poderiam ser usadas para resolver crimes. (O mesmo que Lorde Leydon leu!) Durante a década de 1880, Faulds tentou convencer a Scotland Yard a usar sua metodologia sem sucesso. Sir William Herschel também escreveu à *Nature*, dando sequência à carta de Faulds, referenciando a própria experiência com o uso de impressões digitais desde a década de 1860. Somente em 1888, no entanto, que as impressões digitais começaram a ganhar algum prestígio com o trabalho de Sir Francis Galton, que classificou as impressões digitais e provou que elas não se alteravam ao longo da vida de uma pessoa. Logo, usar impressões digitais para solucionar crimes tornou-se a prática aceita que permanece até hoje.

A The Gift Box é uma editora brasileira, com publicações de autores nacionais e estrangeiros, que surgiu no mercado em janeiro de 2018. Nossos livros estão sempre entre os mais vendidos da Amazon e já receberam diversos destaques em blogs literários e na própria Amazon.

Somos uma empresa jovem, cheia de energia e paixão pela literatura de romance e queremos incentivar cada vez mais a leitura e o crescimento de nossos autores e parceiros.

Acompanhe a The Gift Box nas redes sociais para ficar por dentro de todas as novidades.

 www.thegiftboxbr.com

 /thegiftboxbr.com

@thegiftboxbr

 @GiftBoxEditora